围于沙丘

宋钊 —— 著

NEWSTAR PRESS
新星出版社

图书在版编目（CIP）数据

困于沙丘 / 宋钊著 . -- 北京：新星出版社，2025.
6. -- ISBN 978-7-5133-5999-3

Ⅰ . I247.5

中国国家版本馆 CIP 数据核字第 2025RZ6257 号

困于沙丘

宋钊 著

责任编辑	汪　欣
责任校对	刘　义
责任印制	李珊珊
装帧设计	冷暖儿

出 版 人	马汝军
出版发行	新星出版社
	（北京市西城区车公庄大街丙 3 号楼 8001　100044）
网　　址	www.newstarpress.com
法律顾问	北京市岳成律师事务所
印　　刷	武汉市新华印刷有限责任公司
开　　本	910mm×1230mm　1/32
印　　张	9.125
字　　数	205 千字
版　　次	2025 年 6 月第 1 版　2025 年 6 月第 1 次印刷
书　　号	ISBN 978-7-5133-5999-3
定　　价	49.00 元

版权专有，侵权必究。如有印装错误，请与出版社联系。
总机：010-88310888　　传真：010-65270449　　销售中心：010-88310811

作者手记

关于"史实在历史小说创作中的作用",大仲马回答,"是我用来挂小说的钉子!"当我创作《困于沙丘》这部小说时,这句话总会不经意间回荡在脑海。

我需要告诉各位读者的是,《困于沙丘》首先是一部小说,其次才是一部历史小说。假如您要在书中寻找所谓的"真实性",那么文学的真实性一定远超历史的真实性。

书中人物真假参半,最大的虚构人物恰是本书的主角史官董勇,此外还有一些名不见经传的小人物。但我相信当您读完以后会承认,这些角色理应都是曾经存在于那个风云动荡年代里的人,只不过历史长河水流激荡,他们的事迹没能保存下来。现在我所做的就是赋予他们一个姓名而已。

然而钉子是不可缺少的。小说整体架构基于真实发生的历史,无论是赵武灵王的事迹,还是秦赵之间的关系,乃至沙丘宫廷之变,在《史记》《资治通鉴》《战国策》等古籍里都能找到,所有重大事件的年代也经过作者认真推定。换言之,此书是在忠于史实前提下合理推理演绎的结果。

最后,请允许我借此机会感谢每一位给此书提供过帮助的人。

1	序　幕
8	第一章　缘起
53	第二章　峰回
99	第三章　惊变
127	第四章　拨云
176	第五章　溯源
231	第六章　曲终
279	尾　声

序　幕

　　夏天，我在那座图书馆消磨了不少时间，部分原因是为怀念那个女孩，她曾穿过馆内一排排积灰的书架短暂走入我的生活，之后又远渡重洋走出我的生活，就像从未出现过一样。但本书不是关于我自作多愁的青春挽歌，而是对于一段不经意间获知的历史事件的叙述——或者叫转述。

　　我去图书馆的另一半原因是受导师委托，定期为他查找资料。我的导师是殷商史专家，身居这座二线城市三流大学一隅，学术影响力却遍及全国，原因很简单，我们学校就在殷墟附近，近水楼台先得月并不仅仅只是一句话，而是实实在在体现于便利性上。

　　图书馆有着与我导师相似的境遇，规模虽小，但在史料独有性及专业性方面，连省级图书馆都望尘莫及。馆址位于穿城而过的河道南侧，地上三层地下两层，地面建筑大部分对外开放，地下资料室和书库则"闲人免进"。现任馆长是我导师以前的学生，所以我当然不算闲人，不仅能随意进出每间书库，而且还能借走看上的任何书籍资料。

　　除了那个厚厚的笔记本——它与殷商史无关，它连结着另外两段截然不同的历史，时空交错，充满神秘。

我是在阴沉沉的午后发现那本子的，当时馆内冷气充足，闷热完全被阻隔在外，走入地下书库，觉得有些阴冷。书库有好几间，其中一间我之前从未进过，而且那位年轻女馆员看样子也长久没进去过，木地板上落了层薄灰，走过居然能留下脚印，架上书籍就更别提了，不管抽出哪本，都让细小的粉尘如蚊虫般在灯光下飞舞，这时我才明白女馆员何以坚持让我戴口罩进入。

靠墙摆着一排带玻璃柜门的书架，这种书架在图书馆比较少见。上面插着十来册书脊暗淡的旧书，没贴任何标签。好奇心驱使我走过去，结果一眼就看到那个笔记本插在书中间。

柜门没锁，我伸手取出它。

像是某个遥远旅程中失落的物品，无意间穿越到我面前。深褐色皮面笔记本，除了因褪色而显得陈旧，其他保存完好，泛黄纸页上是密密麻麻的繁体竖写文字，略微褪色的钢笔字，字体不算工整，但绝对是受过相当训练、常跟笔墨打交道者的笔迹。里面记载了一段关于战国时期赵武灵王的故事。

赵武灵王名雍，是战国中后期一位著名君主，为政期间最广为人知的是实行"胡服骑射"改革，学习中山、楼烦等胡人国家身着短衣，便于骑马射箭的习俗，让赵国成为当时的军事强国，并转而灭掉了中山国。他的死亡也同样具有传奇色彩，据说是被饿死在沙丘离宫。

眼前笔记本里记载的就是赵武灵王之死的全过程，却与历史教科书上的内容大相径庭。虽然是个不起眼的本子，但你没法简单地把它上面的内容归结为无稽之谈，因为笔记本的所有者及其在开篇交代的史料来源，都不容忽视。

笔记本属于考古学家董勇所有，此人是殷商专家，从资历上看，比我导师高出一辈。二十世纪三十年代发掘殷墟时，他曾住在距沙丘遗址不远一个名叫榆湾的村落，笔记本里记述的故事来源就出自那里。

我很想认真研究一下这些内容。可令人意外的是，平时能够借出任何书籍的特权此时失效，馆员搬出本馆特殊藏品条例，耐心却不容置疑地指出：本子只能在本藏室查阅；换句话说，甚至不能将它带到上层宽敞明亮的地方阅读，更别提外借。

于是，在这座图书馆地下二层幽闭的空间里，坐在那张重新擦拭干净的大桌子前，借助绿色灯罩下橘色灯光的照明，我用三天时间逐页读完笔记本上的文字。然后开始查找这位名叫董勇的考古学家的所有信息。

笔记本内的前言

首先声明，这不是正史，更像是某种实录。我国历史上史料典籍浩如烟海，但基本都属追忆性质，因此也难言客观；唯有少量档案性质的文献算得上即时性记录，实录当属此列。我的如下笔记来源于地下出土的竹简，而竹简来历容我多说几句，这问题不说清楚，你们一定以为我在说谎。

"民国"二十一年我加入中研院史语所殷墟考古队，在李济和梁思永两位老师带领下开始参与殷墟发掘工作，至今四年有余。以安阳为中心，范围辐射方圆百里，已经发掘出两万片有字的甲骨和不计其数的铜玉陶器，我不晓得下一步还会有多大收获，但仅止当前的规模和成就，本次发掘大约也可列入二十一世纪上半叶全球重大考古活动之列了。

　　考察分为数十个小组,多达五六百人散布在中原广袤的田野里。我所在小组驻扎在靠近邯郸一个名叫榆湾的村落,与主发掘现场相比,此处较为偏远,进展相对缓慢,即便如此我们依然在地下陆续挖出不少文物。从上古时代起,这片平原就是先民繁衍生息之地,所以地下出土的文物也时代交错,从新石器时代到春秋战国,再到魏晋南北朝,东西五花八门,令人眼花缭乱。

　　但我想说的不是这个,而是另一桩被殷墟光芒掩盖的考古成果,它是无意中得来,所幸我及时将其记录,否则相关史实会彻底湮没在历史长河中。不信的话,且听我慢慢道来。

　　我们居住在当地小学的校舍里,小学是乡绅徐世杰出资建造,徐先生北伐前在广东做官,思想开明,眼界开阔,家中本就殷实,回乡后热心乡村建设,修桥铺路建校舍,为家乡做了不少实事,对我们的考察也鼎力相助,除了安排住宿,还特意安排一位大婶给我们做饭,就这还不放心,时不时让他家三丫女前来查看。

　　那天下雨,我们几个被困在各自屋内无法出门,只好点起煤油灯整理手头资料,此时三丫从外面冲进我屋内,只见她头戴斗笠,身披蓑衣,脚上还踩着一双木屐,活脱脱中国山水画里走出来的形象。没等我玩笑话出口,她就变戏法般从蓑衣下面递出一个罩着油纸的包裹,然后忽闪着漂亮的大眼睛,说在家里柴房找到了宝贝。

　　包裹上隐约还残留着她的体温,打开油纸,里面是几捆竹简。每片竹简长约一尺,宽约两厘米,马马虎虎卷在一起，边缘沾满干泥巴，某些地方简绳断掉，好在每片竹简上的字迹依然清晰。

看过四五片，我的兴致被调动起来。这不是殷商文物，而是春秋战国时期的竹简，上面多次出现赵雍、赵成、肥义、李兑的名字，换作别人可能一头雾水，但对于治先秦史起家的我而言，这几个人不仅不陌生，而且相当熟悉。竹简上记述着战国中期赵国的一段历史，频繁出现沙丘这个地名。沙丘距此不远，如今是片荒野，可三千年的中国历史上至少有三件大事与那里有关：殷纣王的酒池肉林；赵武灵王被困死；秦始皇驾崩。

就像所有历史事件那样，越是时间久远，越是轮廓模糊，此三事也如此。酒池肉林的传说，多方考证都无证据支撑，哪怕单从食品卫生角度看，也更像是后世给前朝抹黑的杜撰；赵武灵王之死就清楚多了，司马迁《史记》里有明确记载，但也经不起仔细推敲，因为其中漏洞颇多；倒是距今年代相对较近的秦始皇暴卒于沙丘无太大争议。

眼前这些竹简上的文字似乎记载着赵武灵王沙丘之死的相关细节，不用我说，你也应该明白它的价值，以及我的心情吧？

顾不上多想，也顾不上跟三丫闲话，我急忙寻问竹简来源。她说是雇工田福在野外墓穴捡的，那是考古队进驻前很久被盗挖过的古墓，里面物品早被洗劫一空，只剩不值钱的竹简无人问津，田福捡拾柴火时想到它们或可一用，便拿回家来。

确定这是能找到的全部竹简后，我关上门研究起来，很快就沉迷其中无法自拔。天公也凑趣，外面的雨下成连阴之势，一连数天都无法外出。尘封两千多年的历史在油灯微弱的光线下慢慢显现轮廓，围绕赵武灵王沙丘之死有了一段崭新叙述，与之前人们在史书中了解的内容截然不同。

在此有必要简单罗列一下相关正史的记载，以便阅读这篇笔记的读者比对。

公元前302年，赵武灵王顶着来自以叔父赵成为首的贵族的压力推行"胡服骑射"改革，从此走上强兵之路，赵国跃升为东方诸侯国中的强国。但仅过了三年，公元前299年，赵武灵王盛年退位，废掉原先的太子赵章，传位于十岁的幼子赵何，自己号称主父（主君之父），开启了太上皇体制的先河。次年，赵武灵王假扮使节偷偷进入秦都咸阳，此举在诸侯间引起巨大轰动。四年后的公元前295年春，赵王室巡游沙丘离宫，顺便勘探陵寝，废太子赵章发动叛乱，试图杀害赵王，结果被邯郸赶来的赵成和李兑带兵平息，赵章被杀，而赵武灵王则被困，三个月不供吃喝，最终饿死于离宫。

我前面也说过，此段历史虽然写得明白，可细究起来疑点不少，比方说赵武灵王何以退位？别忘了，他退位时才刚过四十岁，就算古人寿命短，这个岁数也称得上是盛年；又比如为何甘冒巨大风险入秦？仅仅为了侦查这个西方强国的虚实，还是为了出风头？当然，最大疑点还是他在沙丘之变中形象模糊，在长子发动的叛乱中，他究竟扮演了什么角色？一个英明神武的主君，为何会在如此重大事件里销声匿迹像个隐身人？应该说他的结局不仅令人惋惜，更令人费解；此外赵成和李兑的行为也很蹊跷，邯郸至沙丘二百里，二人何以能未卜先知，恰在赵章围攻赵王时带兵出现?

好了,眼前的竹简轻而易举回答了上述所有疑问。它确是赵国史官的记述,但并非官修史书,而是私人著述。春秋战国时期还保留西周的传统体制,祝宗卜史系统内的文官与行政系统完全分离,前者负责管天的事,后者负责管民的事,换句话说,当时独立史官制度依然存在,这也就能解释竹简的作者身为史官,何以在沙丘之变后不遵从官廷吩咐,而是远赴沙丘进行调查取证,后来大约迫于某种压力,只能偷偷写出这部完全不同于官方论调的史书。这部书被精心保存,躲过兵灾战乱,跨越漫长时间,最终以如此传奇的方式呈现在我面前。

遗憾的是竹简不完整。从内文记述看,这应该是一部赵国通史,上自赵氏先人名恶来者服侍殷纣王开始,下至沙丘之变,跨度八百年。如今摆在我面前的只剩记录沙丘之变的数卷。即便如此,这些竹简依然意义非凡,目前除《史记》和《战国策》相关记载外,并无一部单独的赵国通史,单凭这些残简,也足以改变先秦史学的面貌。

以下就是我根据竹简记录整理的沙丘之变史实。

第一章　缘起

公元前295年，赵惠文王四年，刚入秋，邯郸阴雨绵绵，断断续续个把月没见太阳。青苔爬满内庭石阶，箱子里的布帛生了霉斑，整个都城笼罩在压抑的气氛里。执掌大权的贵族们忐忑不安地进出公子赵成的府邸，隔上几天，就有一名赵府家臣乘马车往返于城西春台，那是史官的居住办公场所。

《赵史纪》的撰写陷入停滞，原因是太史董勇认为，四个月前发生在沙丘离宫的事件真相不明，拒绝仓促落笔；而作为主要当事人的公子赵成却希望尽快写完，一旦入史，意味着盖棺论定，既能消弭流言，亦可放下这沉重的政治包袱——传说他本人病入膏肓，时日无多。

沙丘事虽大，却不复杂。春末，赵王室前往邯郸东北二百里外的沙丘郊游，顺便考察陵寝，年轻的主君赵何由重臣肥义陪伴，与主父赵雍、哥哥赵章一同入住沙丘离宫。当晚，赵章假主父名义传唤赵王，试图谋逆。关键时刻，公子赵成和少司寇李兑带兵赶到。赵章躲进主父所居春阳宫，畏罪自杀，而作为重要人物，主父赵雍却下落不明。

直到三个月后夏天过完，才有消息传出，主父早在沙丘之变当晚就猝然病亡。这未免有些离奇。对于整个事件，如今只剩下当事一方——赵成、李兑的说法；另一当事方赵雍赵章父子都死了。对普通人而言，死人当然无法说话；可对史官而言，无法说话不代表无话可说。当今太史董勇是个执拗之人，极为重视家族的史官传统。当年强大的晋国还存在时，董家跟赵氏就有剪不断的纠葛，祖上那位被孔丘称作良史的董狐，写过"赵盾弑其君"这种令赵氏先人恼火的文字，如今事涉赵国最有威望的主父赵雍之死，董勇更不肯随意落笔。

八百年前周王定鼎时确立的史官制度，在相当长一段时间里被普遍尊重，各国诸侯从内心深处对本国史纪抱有天然敬畏，坚信在后世落下干扰史官的名声，往往比试图掩盖的真相更不堪。直到最近几年，情况才开始发生微妙改变。

按照惯例，一旦董勇写完这节官史就会对外公开。于是邯郸城内上至宫廷贵族，中至行政系统里各级官吏，下至市井百姓，每个人对此都抱着性质不同、程度不等的好奇。未经证实的流言如连绵不绝的小雨，在赵国广阔的土地上无声蔓延。没人知道董勇打算怎么撰写这节国史，大家都在等待。眼下，春台成为比宫廷更引人瞩目之地。

那么，董勇到底在想什么呢？

太史此刻不在邯郸，经过一番慎重考虑，董勇在白露来临之前三天悄然动身去往沙丘。

天气不佳，厚重的云层低低压在原野上，时不时落几滴雨，好在不影响赶路。从邯郸至沙丘二百里，道路平整，沿途设置多处驿所，宫廷每年春夏郊游避暑时，路上信使不断，驿马络绎不绝，可眼下这条路颇为冷清，只有太史跟随从小六，各骑一头驽马，不紧不慢行进在草色开始变黄的原野上。

董勇是个四十出头的中年人，相貌平庸，身材瘦小，头发白了一多半，脸上皱纹明显，身上布衣却很不起眼。这趟旅行算官差，行经每处驿所都能享受免费酒食款待，他本人不在意饮食，更不饮酒，反倒是随从小六每晚酒足饭饱，在大炕上翻来滚去睡不踏实，影响他休息。

沙丘之行酝酿时间长，决定成行却很迅速，一旦确信邯郸上下再也找不到更有价值的消息，他就毫不迟疑地动身了。

作为史官，除了多年史学训练形成的敏锐观察力，还需具有很强的思辨能力，在董勇看来，无论赵成还是李兑，两人都没说实话，唯一问题是：他们所言究竟假到什么程度？

不，或者这还不是唯一问题，此外还有个更重要的难题，它涉及史官个人品格。以往经验告诉他，绝大多数情况下，史官的困难不在于辨别某人所说究竟是真话还是假话，而在于剥离伪装获得真相后，能否毫不掩饰地如实记录。

史官制度眼下面临巨大挑战，一方面源自宫廷干扰，另一方面则是董勇自身的原因。宫廷方面，年幼的主君虽然并未发话，可摄政监国的公子赵成却在沙丘之变后屡屡明示暗示，要求根据他的一面之词撰录本年《赵史纪》，在南郊家庙，面对两口装着赵雍和赵章的富丽堂皇的棺椁，赵成再次提醒董勇，当初破坏独立史官制度者恰恰是死去的赵雍，一个颠覆礼乐的粗野军汉猝死有何可疑？

不得不承认他至少说对了一部分。赵雍确是破坏独立史官制度的始作俑者。此人曾经当过二十七年赵国主君，其间推出"胡服骑射"改革，大力发展军事，让本来无险可守、平庸积弱的赵国一举成为东方强国。按说他应该是个广受各阶层拥戴的国君，可实际情况并非如此，贵族和士大夫对其的反对声从未消失，董勇也是反对者之一。贵族们反对"胡服骑射"，表面强调诸夏之邦不应被蛮夷同化，实则因为政治权力受到挤压；董勇反对，既不是因为利益，也不是出于礼仪，更不是基于个人情绪，史官的直觉和洞察力告诉他，这种立足军事优先的改革，将从根本上动摇传统根基。周初创立的等级分封制度，之所以能维持几百年稳定，是它明确了社会各阶层的责任与义务。具体而言，尊重史官传统就是贵族的传统价值观，当新兴军人势力占上风，他们还会继续尊重这一原则吗？

显然不能。

随着国内政治格局变化，原先的礼乐基础逐渐崩坏，先是宗庙祭祀的仪轨被忽略，接着史官制度面临考验，最后宗法传统遭遇挑战。以往史纪撰写完直接对外公开，但赵雍要求太史每年岁终腊祭时将当年的赵国史副本呈送宫廷，之后才能公布。又过了些时候，开始对史纪中某些史实指手画脚。是可忍孰不可忍，董勇坚决顶住压力，副本可以呈送，但正史一个字也不改。

四年前赵雍盛年退位，其实已埋下祸乱的伏笔，沙丘之变并不让董勇意外，他好奇的毋宁说是细节——史官的职责不就是探究真相，并且如实呈现吗——到底发生了什么，又是如何发生的，今后能否避免？

这才是他冒着寒凉的秋风坚持沙丘之行的主因。

此外还有些难以启齿的私人动机。说来令人尴尬，执拗的史官本次离开邯郸，其实也为躲避老婆纠缠。董勇夫妻多年来过着简朴和谐的生活，除了春台看门的老仆和偶尔充当书童的小六，家中再无其他仆佣，媵妾之类自然从未有过。可从去年开始，妻子越赢开始给丈夫张罗侍妾，并非只停留在口头，而是强拉着他去邯郸西市一间乐坊，打算让他看看自己帮忙相中的女子。不巧的是那天女孩外出，董勇夫妇跟女孩母亲对坐漫谈，令拙于应对的太史吃足苦头，回家后足足三天没跟越赢说话。

可是老婆除了自作主张，其他地方却挑不出错来。理由很简单，越赢是想让他有个儿子。两人一起生活了三十年，先后有过几个孩子却都没留下，要么出生就是死胎，要么没多久就病殁，最大的也没活过三个月。哪怕董家的世交，素以医术高超著称的太医胡原，对此也束手无策。年轻时的越赢对此倒也安之若素，可随着年纪变大，她的性情有所改变，开始不断抱怨命运多舛，将很大精力投入求神问卜中，想要个儿子的执念始终盘踞在她心头，倒并非只为自己打算，实在也是出于对丈夫的爱。一来觉得董勇一把年纪却膝下无子，做妻子的难辞其咎；二来赵国史官与其他列国相同，都是世代相传，假如董勇始终无子嗣，那么下一任太史就不姓董了。考虑到董家上溯五代都是史官，继嗣的重要性不言而喻。

董勇本人毫不在意传宗接代之事，只是不忍逆拂老妻好意，只好随她走一趟西市乐坊，但他本意实在不想弄个年轻女子到家。近年对于史官之职他已改变看法，不愿意只做个记录当世文字的宫廷史官，而是想当一个像左丘明那样的史家，他发愿写一部完整的《赵世家纪年》，记载时间不限于自己担任史官的这段日期，而是上溯到数百年前。赵氏之先，与秦共祖，虽然没有落笔，开篇第一句话已经在脑海里萦绕许久了。此时哪有工夫去琢磨男女之事，更别提或许连带还有与育儿相关的更多杂事。此外，内心深处他也在琢磨越赢的真实想法，哪个年老色衰的女人愿意整天看着青春靓丽的女子围着自己丈夫打转？这不符合人性，而史官自诩最了解的就是人性。这也是他借机躲离邯郸的小算盘。

从邯郸到沙丘，按照主仆二人的脚程大概走四天。董勇前两年去过沙丘离宫，对道路还算熟悉。旅程第一天就发现异常，当他装作漫不经心向驿所的人打问春天时宫廷众人途经此地的情形，发现这些人全部调换过，新来之人对春天之事毫不知情，此后旅途所经驿所均是如此。

董勇内心有根弦绷紧了。

抵达沙丘前最后一座驿所名叫榆湾，坐落在一条小河拐弯处的树林边上。黄昏时分虽然还没看到建筑，却已能见到远方树梢顶端升起的袅袅炊烟。就在此时，身后传来嘚嘚的马蹄声，董勇跟小六勒住驽马，停在道边向后观望。

先是看见地平线上夕阳映出一个小小的身影，没多久就来到眼前。

马好快。

马上的人穿一套不大合身的灰色驿传服装，背上斜挎包裹，年纪顶多三十出头，体型壮硕，脸上坑坑洼洼都是麻点，配上浓密胡须，看上去面貌凶狠，从主仆二人身边经过时毫不减速，马蹄踩踏地面水洼，溅起泥点差点打到董勇和小六脸上。

董勇下意识抬起衣袖遮挡，眼睛却打量那匹马白色的尾巴尖，小六则愤愤地说了句"无礼的家伙"。

骑手顺着大道迅速跑远，目的地显然就是前方的驿所。董勇轻轻松开手中缰绳，任胯下驽马放开蹄子，心中却细细回想那人的着装打扮，虽然穿着驿传服装，可那匹马……没等他多想，后方又传来隐隐的马蹄声。

今天还真是怪了。董勇跟小六对视一下，转过头，刚才还在地平线上的硕大夕阳已然沉落，但天边的霞光映照着奔驰而来的骑手。此人单看相貌就比前面刚过去的那位文雅许多，不到三十岁，只在嘴唇上留着一道整齐的胡须，头裹黄色包头，马鞍一侧绑着包裹。快到董勇身边时放缓马蹄，特意绕到官道另一侧通过。

董勇年轻时在北方代地生活过，熟悉草原和骏马，前面过去的那匹马绝非普通驿传用马，在邯郸城内唯有达官显贵府内才有，然而跟眼前这匹马相比，那匹简直都称得上是劣马了。眼前这马体形高大，头小眼大，胸部平坦，全身上下炭黑，结实的肌肉如铁打一般。这种马在整个邯郸城内也找不出几匹，因为它是代北一个名叫乌海地方的特色马种，数量极少，据董勇所知，目前仅配给特殊军用。

一刻以后，主仆二人来到榆湾驿所，穿过冷冷清清的院落，董勇瞥见马棚里拴着刚才见到的两匹马，一匹拴在东头，一匹拴在西头。待驿所伙计安置好两匹驽马，领着主仆二人来到侧院门口，驿吏正好迎出来。

董勇一看，愣在原地。

驿吏名叫单福，身材矮小，脑袋出奇大，小眼睛大鼻头，顶上头发稀疏。此人与董勇同岁，三十年前在代地两人关系要好，后来董勇随父入邯郸，双方遂少了联络，不承想今日竟在此遇到。单福耳背，是个大嗓门，只见他一把抱住董勇，嘴里不连贯地表达着惊喜，声震屋宇，连落在树上的麻雀都被惊起。董勇乍见故人也是惊喜交集，旅途疲劳顿觉消散。

驿所侧院很安静，关起小门自成一体。单福安排厨房张罗出比前面几处驿所明显丰盛的酒水，自己也来作陪，平时滴酒不沾的董勇架不住对方相劝，破例喝了一卮黍酒。单福讲话根本无须引导，只见他箕坐榻席之上，敞开衣襟，旁若无人地讲述起个人经历。原来他此前一直在代地某个偏远驿所当差，以为就要老死于荒山秃岭之间，没想到时来运转，上头将他发派到靠近邯郸的榆湾驿所，他本打算安定一下就抽空去邯郸找董勇，却不承想太史自己找上门来。"你怎么知道我在此地？"他最后问。

董勇不好意思地挠挠头，"我并不知晓你来此地，今天只是偶然遇到，明日我要赶往沙丘。"之后他简单介绍了自己的情况，一入邯郸就再也无法离开，父亲去世后接了太史职位，整日钻在简册堆里，不要说去代地看望故友，就是沙丘此行也是两年来第一次走出邯郸城，至于为何要在这个秋风初起之际去沙丘，那是因为……说来就话长了，话说到此董勇忽然眼睛一亮，"对了，你方才说何时调来此地？"

"三个月前。"

"哦，"董勇目光不觉黯淡下去，看来老友跟前面驿吏一样，都是沙丘之变后一个月才调来，对于春天发生的事无法提供有用线索，遂遗憾地说，"那就没事了。"

"呵，这是何意？"单福狡黠地眨眨小眼睛，稍微压低音量，"不会以为我除了聋还瞎，脑子也糊涂，对国家大事完全不了解吧？"

"哪里哪里，"董勇摆摆手，端起面前的酒卮，"有些事情，时间和场合不对头，任谁也不可能知道，与个人能力无关，不必多心。"

"不就是春天发生在离宫的事嘛，我却略略知道一二。"

董勇举着酒卮的手仿佛冻在半空，以他之前跟单福交往的经验，知道此君好高谈阔论，却从不空言，捕风捉影的事从不会随便出口，所以——"你知道些什么？"问话间感觉自己的声音都稍微有点颤抖。

年轻伙计又端来一盏豆形灯，火苗不大，屋内却比刚才亮多了，小六吃完饭不放心，去照看驽马，只剩下董勇和单福两人，火光照着单福油亮的脸颊，已经稍微开始松弛下坠，但因为脸大，反倒没有多少皱纹，跟董勇黑瘦枯槁的面容形成鲜明对比。只见他站起身走到窗边，朝外面院落张望，映在墙壁上的人影也晃动不已，过了一会儿才走回来，盘腿在原处坐定。

"话说我刚到这里就觉出不对头，为何？根本没有按照规矩交接，没等我到来，老驿吏和原来的伙计就先走了，我接过一个空空荡荡的驿所，账目不清楚，库存也不清楚，那两天可把我忙坏了。手下的伙计们都还没到，就发生了一件怪事。你大概不清楚，榆湾驿所规模不大，平日应付往来驿传没问题，可是每年宫廷路过就费事了，他们若是直接通过倒也罢了，假如要住一晚上，此地断无法安排，尤其是那位爷退位让贤以后，跟着继位的儿子一起去沙丘，等于两个主君，如何安排得开？所以驿所早在三年前就征用了西边二里地一座别院，那是下游村里大户的院子，平日总空着，春夏之际榆湾驿所就接手，一旦宫廷在此驻驾，主君住此院，主父可以住到那座别院。今年别院也照样租下，结果就用了一晚上，沙丘就出事了。现在院子还空在那里。那天我安顿完手头事情，想去别院看看，毕竟眼下还挂在驿所名下，万一有点纰漏不好交代。

"那院子有前后两个门，前门的锁好好地挂着，后门的锁却被扭开了，我当时有配佩剑，就大着胆子走进去，结果在西厢房内看到一个年轻人，穿着不太合身的胡人短衣，面貌异常清秀，完全不像鸡鸣狗盗之徒，看起来好像受过伤，但是现在好了。他自称邯郸人士，从燕国返家，途经此地稍事休息，很快就离开,至于弄坏的锁头会照价赔偿,让我切勿声张,说着还掏出一枚玉佩给我。我自是犯不着为难他,便邀他去驿所歇息,他坚决拒绝,说此地安静,无人打扰。第二天我特意拿了些吃的送去,结果他已经走了。又过两天,从其他地方调来的伙计才陆续赶到。你是大官,比我更清楚当差的讲究,不该打听的别打听,不该说的不能说,况且我也不清楚手下人的底细,遂装成个闷葫芦整天不言不语,此事对谁都未提起。三个月下来我才对手下几个人放心,原来他们也是两眼一抹黑,并非是派来监视我,而且话说回来,我一个小小的驿吏有何可监视之处?"

说到这里,单福才歇口气,端起酒卮咕嘟咕嘟一饮而尽。

"玉佩呢?我瞧瞧。"董勇伸出手。

单福晃了晃大脑袋,"哪来的玉佩,你真以为我会要他的东西?一把破锁值几个铜钱,那块玉佩——"说到这里,他小眼睛开始放光,"那块玉佩至少值二十朋,买两座同样的别院都绰绰有余,你说我敢收吗?"

"莫非是位贵公子?"

"切……"单福撇撇嘴,"若是贵族,我一眼就能看出来,他绝对不是,而且根本不是从燕国过来,结结实实就是从沙丘离宫来的,这你还不明白吗?"

董勇虽然没再喝酒,却感觉浑身上下血流加速,直觉提醒他,梦寐以求的线索出现了。"你怎么知道?你看见他的时候距沙丘之变已过了一个月呀。"

"我怎么知道?你忘了我刚说的话了?我说他看起来好像受过伤,也就是说现在伤刚刚好,左臂抬起来很吃力,假如他是在沙丘负伤,先找个地方藏起来休养,到现在刚好能够行走。

更重要的是，那块玉佩，我其实知道它的来历。"

你可太厉害了！董勇就差脱口说出这句话。无论如何也想不到这个其貌不扬的故友，居然有如此缜密的心思，看对方此刻不紧不慢又拈起一根羊排骨，真能沉得住气。"说来听听，玉佩的来历。"董勇催促道。

单福举着肋骨歪头想了想，索性丢下骨头，拍拍手，直截了当地说："那是安阳君随身佩戴的饰物，乃是蓝田出产的美玉，我那个名叫慧娃的堂妹你还记得吧，当年你挺喜欢她，后来嫁给一个胡人珠宝商，那美玉就是他们家的货色。去年代地有人想讨好安阳君，特意出高价买走，用那块玉换到一个不错的好差事。现在你相信我的话了吧，那小子根本就是沙丘事件的幸存者，而且还是安阳君身边的亲随。"

"可惜！可惜！"董勇不由自主拍了拍自己的腿，多么宝贵的线索，就这么断掉了，可转念一想，你能指望一个初来乍到的驿吏做什么呢？总不至于让他动手扣留人质吧，更何况若是将那年轻人扣住，此地往来之人不是邯郸官方就是沙丘守军，不管被谁发现，都是极大的麻烦，最终送命的还不知道是谁呢——接着他想起另一件事，"对了，今天下午入住驿所的是什么人？"

"一个是驿传人，给沙丘送信，另一个我也没摸清什么路数，不过他骑的那匹马可太离奇了，我听说那种马只拨给锐卒旅骑兵——你知道锐卒旅吗？"

董勇当然知道。

四年前赵雍刚退位，势力依然很大，出于种种考虑，公子赵成着手组建了一支名义上隶属于宫廷、实则由贵族保守派掌控的军队，具体由少司寇李兑负责。名为锐卒旅的军队只有一千人,但绝对以一当十。选拔标准首先要求出身邯郸本地良家子弟,绝不允许有代人或胡人血统;从一线战斗部队挑选人员,比照大名鼎鼎的魏武卒训练标准,骑射技能之外,还加入更多步卒技能,近身格斗、审讯俘虏、夜行侦察;标配三层衣甲,武器从邯郸最好的铁匠铺定制,每件兵刃上都镌刻固定标识。不夸张说,东方诸国没有任何一支军队有如此全面的技能和战斗力,连战马也……

"不知此人意欲何为。"董勇沉吟着,更像是自言自语。

外面院落传来响动,似乎有什么东西倒地,董勇跟单福同时起身走到户外,站在廊上四下张望,原先靠在东墙的两根竹竿倒在地上,而此刻外面一丝风都没有。

"可能是野猫。"单福说入秋以来外面的野猫动辄跳入驿所院内,不是打架就是交配,让人睡不安稳。之后两人站在廊下,静静看远方那轮升起的明月,陷入沉思,过了许久,单福想起什么,"还有件蹊跷事。自从出事以后,听说沙丘留有不少守卫,就在半月前,从那边过来一队人马,按说军队调防行经驿所确实不会停留,所以匆匆经过榆湾也不足为奇,可是半夜三更悄悄通过就让人不解了。"

"半夜?"

"对呀,我睡觉轻,二更天被大路上的马蹄声吵醒,起身从门缝朝外看,全是骑兵,不急不慢地行进,除了马蹄声,百十号人一点声音都没有,队伍中间有架六匹马拉的大车,顺着大道一直往邯郸去了。"

六匹马拉的车?董勇愣住了,按照礼仪规定,唯有贵族和宫廷才允许使用六匹马拉的车,普通官员官位再高也不行——简单说赵成可以坐,李兑就绝对不行。

"车上不知坐着何人。"他自语道。

单福摇摇头,恰好小六端着水盆走进院子,问何时洗脚安歇,董勇这才意识到时候不早了。

入睡之前,太史暗自在心中做出决定,明日一早先去那座别院看看再上路——不就二里地嘛。

第二天,窗户上刚透出一丝微光,董勇就爬起来,简单洗洗脸,将乱糟糟的头发随便拢在一起,裹上头巾走出院落。驿所大门虚掩,门外悬挂的两盏烛炬已经熄灭,在清冷的早晨显得有些凄凉。

按照昨晚单福所指,他快步朝西北方向那片榆树林走去,一条不太宽的道路在草丛中蜿蜒,远处的河面逐渐明亮起来,小道进入树林,光线又暗了。地面草叶上挂着浓重的露水,脚下的麻屦很快就濡湿了。大约半里地,小道钻出树林,眼前赫然呈现一片旷野。小河在此拐个弯,一座跟驿所大小格局很像的院落坐落在河边,前门对着道路,后门临着小河。董勇顿顿脚,将麻屦沾上的湿土抖落,走到正门,见上面挂着大锁,便绕着高高的围墙来到后门,随即被映入眼帘的美景惊呆了。

后门到河边是片草地,此时还散布着一些野花,由此可以想见春夏之际花草该有多繁盛,河面相当开阔,岸边长着茂密的芦苇,几只野鸭子扑啦扑啦飞起,打破水面平静,散开的波纹仿佛搅动了浮在水面的薄雾。面对如此美妙的景色,董勇忍不住驻足观望,片刻之后才走到门前。

门上挂着把很小的锁头,手刚触碰到冰凉的锁身,那锁居然自己脱落开来。董勇嘴角不觉绽开笑容,单福还跟小时候一样,既深明大义又依旧悭吝,他可以坚决拒绝明显高价值的美玉，但也舍不得及时花钱把锁换成新的，哪怕花费不是从自己腰包里出。不过这倒给自己省了事，至少堂堂太史无须翻墙撬锁了。

小院内显然是很久无人居住，地面落了一层树叶，走到侧屋，发现大门仅是虚掩。董勇穿着麻屦直接走入屋内，地板上盖了一层厚厚的灰尘。他站在原地试着想象那个神秘的年轻人，如果单福观察得没错，对方应该是忍着痊愈不久的伤口带来的疼痛，顺着大路从沙丘离宫来到此地，不，他可能根本不敢走大路，而是在与大路平行的草原和丛林中穿行，或者选择夜间赶路，大概需要两天时间才能走到这里。他当然不敢住驿所，但露宿旷野，一来夜晚寒冷，二来也可能遇到野兽，所以要找个带屋顶的地方休息。于是他就来到这座别院。可是这里有个漏洞，小院远离大路，又隔着榆树林，一般人不可能知道此地，除非他之前就——

屋外传来地面枯叶碎裂的声音，有人进院了。

董勇急忙反身走出厢房，院当中站着那个可疑的驿传，原本就不讨人喜欢的麻脸此刻换上副凶相，右手拎着把带鞘佩剑，左手压在剑柄上，目光锐利地瞪着回廊上的太史。

"你……"董勇情急之下说不出话，只是用手指着对方，脑海里闪过的念头可比嘴皮子利索多了，我的死期将至矣。他心中明镜般，眼前这家伙根本就不是什么驿传人，不过是从某处弄身公服穿上罢了，包裹里也不是什么公文卷册，而是裹着这把佩剑，他昨天之所以出现，唯一目的大概就是赶上并伺机杀了自己，而且是用左手。注意到自己此刻居然还能观察到对方是左撇子，董勇哑然失笑，心中懊悔自己大意，天刚亮就独自一人远离驿所来这儿，此刻就算喊破喉咙也不会有人来救。可我那部《赵世家纪年》尚未动笔呀，没有留下自己真心想写的文字就死去，岂不是件很悲哀的事。还有邯郸家中的老妻，今后谁来照顾？

对方显是受过专业训练，并不说话，也不急于拔剑，只是稳步逼近。忽然，一支短箭从大门外射入，好巧不巧，恰在此际刮来一阵风，本来冲着假驿传脖子飞去的羽箭偏离方向，最终钉在对方粗壮的臂膀上。假驿传反应极快，并不恋战，也不打算从来时路突围，甚至都不想知道究竟是谁射他，掉头就朝前院跑，边跑边拔臂上的羽箭。

从门外走进一人，正是昨天路上遇到的第二位骑手。他头上依旧裹着头巾，却换了一身贴身服装，腰间扎着巴掌宽的皮带，手里举着一柄小巧的袖珍弩。此人朝愣在原地的董勇举手，示意不要惊慌，接着手掌下压，做个原地等待的手势，随即将手中袖珍弩丢在脚下，不知从身上哪里抽出一柄短剑，快步走向前院。

董勇惊魂未定，从台阶下到院落，捡起丢在地上的袖珍弩。出于著述史书需要，他对钱粮军械都有研究，"胡服骑射"改革后，赵国的冶炼业大幅度向军事倾斜，剑戈矛的韧度和强度都有提高，之前薄弱的弓弩也面临迫切的升级需求，尤其在骑兵战斗中，双方接战前主要依靠弓弩，当时韩国有"天下之强弓劲弩皆出于此"的美誉，为此赵雍特意娶了个韩国王室的女子为妻，之后顺理成章从韩国引进大批擅长制造弓弩的匠人，射程六百步之外的"时力"和"距黍"两种良弓逐渐成为赵军标准装备。但眼前这种尺寸的小弩董勇还是初次见到，它不足半尺长，使用檀木制造，刷清漆，尾部阴文刻着个"锐"字。弓弦更讲究，如《周礼》所述，"凡相筋，欲小简而长，大结而泽"，选择条结分明的兽筋制成，韧性极佳，打开弩身的侧盖，里面还有两支小巧的羽箭。出于礼貌，他没有取箭出来查看，即便如此，仅及正常羽箭三分长的精巧羽箭，无论箭头的铁镞、箭杆材质还是羽毛用料都令他大为叹服。

很快，袖珍弩的主人从前院走回来，冲着董勇躬身施礼，"锐卒旅都尉卒长尚禹给太史大人问安，刚才惊扰到大人，请务必见谅。"

"哪里哪里，若非你及时出现，我的性命恐已不保。"董勇说着将弩递给对方，"你是锐卒旅的人？何以出现在此地？"

"我奉少司寇李兑大人之令暗中保护太史，刚才若非那阵小风吹来，断不会射偏。卑职担心万一还有其他人图谋不轨，也就没穷追不舍。"

两人从后门出来，尚禹环顾四周，董勇细心地将门重新带上，坏掉的锁头也原样挂起，之后才跟尚禹顺着小道返回驿所。还没走出树林，就听到一阵马蹄声远去，尚禹说了句"便宜他了"。接着就远远看到单福手里拎着一把剑迎上来。见董勇无恙，单福才松了口气，"刚才那驿传跑回来，肩上有伤，话不多说直接上马离开，我觉得不对头，问小六，说你不在屋内，吓死我了。"

董勇心里热乎乎的，对单福讲述了刚才惊险一幕，最后说："刺客不管何人所派，看来是不想让我顺利抵达沙丘，既如此，我更应该赶路了。待那边的事处理完毕，返程时我再回来与你慢慢叙谈。"

站在一旁的尚禹提出要一路护送主仆前往沙丘，除了保护董勇，他在那边还有其他事情要处理。单福是个聪明人，二话不说就开始安排。

吃罢早饭，董勇带着小六和尚禹一同前往目的地，直觉提醒他，有个天大的秘密隐藏在迷雾后面，亟待揭晓。

当太史一行离开榆湾驿所，赶往沙丘的时候，少司寇李兑正端坐于公子赵成府邸客厅一角，等待命运的裁决，之前他被人私下称作"背德者"，如今他头顶很可能会再被扣一顶"弑君者"的帽子。

外面起风了，初秋微凉的晚风透过方格窗栏吹入，帐幔起伏，炉内青烟袅袅，膳房飘来肉香，夹杂着甜腻腻的酒香；隐约还有轻柔的丝竹编钟之音，听得出是当下流行的楚乐；东方大都市邯郸的夜生活正悄然拉开帷幕，嘈杂喧闹的白昼过后是奢靡沉醉的黑夜，日复一日，夜复一夜，仿佛永远没个尽头。

客厅极为敞亮，地板擦得能照见人影，几根粗大的圆柱间垂挂重重帷幕，既降低室内空旷感，也营造出某种深不可测的氛围。通往后堂方向被一扇巨大的座屏遮挡，通体清漆，两侧斜面阴刻云纹，另有红、黄、金三色彩绘，座屏两端向面及立木饰三角云纹。假如让某个不相干的人看，此地根本不像贵族之家，没有宾客往来，没有嘈杂宴饮，没有美人不知疲倦地歌舞，除了安静再无其他。可李兑觉得这才是真正的贵族之家，作为赵国最有权势的人，赵成早已参透人生本质，表面浮华如水面泡影，真正的身心舒适往往在相反的方向才能找到。西壁下摆放的两座嵌金铜犀尊彰显出主人身份，单个重量超过二十斤，上面的花纹一改周王室喜欢的饕餮纹，而代之以生动流畅的流云纹，不仅做工精致，而且充满时尚感，李兑相信不出三五年，这种图案的铜器一定会成为邯郸上流阶层的首选。

赵成是赵雍的叔父，也是当今主君赵何的叔公，曾经有个机会，在哥哥赵肃侯暴卒时，他一度有望接任主君之位，可低调谦和的赵成最终选择与肥义等人一同拥立十五岁的侄子赵雍上位，此后兢兢业业在旁辅助。叔侄俩第一次产生矛盾是因为"胡服骑射"改革，年轻气盛的赵雍不仅彻底改变军事体系，甚至还要求王公大臣集体更换服装。之前穿了几百年的宽袍大袖深衣要被上下分离窄袖紧身的胡服取代，这对贵族而言是难以接受的羞辱，如此穿着，跟北方那些作风粗野、生活放纵的胡人有什么区别？

但赵雍显然不在意传统礼乐的规矩，他只考虑骑马打仗的便利性，不，甚至还有一点赌气的意味。事实上就算更换服装，也没必要非得在朝堂之上统一，他是想借此机会对手中的权力进行测试，让每个人服从自己，进而彻底摆脱叔父赵成的约束才是终极目标。这一层含义外界大多数人都没有看破，但李兑却心明眼亮。当在贵族中威望极高的赵成最终选择妥协，穿着窄袖紧身胡服出现在朝堂之上，邯郸贵族的反对声果然瞬间消失。从这个角度说，赵成其实也对改革做出过贡献，只可惜叔侄两人的根本分歧从未弥合，赵国政界分裂为两派，赵氏贵族依然还是唯赵成马首是瞻，而士大夫只能纷纷选择站队。在赵雍如日中天的时候，邯郸七成士大夫出身的朝臣都拥护敢想敢干的年轻主君，剩下的三成要么是早就跟赵成关系密切，要么就是些不识时务的昏聩之徒——至少当时人们是这样看的，当巧不巧，李兑恰被归入后一类。

李兑的仕途全拜赵雍所赐。十五年前赵雍将他从北方大陵邑调入邯郸，从此一路青云直上。赵雍打击贵族，不问出身只论能力的选拔标准，让一大批像李兑这样的寒门士子有了出头机会。但经过都城多个重要岗位历练之后，年轻官员却逐渐站到保守派贵族一边,这让旁人深感不解,赵雍更是对这种背德行为切齿痛恨……

悠扬的乐声停止,周围空气如微微晃动的水面归于平静。大厅侧面门口出现一个矮小的身影,宽袍大袖的衣服在身上有些晃荡,但走路姿势优雅,脚下没有发出半点声音,身边环绕着四个面目清秀的少女。

一行人来到李兑面前,少司寇急忙匍匐行礼。

公子赵成年过六旬,顶上白发稀疏,几乎没法挽在一处,脸上布满皱纹,如果不是那双锐利的眼睛,这不过是个再平凡不过的衰翁罢了。然而他是当今赵国最有权势的人,过去二十年国家的富强表面上得益于敢想敢干的赵雍,实则大部分功劳归功于这位老人,有他掌舵,每当行驶于惊涛骇浪中的国家大船偏离方向,都会及时得到校正。

赵成哼了声算打招呼,婢女安放一张熊皮坐垫,搀扶其坐下,之后又在身后放下包裹着麂皮的凭几供他倚靠。

"如何?"

李兑再次躬身说:"他确实去沙丘了。"

赵成皱起眉头,脸上褶皱聚在一处,"还真是倔强。"

"史官嘛,理应如此。"

"哦?你这么想,很好。不过你也清楚,若是国史如实录入,恐怕我也保不住你。"

"属下以为不会有问题,别说沙丘留守全部更换,连沿途驿所也换了人,他不会见到任何一个事件参与者,"停顿一下,李兑接着说,"只要信期不乱讲。"

"信期,你大可放心,不过别太自负,"赵成不以为然地摇摇头,"董勇绝非平庸之辈,不是我夸他,就算沙丘空无一人,他没准儿都能从那些建筑里挖出线索。他父亲当太史时就这样，让人既敬佩又敬畏。"

"既然公子与太史有通家之谊，那何不——"

"我知道你的意思，"赵成打断他，"别以为董家跟我交好，我就能左右他如何撰写国史。我反正也活不了几天，怎会去担个干涉史官著述的骂名？况且沙丘之行是你与楼缓带队，其间究竟如何偏离了原先计划，你俩各执一词，你说是他煽动，他说是你独断专行，老夫一时也不知如何断案。也罢，咱们就听听太史回来怎么说。"

"属下明白，如今我的性命既掌握在公子手上，也掌握在太史手里，戴罪之身，百喙难辞，唯愿太史一无所获地平安归来，此事即可盖棺论定了。"

"哼，最好如此，个人事小，国家事大，若是为了国体稳定，我这个人是不惜任何代价的，明白？"

李兑微微颔首，当然明白，沙丘不就是个活生生的例证吗？这话他自然不会说出口，而是转变话题，"只是楼缓行事甚为可疑，还望公子多多留意才是。对了，还有件事要您拿主意，主父的谥号怎么定？"

"以他的平生所为，没有比武字更合适的字眼。待董勇回来，我把这意思跟他说，这事他大约不会违拗我。"赵成说罢微微蜷起左腿，轻轻摩挲起来，连绵不绝的秋雨，大约让筋骨颇为不适，忽然他没头没脑地问了句，"你在大陵的时候多大岁数？"

"啊？"李兑有些猝不及防，不明白对方何以会如此问，"那时属下刚满二十。"

"嗯，算得上年轻有为。你当时就跟她熟识吧？"

李兑内心飞快盘算，拿不准对方口中说的究竟是"他"还是"她"。若是前者，当然指赵雍，正是赵雍赏识，自己才从偏僻的大陵调到邯郸；可要不是指这个，那就说明赵成不仅没有年迈昏聩，反倒精明得令人胆寒。想了一下，他决定相信赵成的精明而非平庸，于是答道："没错，当年她才刚到及笄之年，正巧就被主父大人看上了。"

赵成目光盯着房梁一角，鼻子里轻轻哼了一声。

李兑觉得自己赌对了。

一个家臣手托黑漆盘悄无声息走上来，盘中放着两个陶土卮。

"尝尝新鲜的沙棠汁。"

李兑双手端起陶土卮，心中闪过一个略显荒唐的念头：会不会有毒？但他还是毫不迟疑地喝完。

沙棠汁甘甜美味。

之后他将陶土卮举到眼前欣赏，以前贵族家庭流行的容器要么是青铜，要么是白银，很少使用陶土工艺，因其比较粗糙，可是眼前的陶土卮十分精美，这是前不久刚从吴越传到赵地的新品，一时成为上层社会喜爱的饮器。

赵成端起另一只小口啜饮，一个白衣少女轻轻按摩他的肩颈，过了一会儿，他开口说："白露一到，我这腰腿顿时就不舒服了，真是老喽。不过该说的还是得说几句。天下兴亡啊，不要说周天子早就名存实亡，晋侯又如何，还不是被我们三家分了。如今诸侯扩充实力，大赵也不能落后，兵强马壮是一方面，国富民强才是立国之本。在我看来，代地骑兵再能打仗，也比不上邯郸城内聚集如此多商贾重要，我相信整个东方找不出一座比邯郸更繁华的城市了。我所做的一切，既不为权力，也不为地位,更不为名望,只是为了维持这繁荣,你明白吗?"

"当然,"李兑微微俯身,发自内心地说,"公子从来都是只想着社稷和天下苍生,这也是多年来属下不顾一切追随您左右的原因。"

"那就好,董勇回来之前,你密切注意邯郸城内动静,切勿再有事端。"

"是。"李兑俯身叩首,站起来退出大厅。

看着李兑的背影消失在庭院外,赵成目光扫过大厅那角垂下的帷幕,说了句"出来吧"。等候已久的中年男人悄无声息地从帷幕后面转出,面对赵成俯身施礼。此人就是刚才提到的楼缓,是当代颇有名气的纵横家,长年游走于各国诸侯之间,近几年深得赵氏家族信任,负责与秦国的外交关系,一年倒有一半时间待在函谷关以西那块苦寒之地。

"你都听到了?"赵成问。

对方微微颔首,简洁地说:"那家伙有私心,但是仔细衡量起来,长痛不如短痛,沙丘这个结果其实很好。"

"你怎么这么说?"赵成不满地捋捋下巴上稀拉的胡须,"陷我于不义,今后史书上会留下骂名。"

楼缓笑了。"史书怎么写可以商量。"

"你觉得董勇是能商量的史官?"

"属下觉得太史虽然性格执拗,但绝非不懂变通的腐儒,况且志向高远,并不甘于只做个附庸于宫廷的记录者。您大约听说过魏国史官籍黡正在写一部新国史,令魏国主君很不高兴,董勇或许也想效法他私著史纪呢。"

"有这种事?"

"太医胡原无意间对我提过,他与董勇是世交,应该不是空穴来风。"

"现在各国的史官怎么都不安分?老老实实记录当世文字还不够,还要上溯几百年刨先祖的根,他们当自己是什么人?"

"史家。"楼缓说出这个词,稍微顿了顿,然后意味深长地解释,"如您所言,史官只是记录当世,而史家是可以上穷百代。自从周王室衰败以后,很多老规矩都名存实亡,不要说史官想求变,其他士人也都在寻找新机会。"

"所以很多士人都叩关入秦?"

"这……"楼缓想了想,"秦国是个特例,商君变法以后机会确实很多,但我相信他的下场也阻吓了不少士子,那个国家跟东方华夏诸国还是有本质区别,若论对士子的吸引力,大赵国还是排在前列的,公子尽可放心。"

"秦国已经尽有河西之地了。"之前黄河西侧的大片土地属于魏国所有。

"军力只是一方面,属下十分赞同您刚说的话,国家强弱不能只看军力,街市繁荣,百姓富足更重要。"

听到这里,赵成满意地点头,然后问了个担心许久的问题:"秦国会不会借沙丘之事发难?"

"去年熊槐已经死在咸阳了。"

楼缓这句看似没头没脑的话,大约只有赵成能听明白。四年前,楚王熊槐被秦国诱捕到咸阳,软禁两年后居然偷偷脱逃。因为秦国通往南方的关隘被严密防守,一行人冒充赵国使节,往东越过黄河进入赵境。赵国没敢接这个烫手山芋,在赵成的主张下,长平关拒绝楚王入境,结果楚王被追来的秦军重新抓回咸阳。对此事的处理,也导致邯郸宫廷与身居代北的主父之间产生龃龉——当时愿意接纳楚王的赵雍不巧正在北方巡视，来不及干预此事。

"当年您拒绝楚王入境，秦王当然会领您的人情，"楼缓补充道，"更何况主父之前还曾失礼于秦王。"

他口中的失礼，指的是三年前赵雍假扮使者入咸阳面见秦王，直到他离开秦国，身份才暴露，当时引起轩然大波，险些酿成两国间严重的外交事件，此事让秦王大失颜面，心中想必颇为恼火，如今赵雍死了，对方大约会感觉到一丝报复的快慰吧。这层意思，楼缓不便明说，赵成自是心知肚明。

"我说，你们这些纵横之士，究竟本心如何？"赵成忽然问了个莫名其妙的问题。

"虽然往来于诸侯间，看似飘忽不定，然而一旦为相，为国谋事乃分内之职。譬方说张仪，为楚相则为楚谋，为秦相则为秦谋……"

"所以才有了楚王被囚。"赵成用讽刺的语气打断他，因为楚王被抓很大程度上是被张仪欺骗的结果。他侧耳听听外面的乐声，"我最近在想，过去几年赵国政局变化万端，虽然内有原因，逼人不得不为之。但总觉得咱们的每一步，仿佛都让秦国得利，你说怪不怪？"

楼缓脸色有些变化，不过灯火忽明忽暗，令人无法确定。过了一会儿他才说："属下并没有公子高瞻远瞩的目光，有些问题看不明白，但如果需要，我愿意代表您再次入关面见秦王。"

"一切等他回来再说。"

楼缓愣了一下，反应过来赵成指的是太史，于是像刚想起什么似的说，"公子可知李兑派人去了燕国方向？"

"什么时候的事？"

"太史离开邯郸的第二天。"

嗯？赵成不觉提高警惕。

楼缓转而像是安慰道："公子无须过虑，也许他是派人去燕国公干。"

"最好这样。"

赵成嘟哝着抬起两只胳膊，两旁少女马上搀扶他起身，留下楼缓跪坐在原地发呆。

穿行于枝叶扶疏的紫薇树下，赵成脑海里闪过太史那张固执倔强的面孔，越想越觉得不对头，从邯郸去燕国，沙丘是必经之地，楼缓滑头只说了一半话，但潜台词自己不可能听不出来，对方在暗示李兑派人跟踪董勇去了沙丘。想到这儿，他顾不上琢磨楼缓何以知道李兑的动向，急忙停下脚步招呼一声，从角落里冒出一名贴身侍卫。

"去马厩选匹快马，"赵成吩咐，"带上我的信符立刻起身，明天中午务必赶到沙丘，让信期保护太史安全，不得有失。"

对方点头离开。赵国刚经历过动荡，如今再没有什么比稳定更紧要，太史董勇在其中扮演重要角色，只要他大笔一挥，沙丘发生的事就会一锤定音，一部符合国家利益的《赵史纪》不仅能够彻底消除流言，也能凝聚上下的合力。赵成暂时无法确定李兑派人去沙丘到底意欲何为，但就凭对方刚才对自己只字不提此事，就足以让人怀疑其动机——那家伙可是有一百个杀害太史的理由呀。假如在这个关键时刻董勇有闪失，这团乱麻就真的无解了。

想到自己之前居然没意识到该重点保护太史，赵成不觉有些后悔。

走出赵成府邸，钻进马车，李兑才长出一口气。

木制车轮碾过街头石板路，发出沉闷的声音，地面雨水已干，酒馆饭铺门户洞开，点燃在屋前院内的庭燎之火照亮夜空，空气中飘浮着刺鼻的烟火气，同时夹杂着嘈杂喧闹的人声，高档歌舞伎馆悦耳的丝竹音飘荡在周围。就算不久前发生过令人震惊的宫廷之变，邯郸的夜生活依旧如常，老百姓并未受到影响。

四个侍卫骑马跟在车旁，李兑端坐车内，看着外面繁华的街景，一句一句回味刚才跟赵成的对话。虽然警报暂时解除，危险却依然存在。外界一致认定赵成和李兑携手救驾有功，但作为当事人，李兑心里清楚，事情与外界了解得不大相同，或者说大为不同……而且赵成那句看似莫名其妙的问话令人生疑，以对方的老谋深算，绝不会无故提及旁人，开口必有因，况且世上也没有不透风的墙。

李兑想着心事，四下观望。这是多年来养成的习惯，无论行走坐卧，都始终保持警惕。马车轿厢三面有窗，可以清楚看到街上行人。多年训练使他很快就发现可疑目标。

"前面左转。"他给驭手下达指令。

马车离开主干道，转入一条相对狭窄的道路，随行侍卫看到路线变化，策马靠上来。

"没事，我想四处走走。"李兑说罢，又瞟了一眼后方。

侍卫退回原位，四个人簇拥着马车在邯郸城内闲逛起来。

车马进入西市，李兑让驭手放慢车速。此地乃歌舞乐坊集中之地，作为邯郸的治安首长，大街小巷各类场所他都清楚，知道这些乐坊与东市那些歌舞伎坊有所区别，更与南市那些妓院欢场截然不同。此地主要以教学为主，是相当干净的地方。

从周围诸侯国选来的绝色女子，经过严格训练和层层选拔进入馆内深造，理论上她们最终的出路是成为专业的歌舞教习，但实际上许多人最终嫁入官员或商贾大姓之家，以此完成人生的华丽蜕变。

"停车！"

马车拐入一条更加幽静的小街，人工开凿的小水沟紧挨路面，石板小桥后面是整齐一色的姜黄色大门，户户都用竹篱笆做围墙，上面爬满花藤，门后小院里，顶部角度平缓的建筑半隐在树丛与花丛中。

喧闹已被隔绝到另一条街上，幽静的夜色里插于大门侧面石槽孔内的庭燎火光异常醒目，一段悠扬的乐曲飘荡在耳边，中间夹杂着稚嫩的女声唱腔。

　　美人荧荧兮颜若苕之荣。命乎命乎。奉天时而生。曾无我赢！

李兑撩起轿厢帘，不待驭手放脚踏，直接轻快地跳下车。周围人很少，刚从酒坊出来的醉汉，带着随从大摇大摆走过街头的纨绔子弟，兜售玩物的小贩，步履蹒跚低头沉思的白发老者，还有两个穿着丝绸衣服的中年人左顾右盼寻找中意的消遣场所——就是他俩，从赵府门口开始，一直远远跟着自己，之所以绕到这条小街，也是为了进一步确定跟踪者。但是现在，李兑的心思改变了。

他招手叫过侍卫，吩咐几句，待对方扬鞭离开，才吩咐马车和其余侍卫留在原地，他独自一人顺着石板路朝传出歌声的院落走去。

空气潮湿而清凉，很像记忆中某个遥远的时刻，他想起刚才赵成那句关于节气的闲谈，决定自身命运的并非只在刚才那一刻，而是早在十五年前就出现了。遥远的那天也正恰是白露，年轻有为又野心勃勃的官吏，正穿行于大陵邑富人区那条狭窄的小巷中，悦耳的歌声蓦然从墙内飘出，稚嫩的歌喉吟唱的就是这首歌呀。

如今已人过中年的李兑推开木栅栏门，走进这间名叫"花渐"的小院。

正厅不大，踏上浅浅两级台阶，看到高出一掌的厅堂地板铺着干净的草席，长条案后端端正正地安放着清漆闪亮的凭几；铜香炉里飘出若有若无的烟雾，高脚灯散射着温暖而柔和的光，屋角花瓶插满悦目的莳花香草。

歌声戛然而止，一股幽香飘进鼻孔。盛装的中年妇人跪坐在房间当中的坐垫上，对着来人俯身施礼。

"刚才路过门前，听到歌声，所以……"李兑打量着风韵犹存的妇人。

"小女练歌，扰到贵客，望乞恕罪。"

"哪里话。这么说唱歌的是你女儿？"

李兑目光转向跽坐在雕花屏风前的年轻女孩，当看清对方面容，不觉愣住了。

女孩不用中年妇人提醒，端端正正朝客人施礼，礼罢，低头不语。

不是她。李兑内心深处生出一丝憾意，继而差点被自己瞬间的呆傻逗笑，当然不是她，怎么可能是她呢？十五年前那个小女孩到今日也该人到中年，更不用说五年前她已经离世，自己作为负责祭礼的官员，亲自将灵柩送入王族坟茔。从那一刻起，她再无任何东西留在世间。不，也不能这么说，她还有儿子呀，那个从她体内孕育出的骨血，经历一番血雨腥风，如今正高坐在邯郸宫廷那张看上去不怎么舒服的王座上。

即便内心起伏不定，李兑还是颇有涵养地脱掉木屐，听从妇人安排坐到条案边，靠在舒适的凭几上消磨了半个时辰。美酒佳酿、习习凉风、木樨香燃尽的余味、女孩悦耳的歌声，给他带来久违的闲适感，利用这段时间，正好可以整理思路，也给自己刚才派出的侍卫留足时间。

董勇那天一离开春台，负责监视的人就跑来汇报，当确定对方目的地是沙丘时，李兑顿觉相当失落。看来赵成的权威没能让太史信服，对方还是亲自前往事发地了。沙丘离宫的战斗痕迹早已消除干净，哪怕树林草丛中的遗矢都仔细收检过，参战士兵全部撤走，连沿途驿所的大小办事人员也调换过。目前在那里负责善后的是赵成的亲信、宫廷卫队长信期，按理董勇不可能找到有用线索。但也难说，就像赵成所说，此人调查能力极强，保不齐有所收获也未可知。不过李兑并不特别担心，以他对太史本人的了解，董勇不是一根筋的腐儒，在当前的形势下，一味坚持秉笔直书的态度，不仅不符合国家利益，甚至也不符合史官这个特殊群体的利益。但李兑又不能完全放任不管，遂派出心腹尚禹一路跟随，相机行事。

不知不觉一曲终止，李兑意犹未尽。继续与中年妇人攀谈，得知对方名叫毓姬，乃乐坊世家，三年前从楚国来到邯郸，原本家中有四口人，去年丈夫染疾离世，抛下她和一双儿女，好在女儿郑袖能歌善舞，足以继承这些技艺，而儿子则不喜音律，离家从军去了。

李兑觉得奇怪，赵国军队只招收年满十八岁的青年男子，按照毓姬的说法，她的儿子顶多十五六岁，怎能进入军队呢？毓姬也说不清儿子到底在哪个军队，只说三个月前回家，骑着匹高头大马，临走还给留下一锭金子。

这就更奇怪了，铜钱还好说，可是黄金，即使从军多年的老兵也不可能攒下一锭黄金。他决定不再追问，临出门留下一笔不菲的酒资，毓姬再三推却，直到他说这是下次过来时的订金，对方才收下。

走出花渐乐坊，大部分庭燎都已熄灭，月明星稀，夜空澄净，街道上人更少了，两个来路不明的盯梢者还在街边晃悠。李兑嘴角露出一丝嘲讽微笑，刚才派出的侍卫已经等在门口复命：公孙午已经安排好了。公孙午是李兑的得力助手，少司寇府下辖三个斥候所，他是主管之一，负责邯郸西市的情报收集、跟踪监视。斥候所里那些候者编织起一张覆盖邯郸全城的情报网络，只要愿意，这座城市没有李兑不知道的事。现在他好奇的是：究竟谁敢跟踪自己？

当晚，李兑失眠了。

卧房窗户对着花园，院内一株桂树繁花散尽，余香还浮动在空气里。邯郸这种地方桂树不易成活，单凭窗外这株长势良好的桂树，就能彰显主人不凡的身份。实际上少司寇生活并不奢侈，几乎像个清寂的苦修者。除了在外公务聚会，府内从不设宴请客，更不蓄养歌伎，平时忙完公务，换上宽松的深衣，他喜欢披散头发跌坐在书房窗下读书。那些竹简已被摩挲得异常光滑，有些串连竹简的麻绳也需更换了；他从不喝酒，这是在大陵邑当差时养成的习惯，无论哪种酒，喝完总容易令人失去理智；他没有结婚，在如此级别的官员里完全是异类，好在赵国风俗开放，况且爬到如此高位，也无人再对他私生活说三道四。他并非排斥女人，每隔一段时间，总会有不同女子侍寝，对他而言女人与其说是一个个有温度的肉体，倒不如说更像抽象概念。他从来记不住那些跟自己共度良宵的女子的面容，因为他将所有肉体接触都限制在黑暗里，那个时候，他不允许室内有任何亮光，也刻意不让自己注意到对方的容貌。无论身下是谁，他在心里都会给她安上一个不变的名字。

刻漏显示现在已是丑时，弯月挂在东南方天空，冷光从南窗照进来，卧席上的影子不易察觉地缓慢移动，枕畔那枚小小的饰物也从不同角度反射着月光。看了很久，李兑仿佛才下决心伸手拿起它。这是以昆山之玉雕琢而成的双鱼玉佩，长约寸许，两条胖胖的鲤鱼，头尾相交，中间镂空，放在掌中手感温润，晶莹可爱。

我的贴身之物，以后你要时刻带在身上。女孩说话时的嗓音与唱歌时很不一样，听上去稚嫩而单纯，语气中带着不谙世事的笃定。沁人心脾的体香，令人想起春天草原上的野草野花。

傍晚时花渐的歌声令李兑思绪回到遥远的大陵邑，这遥远不仅是空间上的，更是时间上的，瞬间自己仿佛行走在十五年前那条小巷里，听到从墙内飘出的歌声，心知那是吴广的女儿孟姚在唱歌。

吴氏是大陵豪族，祖居吴越，近两百年前，越王勾践灭吴时，一支族人辗转迁移到晋国，赵、魏、韩三家分晋时留在赵国境内。现在当家人名叫吴广，极有商业头脑，而且很能笼络人心，不管地方军政官员如何更迭，吴广总能在第一时间跟新任官员交上朋友。李兑自从成为地方长官于零的得力助手，也成为吴家座上宾。

十三岁的孟姚，小名娃嬴，聪慧可人，能歌善舞，商贾之家家风开放，小范围宴饮时，女孩时常出来一展歌喉。李兑初见此女，惊为天人，之后便常去吴家走动。吴广很快看出年轻官员的兴趣并不在美食与好酒，但骨子里的狡黠和算计，让他依旧对所有客人在言色上一视同仁。

李兑觉得孟姚对待自己的态度有些不同，这感觉来自觥筹交错间的只言片语，来自华灯初上时的低眉不语，来自曲终人散时的美目流盼，不管是不是自作多情，他宁愿让自己沉浸在梦幻当中，哪怕片刻也好。某次在花园面对盛放的陵苕花，孟姚唱起这首美人荧荧兮，李兑开玩笑说这是怨妇之音，女孩认真地解释，说这是寻觅知音的歌，非怨也。难道知音果真难觅？李兑故意问。难，但我或许已经觅到了。说罢女孩嫣然一笑，那个笑容他能记一辈子。

可是那晚的歌声不仅没有让他像以前那样心生欢喜，反倒有种莫名的不安。他清楚记得自己当时在小巷里停下脚步，侧耳倾听歌声，脑子里却想起白天的觐见。今天他遇到了生命中的贵人——带队巡视边境的国君赵雍。二十五岁的赵雍，以其特立独行的处事风格在诸侯中声名显赫，与别国体弱多病或养尊处优的国君相比，赵雍更像带兵打仗的将军而非国君。头天他将部队安置在大陵郊外，自己只带三十骑兵在清晨早市之前悄然进入邑内，让邑守于零措手不及。第二天，他在李兑陪同下巡行至北方界河一带，突遇林胡骑兵，双方试探追逐一番，对方主动退去。这次偶遇让赵雍兴奋不已。若是坐在战车里，今天就不容易脱身了。返回城邑时他对李兑说，其实更像是在对自己说。直到刚才，他们还一直在传舍讨论骑兵的话题，因此李兑此刻多少有些飘飘然。

月色撩人，空气里散发着新鲜草料的气味。按说这是个令人陶醉的时刻，自己的人生即将迎来转折，而他心仪的女子也如盛放的花苞，在北方清冷的空气里带着露水等待采撷。可我为何如此心怀忐忑呢？他百思不得其解，而答案在次日就揭晓了。

第二天，李兑早早赶到赵雍居住的传舍，本以为年轻的国君要继续讨论军事话题，却发现对方坐在庭院当中的石鼓上发呆，邑守于零陪坐在一旁。

看到李兑出现，于零急忙站起身将他拉到一旁。原来他一早受吴广之托前来邀请赵雍赴宴。身为精明的商人，吴广当然不会放过眼下的良机，搭上国君这条线，什么样的生意做不下来。问题是他还想做什么生意？李兑几乎要脱口而出，大陵守军的服装供应，吴广已经承包一大半，莫非还想把赵国军队所有军服采购拿下吗？不过话到嘴边，说出口的却是：主君答应赴宴？看到于零点头，李兑更加不解，既如此，因何发呆？

就在那时，赵雍扭头冲他俩没头没脑地说，昨晚做梦，先是听见歌声，唱得不算好，但让人一下就能记住，接着看到坐在树下的女子背影，让她转过来，根本不理我，也是第一次见到如此胆大的女子。说罢他脸上露出笑容。

于零不知如何接话，而李兑心中的忐忑骤然加剧。

当天晚些时候在吴广家宴上，孟姚端着酒壶走到赵雍面前，之后发生的一切都仿佛命中注定。赵雍对女孩一见钟情，没等宴席结束，就直截了当问吴广是否舍得让女儿去邯郸。吴广根本没有考虑便应承下来——国君开口，谁敢说半个不字。一群人一哄而起，纷纷给吴广敬酒以示祝贺。孟姚大约是整个宴席里对喜讯反应最平淡的人——其次就是像木偶般坐在那里的李兑——即使用淑女的端庄来当作借口，态度也过于冷淡了些。她说不喜南方平原湿热天气，又说国君恐怕一时酒醉戏言，劝赵雍冷静一下。精明的吴广摇身变作善解女儿的慈父，没有催促或斥责孟姚，而是拿腔拿调地矜持起来，就像他刚才并未答应过任何事一般。

李兑内心如打翻五味瓶，说不上究竟是何滋味。此刻之前，他对孟姚的感情如大陵草原上的云彩难以捉摸，时而觉得非此女不娶，时而觉得也并非那么喜欢她，天地如此广阔，前途一片光明，正该仗剑天涯建功立业，在这种悲壮情绪鼓舞下，任何儿女情长都显得有些可笑；听到赵雍中意孟姚时，他瞬间感受到明显失落；而孟姚的委婉拒绝，又令他生出一丝隐忧——若女孩此刻说出心中属意对象竟是自己怎么办？不是每个人都有运气得到国君赏识；当吴广策略性搪塞时，他心中甚至有点窃喜，仿佛黑暗里闪现出一点火光。

可赵雍根本不在乎其他人怎么想，他在意的只是遵从自己内心的召唤。当着宴席上的宾客和属下，他把一早对于零说过的梦重述一遍，而且添加了一些之前未说的细节，比如女子的身材样貌，他笃定地说那就是孟姚，还有那首歌，说着不顾一国之君的架子——那玩意原本他也不太有——用五音不全的嗓门大声唱起歌谣。

美人荧荧兮颜若苕之荣。命乎命乎。奉天时而生。曾无我赢！

其他人惊讶也罢吹捧也罢都不重要，当李兑看到孟姚的脸色忽然变得和缓而温柔，仿佛有光自天上降下，他的心坠入深渊。

赵雍次日就搬进吴广家。孟姚成为赵国主君的侧室，十个月后生下儿子，正式成为王后，在邯郸深宫住了整整十年，因病离世。

往事不堪回首。如今两鬓已钻出白发的李兑手握玉佩夜不能寐。可笑的是，勾起这一切的竟是两个完全无关的契机：赵成没头没脑的发问，以及路经乐坊时听到的歌声。自己与孟姚后来仅见过两面，亦是两次离别。头一次是受赵雍之命，从大陵护送她去邯郸；后一次是她临去世前应召入宫探视。两次见面相隔十年，花的盛放与凋谢，他都不幸目睹。

花渐那个名叫郑袖的女孩，虽然声音与孟姚差别很大，可面容却有几分神似，以至于自己当时充耳不闻，只顾死死盯着对方看。恐怕也让她受到惊吓了吧？想到这儿，李兑心中生出一丝歉疚。

当李兑走下马车，被邯郸西市那家名叫花渐的乐坊传出的歌声吸引驻足时，位于三百里外东北部山区的长平关，夕阳尚未沉落，老卒鲦泽顺着略带坡度的石板路朝家走去，心里惦记着巫锦手酿的桂花米酒。

长平位于半山腰，不知何年何月开辟的道路从山间穿过，拦腰截断山脊。道路南北两侧是根本无法攀登的石山，上面几乎没有树木，偶有从石缝冒出的小树细枝，始终无法长大；东边翻过几座山，就是通往邯郸的坦途；西边山坡缓慢下降，像扇面般逐渐铺开，一直延伸到黄河岸边的河津，过了黄河就是有名的河西之地，无险可守，历年来秦、韩、魏、赵屡屡在此进行拉锯战，去年还属魏国的土地，今年或许就成为韩国或秦国的土地。但赵国只要守住长平，就能占据主动，进退自如。

虽然只在长平住了一年，鲦泽却喜欢上了这地方，经历多年人生起伏后，他终于能安享醇酒妇人带来的乐趣了，这让漫长的等待变得不那么难熬。在他内心深处，有个晃动的火苗在不断摇曳，名叫希望的东西在隐约作怪。就算生活安定下来，他还是时刻等待从邯郸飞来的那一道调令，那是他应得的回报。

在关口当班时，鲦泽都会提前准备一壶桂花米酒，桂花来自吴越，糯米产自楚地，由巫锦在家加工酿制。夏天，酒在山涧里冰一刻，冬天则在暖炉上加热，坐在门楼上边喝酒边值班，差事也变得不怎么辛苦。巫锦是吴越女子，十多年前越楚战争，大批吴越百姓辗转逃离家园，十三四岁的女孩跟随父母逃难，刚入赵地不久，父母先后病故，她被辗转卖到长平的军市做了娼妇。不承想学过的巫蛊卜算之术拯救了她，给军市当家者算了相当灵验的一卦后，马上脱离了皮肉生涯，在院中辟出一间小屋，专为客人行卜算之事。原本是娱乐之余的补充，结果算过的人都说准，一传十十传百，前来卜算的人有时甚至会超过寻欢之人。

鲦泽初见巫锦也是在寻欢之余，净手时误打误撞走进巫锦的房间，抱着游戏心态，他让女子给自己卜算一卦。巫锦对散在盘中几块光滑的兽骨琢磨许久，用吴越软糯的语气说他命中有三起三落，如今属困龙之相，需耐心等待时机。鲦泽惊奇地追问机会来自何方。女子答曰归宿在西南。虽然只有三言两语，鲦泽心中却暗自叹服，因为这个姿色平凡，年纪偏大，蜗居军市一隅的中年女人，一句话就说透了他的一生。

此地所有士卒中，绝对找不出比鲦泽更有阅历的，严格说来,他之前根本就不是普通兵卒。还是个孩子时,他就做了当今主君的爷爷赵肃侯的贴身仆从;肃侯死后,身边亲信被遣散到各地,鲩泽到了北方大陵邑,一待就是好几年,直到肃侯儿子赵雍亲政时巡视北境,提拔当地年轻官员李兑入邯郸,鲩泽才跟着李兑进入邯郸,在宫廷卫队中当了小队长。

又过了十来年,本以为能顺利在邯郸退伍,过上都市人的舒适生活,没想到赵雍忽然退位,从主君变成主父,转往代地练兵。鲩泽作为旧部被带往北方。在那种苦寒之地,他反倒迎来新机遇:性格张扬的赵雍忽发奇想要亲自入秦,为掩人耳目,打算伪装成赵国使节,使团成员当然不能全由年轻力壮的军人充当,鲩泽因性格稳重,相貌老实,加上之前大陵时的履历,被选中充当总管。时隔多年,以这种方式重新回到另一位主君身边,谁说命运不开玩笑?

从大陵到代地,再到眼前的长平,不就是三落嘛;从肃侯到主父,不就是两起嘛——按照巫锦的说法,他鲩泽至少还应该有一次机会呀。唯一令他不满的是方位不对,邯郸分明在东南方,西南方有啥?回去想了一晚上,他做出个重大决定:为巫锦赎身,让她跟自己一起生活。钱对鲩泽而言根本不是问题,只消拿出五朋就让军市当家者乐得闭不上嘴了。加之鲩泽有军职,对方遂认了巫锦做干女儿,将自家一处闲置的独院收拾好给二人居住。鲩泽跟巫锦就此过上了有实无名的夫妻生活。

无论对于颠簸半生年近五旬的鲩泽,还是命运多舛年届三十的巫锦,这个看似带点妥协和凑合意味的结合,怎么看都像是权宜之计。可是很快鲩泽就改变了看法,因为他开始体会到家的温暖。他的军饷足够二人生活,根本动用不到过去的积蓄,不当差的晚上,他都按时回家,沉默而体贴的女子准时将酒菜摆上桌，陪他一起喝卮米酒。偶尔他会跟巫锦提到往事，大陵、邯郸，甚至咸阳，那些在巫锦听来都是遥远到不真实的地方；临睡前，巫锦将装着热水的木盆端到炕边为他洗脚，鲩泽很享受那双温柔的小手抚摸自己粗糙脚掌的感觉；男女之事，巫锦从不主动要求，却会积极迎合。半年不到，鲩泽身体变得倦怠起来，觉得与其在被窝里上下折腾，倒不如相互依偎着更舒服——尤其在冬季。总之，他对目前的生活很满意。

巫锦几天前就提醒鲩泽，白露这天早些回家，会有意外惊喜。他想不出能有啥惊喜，所以此刻也就走得不紧不慢。来到镇子中央广场，他不由自主驻足回头，看到半山腰高地上巍峨耸立的关口城楼被夕阳镀成火红，接着感到左侧胸腔里跳了几下，心悸的感觉明显，当年他站在咸阳秦王宫台阶上曾有过类似感觉，那是将要发生大事的预兆。大事归大事，可未必是好事。事后证明那次心悸是他人生到达顶点的提醒，此后很快坠入命运的低谷，祸兮福所倚，福兮祸所伏，诚不欺我也。

胡思乱想着转入小街，蓦地看到自家门前站着两个全副武装的卫兵，从军装上能看出不是普通士卒，而是将军的贴身近卫。

说到将军，鲩泽心情有些复杂。长平关是赵国面向西方最重要的关隘，日常驻军一万人，老将赵揭半年前调离后，新任守将廉颇是个三十出头的年轻人，刚上任就大刀阔斧进行改革，维持边境繁荣的同时，积极强化关隘设施整修，新的城墙比之前高出好几版，破损的地方用平整的石材重新加固。关口城楼上原本漏雨的厅房也重新翻修，里面堆满箭弩滚石檑木，另外辟出两间作为士卒轮休之处，让原先人人逃避的夜间轮班变得轻松许多。鲩泽有时会有生不逢时的感叹，若是年轻十岁，自己或许可以鼓起劲头跟着廉颇干一番大事，如今是没这劲头了。但问题是自己之前与廉颇从未有半分交集，如今两个近卫在此，莫非将军来我家了？

高大强壮的近卫听到鲧泽自报家门后，态度颇为客气，他们说廉颇将军下午提出要外出走走，不让备马，也不要其他人跟随，只带着他俩步行到此，之后让他们在此等候，自己独自进去了。

鲧泽陡然生出一股不安，莫非将军跟自己的女人之间……

然而近卫根本没阻拦他进院。院内有个木架子，是夏天时鲧泽帮巫锦搭起来的，瓠瓜如今已爬满架子，架下支着四方形石案，摆放四个石鼓，盛夏时节他跟巫锦在此能一直坐谈到星斗西斜，凉风习习，甚是舒服。此刻身着便装的廉颇将军就坐在石案旁，巫锦穿着朴素的居家衣服坐在对面，案头散着巫卜用的兽骨，磨得光滑温润。

"你就是鲧泽？"廉颇居然站起身，态度谦和地看着他。

鲧泽叉手施礼，看了看巫锦，心中生出一股愧疚之意。"鲧泽见过廉颇将军，不知驾临，失礼了。"

"哪里，"廉颇摆摆手，示意一起坐下说话，然后自己先坐回原位，"我听别人说你的——对了，你们还没有婚约吧？那就称如夫人啦，我知道巫锦擅长卜算，特意过来求一卦。"

"这样啊，那你们继续。"

"已帮我拆解过，接下来就静待应验啦。我之所以没走，是在等你。刚刚才知道你竟然跟随主父去过咸阳，失敬了。却不知因何会跑到长平来当个小卒呢？"廉颇问得自然，好像这事没啥值得大惊小怪之处，仅需要鲧泽三句两句就能说清。

鲧泽叹口气，暗自埋怨巫锦多嘴，"也是因为办事不力，蒙主父未降大罪，特赦至此，属下感恩戴德都不够，哪里敢再吹嘘以往经历。"

"祸兮福所倚，你还真是因祸得福呢。"廉颇意味深长地看着他。

"将军这话是怎么说？"

"刚从邯郸传来消息，主父三个月前在沙丘离宫因病崩殂，公子赵成秘不发丧，前不久才对外公开，同时死的还有安阳君。"之后廉颇简要介绍了他听到的相关消息，都是宫廷方面的官方之词。

心中那摇曳了一年的名为希望的火苗瞬间被风吹灭。鲦泽瞪大惊奇的眼睛，仿佛在听一出精彩的传奇剧。这倒并非刻意做给廉颇看，他确实感觉惊讶，也才明白将军刚才祸福论的潜台词：你鲦泽作为主父的重要下属，虽然失宠被贬到偏僻的长平，但也就此躲过一劫，若你依然还在主父身边得宠，随行去了沙丘，后果可想而知。

尽管将军不曾明说，但鲦泽还是看到一个显而易见的事实：从听到这消息的第一刻起，自己就没把主父的死归结到自然死亡行列。废话，那人还不到五十岁，体壮如牛，怎么可能因病暴殂？很明显，春天的沙丘发生了一些不为外人所知的事，至于父子俩究竟因何送命，恐怕永远都是谜了。

"我对沙丘之事并无兴趣，当好自己的差最重要。长平外面虽然面对三国，其实最应防备的是秦国，大家都说那是虎狼之国，却又说不清到底是怎么回事。恰好听说我的属下居然有个进出过咸阳的奇人，所以忍不住想打听一下，不知咸阳之行如今是否算得上不能说的秘密？"廉颇最后以此结束自己的话。

年轻的将军态度谦和，不管怎么说他也是长平当地最高军政长官，咸阳的事恐怕不得不说一些，好在具体说到何种程度由自己决定。想到这儿，鲧泽对巫锦示意，让她把酿好的桂花米酒端出，下酒菜也一并上桌，因为这是个略显漫长的故事，需要时间细细讲述。

侍奉父子两代国君是鲧泽的荣幸，他也因此有机会近距离观察和比较他们，通过咸阳之行，他对主父赵雍有了深入了解，彻底颠覆之前对这位主君的认知与想象。

在他眼里，赵肃侯是典型的传统老派贵族，有教养，等级观念分明，对同阶层贵族以礼待之；对不同阶层属下以情慰之；对更低阶层下人以恩驭之。从不逾矩，身边每个人都心甘情愿服侍他。赵雍则完全是另一种性格，虽然长在深宫，却对周王室流传下来的等级礼法不以为然，对待叔父赵成那样的传统贵族，有时亲昵得失礼；与属下更是打成一片，看上去不成体统。据说有一次周王使者自洛邑前来，赵雍正在武安劳军，使者赶到武安，被带到一群粗野的军人面前，若非有人引见，使者根本不相信鼎鼎大名的赵雍是这副模样。

咸阳之行集中体现了赵雍性格中喜欢冒险的一面。当时刚退位的他带着安阳君赵章居住在代地，在这片远离邯郸的草原上，他可以完全按照自己的意愿改革和训练新军，靠着宫廷定期拨款，一支极具战斗力的骑兵迅速成形。就在此际，赵雍将目光投向秦国，一番思量之后，他做出个大胆决定：假扮赵国使节去咸阳探查一番。

过去很多年，东方的华夏诸国根本瞧不上西部边陲那个小国，大家一致认为，若非秦襄公护送周平王东迁有功被封列侯，那里至今恐怕还只是个马场。可随着卫人公孙鞅在关中大肆废井田、开阡陌，施行新政，秦一跃成为诸侯中最强大的一支，令东方诸国既惊且惧。赵国对待秦国的态度尤为复杂，若上溯到周初，两国还是同姓，恰是这两个嬴姓国家在过去数十年各自崛起为东西方两大强国，双方时友时敌，纠缠不清。

远离邯郸的好处此时显现出来，因为代地根本无人能阻拦赵雍的任性妄为。他挑选了包括鲧泽在内的十几个人，稍微装扮后就出发了。作为使节，赵雍本人乘坐一辆四匹马拉的马车，鲧泽身为总管，与另外几人分坐在几辆两匹马拉的车内，后面还跟着几辆装满货物的马车。每次行走在无人之处，赵雍总会下车换上他那匹代地骏马。他骑马，鲧泽等人当然不好意思安坐于车内，于是只好都弃车骑马。鲧泽不习惯长时间骑马，在马背上颠簸半天，晚上两股痛得要死。只有穿越繁华城镇时，赵雍才会老老实实坐在车内，为解闷，他会把鲧泽等人轮流叫到轿厢里闲聊。有一次聊起大陵往事，顺便把鲧泽当年的上司、如今邯郸宫廷的红人李兑痛骂一番，那个势利小人，枉我当年把他从大陵调到邯郸，看我将来怎么拾掇他。

遇到此类情形，鲧泽内心总是且喜且忧，喜的是天赐良机，自己能跟赵国最有权势的人面对面坐在一起；忧的是这种没有尺度的谈话若是传扬出去，岂不惹来麻烦？此外还有一层说不出口的隐忧，赵雍的言谈举止，会让身边人丧失对权势荣耀的敬畏，进而开始怀疑人生——如果贵为王侯的主父是这样一个大大咧咧没有架子的军汉，我们珍视和追求的东西还值个什么？

闲谈之际，赵雍告诉鲧泽一桩少有人知的往事：当今秦王嬴稷还是赵雍扶植上位的。十年前，好勇斗狠的秦王嬴荡跟身边力士比赛举鼎时意外死亡，消息传来，赵雍马上想到当时正在燕国做人质的秦国公子嬴稷，若是由赵国出面护送他回国继位，嬴稷将来岂能不念赵国的好？于是紧急派楼缓出使燕国，软硬兼施，将嬴稷带过易水河。由于时间紧迫，楼缓日夜兼程将嬴稷护送往咸阳，所以赵雍并未见过这位秦公子。如今要是能在咸阳见到嬴稷，也是一桩趣事。当然，自己身份将严格保密，整个咸阳知道此事的唯有赵国常驻秦都的楼缓，连楼缓的随从都不会知晓。即使万一被识破身份，念及当日被扶植上位的恩情，嬴稷想必也不会为难咱们。赵雍最后纯粹为了安慰下属，补充了一句。

这不是赌徒心态吗？这句话鲦泽当然没敢说出口。如今的嬴稷早已不是当年依靠赵国军队护送回国的年轻人了，此人当权后变得没有底线，不仅言而无信，更是通过诱骗欺诈手段，硬生生将当了三十年楚王的熊槐囚禁在咸阳，此事在诸侯间掀起轩然大波，至今没有平息。

说来令人难以置信，楚王熊槐去年在武关被秦军抓获并非某场战斗的结果，而是自投罗网。在楼缓师兄、纵横家张仪鼓动下，熊槐去武关赴秦王嬴稷之约。不承想会面之事根本是个圈套，毫无防备的熊槐当了秦军俘虏。之后嬴稷以熊槐为人质，索要巫郡和黔中之地。周朝定鼎数百年间，诸侯之间虽然战争不断，可是利用欺诈手段诱捕一国国君，并将其作为人质勒索土地的做法，却是前所未有之事，华夏诸国不禁目瞪口呆。赵雍此时执意前往秦国，万一被识破，那么咸阳就可能扣押两个诸侯了，哪怕他现在不是赵王，但分量并未有所减轻。

不过赵雍显然没有被这种前景吓住。

跟随赵雍进入宿敌的国都咸阳，是鲦泽可以吹嘘一辈子的传奇经历。使团在咸阳等了十多天才受到秦王接见。此间赵雍每天都去咸阳街头游荡，鲦泽一直跟在他身边。看赵雍像个初次进城的乡野之人，对周围一切充满好奇，鲦泽初时觉得好笑，后来当发现对方其实别有所图时，他就再也笑不出来了。

赵国使团正式觐见秦王是在一个大晴天，由楼缓一手安排。鲦泽没有资格上殿，只能穿着一身干净的布袍站在秦王宫台阶下，周围满是身披黑甲的秦兵。这可是虎狼之国的秦地呀，作为曾在河西之地与秦军搏杀过的老兵，此刻安然站在距离秦王仅一箭之地的位置，鲦泽心中的激动之情难以言表。

大约一刻钟，赵雍跟随楼缓从大殿内走出来。看得出楼缓急于离开，而身形高大的赵雍却站在台阶上，面向南方眺望起来。秦川的天空晴朗而高旷，渭水蜿蜒，南山巍峨，大殿前摇曳的锦帆彩旗令人炫目。鲦泽不知道赵雍心里究竟在想什么，但对方脸上若有所思的表情至今清晰留在记忆里。

赵雍离开咸阳很仓促。第二天一早，楼缓匆匆赶到馆舍，催促赵雍立刻离开。昨天接见以后，秦王对赵国使节产生了特殊兴趣，打算破例再接见一次，这说明他怀疑您的真实身份了，再待下去会有危险。楼缓这样解释。看到事情变得紧急起来，赵雍一改往日大大咧咧的作风，果断将随行人员分为两队，大部分人跟他离开，另有两三个人跟鲦泽留守，并约定一个月后于函谷关外某处会合。

正因为失期导致的一系列复杂后果，我才被贬到这偏远的长平。可人生际遇就是如此，我算是失之东隅收之桑榆，生活里最要紧的是享受当下，此外还想奢求什么其他？

以上就是鲦泽讲给年轻将军廉颇的故事，都是他的真实经历，但并非全部，现在远不到说出全部真相的时刻，也许那一刻永远都不会来。他很想在送走廉颇后，让巫锦给自己重新卜算一卦，赵雍死后，自己重回邯郸的希望已经破灭，前路渺茫，他需要获得某种指向，或者是启示。

在赵惠文王四年白露这天，老卒鲦泽不知不觉走到人生的十字路口——神秘莫测的命运正在朝他招手，只是暂时还不晓得藏在背后的究竟是福是祸。

第二章　峰回

午后，董勇、小六和尚禹三人抵达沙丘离宫。

沙丘位于草原深处，是一处稍高于地面的平台，北面是广阔的草原，南面临河，东边森林繁茂，西边远山巍峨。平台南北长东西短，自南向北分散着三组大小不等的建筑，最南端是主父曾经住过的春阳宫，往北不远是安阳君赵章居住的夕照堂，面对一片茂密的竹林，顺大道向前再走二里地，就是巍峨的主建筑玄武宫。整个沙丘平台并无围栏，不过在大路口有卫兵巡逻。三人来到路口，恰好看到两个穿军装的卫兵正驱赶侵入离宫领地的羊群，同时大声呵斥牧羊人。那是个胡人，头发卷曲，眼窝深陷，体型健壮，他一边用不大熟练的赵语辩解，一边将手里鞭子甩向头羊。

羊群很快被赶向南方草场。

卫兵问清董勇等人身份，顿时变得恭敬，其中一人带路去见负责人。

董勇前两年应赵成之邀来过沙丘，对此地并不陌生，即便如此，经历一番战火后的沙丘离宫，看上去还是有些异样，有些树林被砍倒，几处宫墙有毁坏，更主要的是那股荒凉的气氛，无论怎样都无法掩盖，仿佛正从那些建筑里一点一滴无声地渗出来。

离宫日常管理归大行，这是宫廷内部负责打理王族产业以及礼宾的部门，每年春夏，一位副理常驻沙丘，按之前规矩，今年轮值的副理董勇应该认识，一路上他都在琢磨该从哪里入手调查，并且乐观地以为会有所收获。然而邯郸口音的卫兵告诉他，沙丘之变爆发之后，宫廷各部全都跟随主君返回邯郸，此地置于军队管辖，而军队也轮调过一番，眼下此地最高负责人是信期。

听到这个名字，太史不觉愣了。他当然知道信期，邯郸官场谁不知道他呢？此人先前是公子赵成的贴身侍卫，四年前赵雍退位时，赵成将其推荐给年幼的主君，调入宫廷卫队，宫廷卫队约五百人编制，信期先是做副手，一年后转正，正式担任五百主之职。董勇每次觐见主君，除了公子赵成陪同，这个忠诚质朴的壮汉定会挎剑站在旁边，一副永远不知疲倦的样子。一个月前董勇入宫还曾见过他。他何时跑来沙丘了？

见到远道而来的太史，信期倒是一脸坦然，说自己受主君委派前来处理善后。董勇向他介绍尚禹，信期看了看他，脸上闪过一丝疑惑，不过很快恢复正常，随即吩咐手下准备酒食，给太史接风洗尘。尚禹说自己还有事，请信期帮忙安排个睡觉的地方就行，其他不用管，说罢就匆匆离开。

两个人的饭食很简单，案上摆着铜制的长方形甗，架在小型炭盒上，甗分两层，下方是蒸腾的热水，上方是提前炖好的羊排，如此食物始终是热的。酒倒在普通的觥内，不是温和的米酒，而是口感比较辣的黍酒。董勇一口都没喝，只吃了几块嫩羊排，从簋里舀了些稷米饭。匆匆吃罢，他问了久已盘旋在内心的问题：主君何以会派你来沙丘离宫？此地还有什么可善后的？"

信期不置可否地摇摇头，继续埋头对付手里那根羊棒骨，看样子是想就此含糊过去，待丢下粗大的骨头，抬头看见太史执着的目光根本没有移开，只好轻轻叹口气。"其实也没啥大事，上次我们刚到此地，当晚安阳君就发动叛乱，第二天一早我护着主君和公子匆匆返回邯郸，因为走得过于仓促，主君有些物品遗落在此，让别人来收拾不大方便，所以命我前来。过几天我就返回邯郸了。"

这假话令人懒得反驳，董勇便问："刚才那个名叫尚禹的人，你之前见过？"

信期脸上掠过一丝阴影，语气不由得有些粗鲁："我平日在宫廷当差，跟外间人极少来往，怎会见过他？倒是你，怎么会跟他人搅在一起？"

"他在半路救过我一命。"他简要给信期讲了榆湾的遭遇，顺带说明尚禹是李兑的手下。

"他是锐卒旅的人？"信期问。

董勇愣了一下，之前自己并未提及这名称，对方何以知道尚禹就是锐卒旅的人？

看到太史点头，信期接着问："刺客到底是谁？"

"是谁我也不知道，但如今想让我闭嘴的人倒也不太多。"

"等我回去禀明主君和公子，务必追查到底。"

董勇摇摇头，用开玩笑的口吻说："万一是公子派的人呢？"

"不可能，"信期语气激昂，拍着几案，"我敢作保，此事断与公子无关，来沙丘之前他还跟我说，待您的史纪完稿，就能消弭流言，国家重新走上正轨，若说赵国现下最在意您安危的非公子莫属，他怎么可能派人刺杀您？"

董勇点点头没说话，其实他心中早就暗自将赵成从嫌疑人名单上划掉，因为赵成确实没有动机。李兑可是有充分的动机，但奇怪的是出手搭救自己的恰恰是他的手下，还有什么比实际行动更有说服力呢？如此一来，谜团不仅没有解开，反倒打成死结：他实在想不出还有谁想要自己的命。

吃罢晌饭，信期陪同董勇参观离宫。玄武宫在沙丘三座离宫中面积最大，宫墙高且厚，上面可供人行走。正门朝南，门楼高耸，朱漆门扇约一尺厚。宫墙院内还有一座四面围墙的独立院落，是赵王的寝宫，平日完全锁闭；两条甬道从寝宫两侧高墙下纵贯而过至后院，那里是内廷办公及宴饮住宿之处，信期说东侧厢房干净整洁，让董勇和小六晚上就住在此地。

之后两人走出玄武宫大门，徒步向南不到二里地，就来到安阳君所居夕照堂。此地遭到较大破坏，不仅大门毁坏，里面多间房屋都有被火焚烧的痕迹，某些边角还隐约有血痕。夕照堂在三组建筑里规模最小，它的围墙虽然高，但并不宽厚，上面无法站人，只在厚厚的门扇上开着瞭望孔，供守卫士卒监视外面。从瞭望孔看出去，正好对着大路以及竹林。正门墙边的地下横放着一架梯子。董勇停下脚步，"这梯子做什么用？"信期摇头，"大概是上角楼插旗帜时用吧。上面很窄，根本不能站人。"

董勇撩起衣襟塞在腰带上，俯身扶起木梯。

"你要干啥？"信期一脸迷惑地问。

"上去看看。"董勇示意信期帮忙扶住梯子，之后自顾自地攀爬上去。

小小的门楼果然无法站立，成年人只能弯腰前移，石头地面上有几个孔洞，是为旗杆留的位置，雉堞一角有块狭窄空间，身材瘦小的董勇刚好能坐下，这是个绝佳的观察点，北边玄武宫，南边春阳宫都能看清，越过对面那一大片竹林就是广袤的草原。

从角楼下来，董勇拉着不情愿的信期走进竹林，里面并没外面看上去那么茂密，粗壮的竹竿间距很大，松软的地面被马蹄踩踏得一塌糊涂，许多竹枝被折断，看了一会儿，他一声不响地走出竹林，朝春阳宫方向走，信期也一言不发地跟在身后。

春阳宫格局与玄武宫近似，只是占地面积略小，围墙可比夕照堂高多了，但上面同样不能站人。宫中院落大都落锁，从窗棂积灰的程度判断，该是许久没打扫过。信期领董勇来到一个不起眼的偏院，据说主父遗体就在此被发现。董勇从院门往返走出走进几次，注意到与其他地方相比，这座小院倒是不久前刚彻底清扫过。

他站在院心踮脚朝屋顶张望。

屋角有株尺围粗细的榆树，树皮疙疙瘩瘩。董勇走过去上下端详，说了句"我上去看看"便打算爬树。

信期的脸色变了，"上房顶？太危险，万一摔下来，我担待不起呀。"

"不用你担待。"说罢董勇再次撩起袍子下襟，开始手脚并用往上爬，一边爬一边暗自感慨，没想到幼年练就的攀爬本领过了这些年居然还能派上用场。

上到屋顶，碎瓦触目惊心。碎到如此程度，显然有人曾反复踩踏过。

屋檐一角靠近宫墙，董勇小心地蹲身朝外看，外面是片空地，稍远处有片小树林。

不可能有人从这里跳出去，宫墙太高了。

他蹲身慢慢返回那棵大树。树杈上的鸟巢七零八落，探手进去，里面空空如也。

信期在下面院心仰着脖子问："好了吗，赶快下来，太危险啦。"

董勇不答，蹲在树边仔细查看，发现鸟巢上方的树叶里隐约露出一簇箭翎，下方有块树皮被剥掉，上面刻着字。他低头冲着下面嚷道："既然危险，你该去给我找个梯子。"

"嘿，能上去，下不来了？"

"没听过上树容易下树难吗？"

"有何发现？"

"你到底去不去找梯子？"

"好，好，你站稳。"信期答应着转身走出去。

董勇这才在屋顶站起，手正好够到那支箭。这是一支标准长度的羽箭，做工精良，箭镞锋利，箭杆上阴刻着"锐"字。树干下方刮掉树皮的地方，歪歪斜斜刻着几个不易识别的字，不过对太史而言倒不成问题。

信期回来，一个士兵扛着梯子跟在身后。董勇将手里的箭丢到信期脚下，顺着梯子下到地面。

"这是锐卒旅的箭。"信期看着手里的箭说。

还用你说。董勇撇撇嘴没搭话，这支队伍曾出现在沙丘，今天收获不小。"那晚战事如何？"他故意问信期。

"我保护主君，没离开玄武宫一步。"

"死了不少人吧？"董勇又绕了弯问。

信期点点头，然后又微微摇头，面色有些阴郁，停了一下说："赵人打赵人，悲剧啊。"

"我在玄武宫外没看到战斗痕迹。"

"他们没去那边。"话一出口，信期意识到失言，用力闭住嘴巴。

"你说叛军没攻打玄武宫？"董勇追问。

信期耸耸肩，转换了话题，"不管怎么说，安阳君都该死，单是杀害肥义大人，就罪不容赦。"他说当晚开战后，安阳君被及时赶到的锐卒旅击败，退入主父所居春阳宫，看到无法逃离，遂自尽。外面包围的军队不敢擅入主父居所，只好等在宫外。天亮以后，已经离开沙丘正在返回邯郸路上的主君赵何发布正式诏令，命春阳宫内所有人员即刻出宫，否则灭族。里面的人这才抬着安阳君尸体出宫，其中并未见到主父身影。第二天，依然不见主父出来，李兑亲自带人入宫寻遍所有角落，最终在这个院落发现主父遗体，判断应是突发疾病无法行动，耽误治疗时机而亡故。

这说法与赵成口中所述完全相同，不在现场的信期，能够将这一切说得活灵活现，董勇抿住嘴，尽量不露出笑意，"我好奇的是，宫里为何派你来做善后？"

"因为我忠诚可靠吧。"

这倒是真话。

"我听说前不久有一辆六匹马拉的车从沙丘返回邯郸，是你刚到之后的事吧？"

信期皱着眉头嘟哝了一句，"哪有的事，又是谁在胡说呢？你怎么啥都信？我们赶快回去，晚饭吃麂肉，真是美味呀。"

两人走出春阳宫大门，天色已经变暗，快到玄武宫时，董勇一眼看见尚禹的身影从外面匆匆走进玄武宫。

此人说过，除了保护我还有其他任务，会是什么呢？

第二天天气转晴，董勇一上午都独自在离宫内来回走动。如今身处事发地，那晚发生的事都能在地理上进行还原。站在玄武宫南门城楼，整个沙丘尽收眼底。目光越过树梢顶端，在春阳宫和夕照堂之间来回移动。假定事情如赵成所言，当晚赵章派人假传主父诏令，传令者当从夕照堂出发，步行至此用不了多久。由于是夜晚，加之大道两边树木繁茂，站在这个位置的守卫根本无法判定下面的人究竟从何而来，况且事发之前，没人敢相信有假传诏令的事。据说当时主君似乎已经睡下，因此穿衣用了不少时间，同住玄武宫的肥义便先行出发，行至夕照堂前，被伏兵杀害，之后那些人开始……从这里起，赵成与信期对事件的叙述出现分歧。按赵成说法，赵章随后带兵进攻玄武宫，欲置幼弟于死地；而信期则说漏了嘴，他们根本没有来——董勇当然相信后者的说法，而且有实地勘察结果为证。

如果叛军没有围攻主君所居之处，叛乱的意义何在？当然可以解释为赵成、李兑及时赶到制止了他们，那问题就来了，远在邯郸的二人何以知晓叛乱，又如何能那么巧地在叛乱刚刚兴起时及时出现？

以上问题硬要回答也不难。单说赵成与李兑的出现，就有一个现成而合理的解释：他们早就知晓安阳君的预谋，因此提前做了防备，之所以引而不发，就是引蛇出洞，令其自我暴露——嗯，当然，还有另一个看似不合理却很合情的解释，春阳宫树干上那几个字已经有所提示，但董勇宁愿先搁置，那个当然是重要证据，但也是另一种类型的孤证。眼下调查还处于兼听阶段。

沙丘之行，赵王卫队一百余人，主父和赵章各带数十人的随从。赵章在准备不够、兵力不足的情况下竟贸然袭击，此为不可解之一；兵败后不远赴代地，却像个受委屈的孩子只身逃入父亲身边寻求庇护，此为不可解之二；如此近距离激战，当是杀声震天，主父始终躲在住所不露面，此为不可解之三。现在假定赵成提前通过某种途径获知赵章的阴谋，带兵从邯郸赶来，那也绝不该在战斗发生那一刻抵达，那样太冒险了。他们之所以从天而降般进入战场，一定是预先埋伏。那样一支战斗力很强的队伍，要藏在何处才不会被发现呢？

目光投向更远处的南方草原，宽阔的官道通往邯郸，小河蜿蜒，水面在阳光下闪闪发亮；羊群仿佛落在草地上的白云，随风飘移；西边的山脉在晴空下巍峨矗立；北方是广袤的草原，秋天的冷风就从那边吹来；东方是望不到边际的茂密森林。最后，他的目光停留在远处那座简陋低矮的石屋上，那里大概是牧羊胡人的家吧。

忽然，他看到尚禹从下方宫门内走出来，出于某种说不清道不明的考虑，董勇下意识隐到门楼立柱后观察对方动向。只见尚禹两手空空，悠闲地踱着碎步，中间有段路因树木和建筑物遮挡，他暂时消失在董勇视线内，待到走出离宫边界，他像个欣赏草原风景的游客，一摇一晃行走在高高低低的草丛中，偶尔会被脚边野花吸引，驻足观望一番。

他在查看身后是否有人跟踪！董勇几乎马上得出结论，直觉告诉他，尚禹的目的地很可能是远处的牧羊胡人石屋。莫非是某种玄秘的感应，我刚想到那里，他就往那里去了？

董勇急忙从门楼下来，下意识摸摸腰间从不离身的小布囊，顾不上给信期打招呼，也没找小六陪伴，径自朝外走去。当他微微气喘地来到小河边，尚禹已经跨过小河走到那座石屋前，打声招呼，就撩起门帘走入屋内。

董勇此时距离石屋约半里地，眼前河水本就不宽，狭窄处只需几步就能跨过，河床里摆着几块平整的青石供人踩踏。羊群随意溜达、吃草、饮水，好像都清楚自己该干什么。站在河边草丛中手搭凉棚四下张望，周围再无一个人影，石屋顶上升起一股炊烟，在晴朗的天空里飘然上升，升到一定高度才不情愿地散开。

正当他犹豫是否过河，尚禹从屋内走出来。他忙蹲回齐胸的芦苇丛中，这个距离能隐约听到尚禹跟胡人女子说着什么，但听不清楚。女子手指东方的森林，尚禹则连连点头，之后顺着小道朝森林方向走去。

董勇蹲在原地想了一会儿，不明白来此会见牧羊胡人是否就是尚禹口中所说的"公务"，无论从哪个角度看，锐卒旅都尉卒长都不可能跟沙丘的牧羊胡人扯上关系啊。接着他想到牧羊胡人整天在沙丘一带转悠，春天发生那样一场激战，不可能听不到，没准儿还能看见点什么呢——好像天空中打了个闪电，一个念头从董勇脑海里掠过，顾不上多想，他站起身朝森林方向跑去。

阳光下，一个瘦小的中年男人手舞足蹈地在半黄半绿的草原上奔跑，天空白云朵朵，脚下流水潺潺，在不明所以的外人看来，这是一幅略显滑稽的画面。

待到双脚跨入森林，眼前景物发生巨大变化，仿佛从一个世界落入另一个世界。首先是光线反差，从灿烂的阳光下进入幽暗的密林中，眼睛一开始有些不适应；其次是声音，原本不太在意的风声和水声，在当下环境里忽然被放大，还有鸟雀叫声在耳边聒噪不已；最后是气味，清新干燥的空气被湿润的空气替代，其中夹杂着陈腐落叶和泥土的气息，董勇禁不住鼻子发痒，急忙用手掩住口鼻。

周围都是参天古木，大部分是雪松，夹杂着白桦和胡杨，树木间距宽阔，别说行人，就是走马也毫无障碍。林中并没有所谓道路，只是有些地面落叶被踩得比较结实，权且看作小道吧。

走了一二百步，前方隐约传来话语声，中间还夹杂着羊羔的叫声。朝着传来声音的方向走，眼前豁然出现一片空地，不规则的边缘残留着被烟熏黑的枝干，中间的树木统统被烧光，烧过的大树被砍伐，只留下地面低矮的树桩，直径约二尺，好似天然的座位，此刻阳光毫无遮蔽地照在空地上。不用说，这是很久之前雷击引发大火烧出的空地，然而大自然的自我修复力极强，此后虽不再有树木生长，但细细的绒草一岁一枯荣，全面占领了地面。

起初他有些纳闷，搞不清楚眼前的状况，因为只看到尚禹独自一人坐在树桩上大声讲话，身边还围绕着两只小羊羔，几乎让人以为他在对羊羔说话。接着才明白是怎么回事，原来空地边缘一株高大雪松的枝杈间隐约可见人影，由于隔着一段距离，尚禹只能提高嗓门说话。

"我再说最后一遍，你马上给我下来。"他一改之前的温文尔雅，语气峻利。

"我跟你无冤无仇，为何要为难我？"树枝间传来不大流利的赵国话，尾音上翘，带着胡人的口音，董勇听出是昨天在离宫外遇到的牧羊人。

"我并非为难你，就是要跟你说句话。"

"讲啊。"

"你下来我才讲。"

"骗谁呢,以为我不知道你想干什么?"

"我想干什么?"

"杀人灭口呗。"

尚禹笑了,"既然这么说,那你更应该下来了,我的耐心有限,你再磨蹭,我就回石屋找那个胡人女子啦。"说罢他站起身,悠闲地背着双手,做出往回走的架势。

这招倒是很有效,只见高大的雪松树枝一阵晃动,转眼从松枝下面钻出那个头戴皮帽的胡人。

董勇看见尚禹转身迎上前去,同时看见对方背在后面的手中赫然握着出鞘的短剑,真不知他是何时将剑抽出,相信牧羊胡人更是没有看见。

"住手!"董勇不顾一切地大喊起来,声音在空地上形成回音效果,同时快步跑进空地。

尚禹完全没有料到太史忽然出现,不觉有些慌乱,他停下脚步,挥手之间,那把短剑便返还鞘内,同时还趁势躬身施了个叉手礼,全套动作行云流水般一气呵成,若非董勇眼尖,断然看不出此人刚才动了杀机。

"你在这里做什么?"董勇说着走到尚禹和牧羊胡人中间。

"卑职奉令向这牧羊人询问一些问题。"尚禹说。

"奉谁的令,李兑?"

"正是。"

"好,"董勇看看牧羊胡人对尚禹说,"现在问吧,我也正好有事问他。"

尚禹迟疑着不说话,牧羊胡人小心翼翼地走到董勇身边,指着尚禹说:"他要杀我!"

"别瞎说。"

"谁瞎说了,以前我就见过你。"

"没有的事……"尚禹底气不足地辩解。

"中山灭国时我从死人堆里爬出来,谁想杀我还是想救我能看不出?我知道打不过他,只好先爬到树上,没想到他居然用我老婆威胁我。"

"你们夫妻是中山国人,叫什么名字?"董勇问。

"翟义。我老婆不是中山人,她是鬼方的贵族之女。"鬼方是赵国北方的胡人小国,早在赵雍亲政前就被灭国了。

"你刚说以前见过此人,怎么回事说来听听。"

翟义脸上露出犹疑之色,"我还不知道你到底是谁哩。"

"忘了告诉你,我叫董勇,昨天咱俩见过面。"

牧羊胡人盯着他看了一会儿,似乎记起什么,用手稍微比画一下,董勇居然明白了这个含糊手势的意思——他形容董勇骑过的小驽马。

"对,当时骑着小驽马,我是春台的太史,太史就是——"说到这儿,董勇不知该如何介绍,说复杂对方不懂;说简单对方不信。不过训练有素的言语组织能力此刻派上用场,"我从邯郸来,邯郸,你知道吧?对,就在那个方向,是国都。我是史官,就是负责记录国家发生的大事,懂?"

牧羊胡人专注地听完,点点头,"知道,我父亲是中山国史官。"

这话让董勇大为惊讶,那个两年前被赵国灭掉的胡人国家居然还有史官?甚至都没听说他们有文字呀,"你们的史纪,也是写在竹简上?"他冲对方比画着书写的动作。

牧羊胡人摇摇头:"泥土板,我们没有竹子。"

董勇更觉有趣，显然游牧民族有他们独特的记录方式，既然牧羊胡人明白史官的工作，交流就容易了，"我这次来沙丘是想调查一件事。"

"我知道你要问啥事，可我现在什么都不能告诉你，"翟义指了指站在那边的尚禹，"你不怕等我说完，他把咱俩一起杀了？四个月前，我进森林来寻找走失的羊羔，结果被他抓住。后来他们走的时候放了我，现在不知何故，又回来了。"

董勇对眼前这个牧羊胡人不觉刮目相看，这是短短一会儿工夫第二次产生这感觉。对方说得没错，如果尚禹真在四个月前来过沙丘离宫，那么这次显然是李兑派来清除后患的，自己贸然打乱了对方计划，又如何保证他不会翻脸呢，杀一个是杀，杀两个也是杀，更重要的是就算杀了自己，他还可以将责任推到榆湾那个胡子拉碴面貌可憎的家伙身上。

尚禹也许猜到董勇的心思，一动不动站在原地，脑子里不知在转什么念头。正午的阳光此刻完全照在这片空地之上，三个大活人都不言不语，唯有林中鸟雀在欢快地歌唱。忽然，鸟鸣之外掺杂着隐隐的马蹄声，接着森林地面传来震动，好像有不止一匹马冲进树林，冲着三人所在位置而来。

董勇和另外两人都露出惊讶的目光，但并未移动脚步。

七匹马冲入空地，之后迅速朝相反方向散开，转眼完成对三人的包围，其中三匹马上的骑手扯着硬弓，箭头端端正正全都对准尚禹。

董勇看清其中一匹马上是宫廷卫队长信期，他身边有个穿便服的年轻人在几个军人中间异常显眼。信期看也不看董勇，径直朝另外两个士卒发话，"抓起来。"

二人下马朝尚禹走去，在三支箭的威胁下，尚禹只能站在原地束手就擒。

等到捆好尚禹，信期和穿便服的年轻人才下马走到董勇面前。"太史大人受惊，若非公子及时派人前来传话，恐怕这狂徒要对大人不利了。"

董勇有些摸不着头脑，看着便装年轻人问："你是赵成府的人？"

"公子听说有人尾随太史来沙丘，便令我星夜赶来，幸好及时赶到。"便装年轻人恭恭敬敬地说。

董勇看着尚禹，不以为然地摆摆手，"搞错了，他并未伤害我，之前在榆湾还救过我一命，其间大约有些误会，信期队长务必好好安顿他，待我回玄武宫跟你细谈。"

"您不跟我们一同返回？"

董勇看看牧羊胡人对信期说："他是中山国史官的后人，我想向他了解一些中山国史的事情，晚些时候自会回去，不劳费心。"

信期点头答应，两个士兵在两匹马之间拉起一张结实的网，将尚禹丢在网上，一行人便离开了。

直到他们走远，董勇才打算回头招呼牧羊人翟义，不承想翟义已经悄然来到他身后，刚感觉到一把牛角小匕首顶在腰间，自己的脖子也被一只粗壮的手臂勒住，不过手法并不粗鲁，甚至还有点小心翼翼。

"说，你是不是为郑裾而来？"

当天发生了好几件事，李兑感觉有些忙不过来。

一大早，连绵多日的雨彻底停了，太阳照在潮湿的残叶上闪着光，他跟平时一样早早起床，一身短衣在卧房外的小院里舞剑，头发花白的老仆领着公孙午从角门走进来。

李兑甚至没用余光瞟他们一眼，依旧步伐轻快地腾挪闪转，剑气所及，地下的黄叶被旋起。

舞罢收势，调理气息，从老仆手中接过剑鞘，这才看了公孙午一眼。

"两处都有回信了。"公孙午有副悦耳的磁性嗓音，听上去很舒服，加之外貌敦厚，任谁也无法将其与监视别人的候者身份联系在一起，然而此人却是李兑手下最得力的密探头子，"那俩家伙不是公子的人。"他指昨天暗中监视李兑的两个中年人。

哦？李兑不由自主挑了下眉毛，这倒出乎意料，不是公子赵成，他实在想不出邯郸——不，赵国还有谁敢监视自己？

"戌时，楼缓大人从公子府里出来，他……"公孙午继续说。

"你何时说话这么没条理了？"李兑不满地打断对方，"不是正在说那俩家伙吗，怎么又——等等，你是说我昨天在公子府的时候，楼缓也在里面？"

"大人莫怪，"公孙午不紧不慢地说，"我说的其实是一码事，负责监视公子府的人回报，昨天您离开不久，楼缓大人从里面出来，直接返回位于吉祥里的住宅，此后再未离开。亥时，跟踪您的那俩家伙从此地去了楼府，直接从后门进入，一晚上没出来。今天早晨，准确说一刻前，其中一人才出门，换了套衣服，现下就在您府门对面饭铺里喝粥。"

楼缓！李兑眼前首先闪过那两撇微微上翘的胡须，接着联想起沙丘那晚他在自己身边出谋划策的殷勤模样。他下意识将仍握在手里的宝剑举在面前，像在欣赏上面的纹理。老仆与公孙午都知道这是李兑的习惯动作，每次需要认真思考之际，都会把玩手里的物件，无论是玉器还是兵器。这柄青铜剑是量身定制，比标准的宝剑要短，剑身也稍窄，镡和柄的外层为熟铜锻造包层，剑格为锻造后所镶，饰兽面纹，嵌绿松石，剑茎上有两道凸箍，拿在手里灵活轻巧。为了在硬度和韧性间找到平衡，剑身混合了铜与锡两种金属，比例严格遵从《周礼》所载的"六分其金而锡一"。如此完美的宝剑，整个邯郸上下未必能找到第二柄。

过了许久，李兑才将青铜剑从眼前移开，仔细地插入犀牛皮剑鞘，对公孙午发话："既如此，让你的人抓那家伙去盘问，注意不要惊动楼缓。"

公孙午面露难色，"我马上办，不过不惊动楼大人……"

李兑瞪了他一眼，"假如你今天没来我府上，我会怎么想？只能猜测你是睡过头了。可要是我刚走出府门，就看到你被别人抓走，当然就知道怎么回事了。不惊动，意思是悄悄带走他，别让一群人围着看。等搞清楚情况，哪怕你把他切成两段丢到楼府门口都没关系。"

"属下明白。"公孙午转身走了两步又停下，"还有一件事，不知是否该给大人禀告。"

"你什么时候变得这么啰唆了？"

"只因此事看似与咱们绝无关系，所以有些迟疑，"说着他又走回来，稍稍压低声音，"昨天西市巡夜的在街上遇到个夜行路人，原本想查验身份，结果对方转身就跑，所以就抓了他。这种犯禁夜行者，按规定应该送到少司寇府进行复审，但是巡夜的得知他是乐坊人家子弟，就把他移送到乐府，那里看管不严，结果天没亮他跑了。"

李兑听着这略显含糊的叙述正待发作，接着才意识到问题所在，如果仅仅是个无关紧要的乐坊子弟，精明的公孙午犯不着浪费时间。"夜行者有何可疑之处？"

"他左肩近期受过兵刃创伤，可西市各乐坊从未听说有谁报过案。"

这就可疑了，赵国刑律规定，凡民间私斗者，若涉及外伤，无论伤者本人是否追究，都必须上报官府，此项条例在邯郸执行得尤其严格，这年轻人有伤不报，其中必有隐情。但这还不足以解释公孙午犹疑的态度，他应该还有话要说。

"还有呢？"李兑问。

"还有，就是乐府查实了他的名姓，我恰好认识他家人。"公孙午又稍稍靠近半步，几乎就在李兑耳边说，"大人也认得，就是您昨晚去过的花渐乐坊。"

花渐那个女孩端秀的面容浮现眼前，跟另一个女子的脸重合之后又分离开。当时身为母亲的毓姬说她还有个从军的儿子，莫非就是这个犯禁夜行者？最近数月边境安宁，从未发生过任何冲突，这小子在哪里负的伤？

"花渐，有什么可疑之处吗？"

公孙午摇摇头，"那倒绝对没有。她家是楚国人，定居邯郸多年，我家桂姐跟毓姬相熟，说她是极和善的人，且很有才学，学徒们都尊敬她，女儿郑袖更是没的说。平日除了教学，每月初一、十五的演奏，都是接待像大人您这样的高官显贵，连太史都去过，可见她家的演奏是多么——"

"你说什么？"李兑打断他，"董勇去过花渐？"

"一个月前跟夫人去过一次，当时负责跟踪他的人汇报给我，我觉得无甚可疑，而且那时您还没去过花渐，所以就没提。"

"莫非他也喜欢音乐？"

"如果喜欢，应该不会只去一次，奇怪的是后来再未去过。"公孙午小心翼翼地说。

李兑点点头，决定先不管董勇的事，"跑掉的那孩子找到了吗？"

"这……"公孙午停顿一下，"因为有这层考虑，属下就没有继续追查，担心万一声张出去，反倒不好收拾残局，现在来讨大人示下，如果追查，我即刻安排，我猜他肯定不会藏在花渐，恐怕他母亲都未必知道他回邯郸了。"

"他到底在何处当兵？"

"当兵？"

"上次毓姬告诉我她儿子在当兵，"李兑说罢又自我解嘲地补充一句，"当然，她是听儿子一面之词，我是听她一面之词，都不足为信。"

"当兵的事我不清楚，只是隐约听说他入了安阳君的幕府。"

"凭什么？"李兑大为惊讶，一个年纪不到二十岁的优伶何以能进入安阳君幕府？

"这个属下并不清楚，只是传闻而已，邯郸西市里那些乐坊人家，有时为了抢客人，多少会给别家编派点谣言，大多不实。那我这就告退，先抓门口那家伙回去审讯，再安排人悄悄寻找男孩下落。"

公孙午即将走到角门，李兑又叫住他："他叫什么名字？"

"郑裾。"说罢他急匆匆走了。

吃罢早饭，李兑走出大门。

府邸位于邯郸一条闹中取静的街道尽头，前门临着一条街道，两边店铺林立，做各种买卖的都有，拐过街角，是一条宽阔的排水渠，属于邯郸城内水系的一部分，除了日常浣洗衣服的民妇，很少见到闲杂人。顺着排水渠边幽静的小道可以走到府邸后门，后门是片空场地，种着几棵垂杨柳，对面是另一大户人家的后门。平日李兑都是乘坐马车进出正门，今天他特意步行走出前门，看似闲极无聊，实则想实地探查一番究竟。

那家粥铺位于府门斜对面，窗户正对大街，坐在里面可将周围景物一览无余，此时临街窗户空空荡荡，看不到一个人，公孙午显然已经把人带走了。那么，还会有其他监视者吗？李兑仔细打量周围，那双鹰隼般锐利的眼睛并未发现任何可疑之处。现在大致能认定监视者是楼缓指派，但对方究竟为何如此，却还不清楚。

公子赵成苍白而消瘦的面孔出现在眼前，再次提醒他自己的安危系于何处，说起来有些讽刺，眼下这个瘦小的老头儿对李兑而言，既是最大的威胁，也是最大的依靠——一念及此，他忽然意识到自己有一个重大疏忽，于是忙吩咐身边随从备车。

少司寇那辆四匹马拉的车走过正在热闹起来的街道，行至宫廷东侧一片办公地，少司寇府就在此地，但他并未进去，而是径直向前数百步，停在挂着太医房牌匾的大门前。此地是宫廷太医的办公场所，制药坊也在其中。李兑在门口下车，示意随从等候，独自抄着手走入门内。

院内弥漫着浓郁的草药味，他下意识用宽大的衣袖在面前挥动几下。年轻伙计手端大笸箩，里面是需要晾晒的草根，见到李兑便问找谁，听说找胡太医，态度顿时恭敬起来。穿过这层院落，后面正房就是太医日常办公之所。"此刻恰好就在"，他说。

太医跟史官在赵国都是世家传承，眼下这一代太医名叫胡原，年纪与李兑相仿，医术相当高明，去年公子赵成突发眩晕症卧床多日，凶险无比，但经过胡原调理，很快便能起来行走，为此赵成异常信任此人。

李兑在门口甩掉脚上木屐，只穿葛袜走进铺着草席的大厅，胡原正聚精会神展看条案上的竹简，见是少司寇，急忙坐起身。李兑摆手示意他坐着别动，自己直接走到他对面屈膝跽坐。

"大人何事？"胡原端详李兑脸色，日光从侧面木格窗射入，屋内透亮。

"最近睡眠不好，想求几服草药。"

"这种小事，只需派人说一声就行，何须亲自上门。要不下官先给您把个脉？"

李兑虽然每天睡眠时间不长，但睡得深沉，次日醒来也神清气爽，所谓睡眠不好只是随口而出的敷衍，可话说到这份儿上，又不便立刻推翻，遂将左手搭在书案上。胡原伸出三指按住脉搏，接着又示意右脉，如此一番下来，抄手对李兑微微一笑，"脉象绝无异常，草药就算了，万一服用不当反倒有碍。大人此来究竟还有何事，不妨直言。"

"实不相瞒，确是有事请教太医。"李兑移动身体，由原本的正襟跽坐改为盘腿跌坐，"听说您与太史董勇是世交，可是真的？"

"没错，虽然年纪相差不大，可论辈分还是叔侄，我要尊他一声世叔。"

"眼下情形想必你也清楚，国史撰写停滞不前，外界对此议论纷纷，太史现在是左右赵国政局走向的关键。我之前与他素无来往，所以有些说不上话，只能干着急啊。比方说他非要亲赴沙丘，这就未免有些节外生枝，莫非还能调查出什么不一样的结论吗？更何况路途遥远，万一有个闪失，春台立马就会空下来。"

胡原愣了一下，"您说他去了沙丘？可那件事不是已有定论吗？"

"只要没写到竹简上，就谈不上所谓定论。如今太史摆明不相信公子，否则也不会跑去沙丘。我想知道他私下可曾给你透露过什么？"

厅房内很安静，围墙外商贩高高低低的吆喝声偶尔飘入耳中。胡原正襟危坐，想了一会儿才说："事发不久，我们去郊外游玩，城南陌上几十亩桃花开得正好。是我主动提起此事，起初他不想说，后来我再三追问，他才说此事既不意外又有些意外。主父退位，幼主临朝，长兄领军，四邻觊觎，这种险恶形势如绷紧的弦，早晚要断，此为意料中事；可安阳君以及主父丧命，却大大出人意料。主要就说这些。"

他说的可信吗？李兑不动声色地心里掂量一番，说："政事难料，变幻莫测，间不容发，往往有意外出现，也是没有办法的事。"

对方没有回应，李兑倒没怎么期待他有积极反应，因为自己的话对方未必马上就能听懂，又接着说，"太史并非不懂变通之人，四年前主父退位，《赵史纪》的记载就含糊不清嘛，当时他说为大局着想，不得不曲笔隐晦；其实眼下的局面，更应该考虑大局，站在社稷立场看，沙丘的结果不仅不算糟，甚至还很好，你说呢？"

"区区医官岂敢议论国政，恕下官不能应对。"

"那就不谈国政，聊点私事。我一直好奇太史为何无后？你这个太医世交难道不替他着急？长此以往，下一任太史恐怕就不姓董了。"

"这……"胡原面露犹疑之色,弄不明白李兑葫芦里卖的什么药,"有些事非药力所能及,恐怕还是要到命数里去找原因。不知李大人何以会关心此事?"

"史官传承是国之大事,赵国近百年来都没遇到过更换史官家族的事例,可现在情况不同了,董勇无后,董家就无人继承史官之位。我很想请教一下这方面的古制,若是董勇不能履行职责,太史选拔方面有什么成例可循?"

"现在说这个还早,"胡原正色说道,"万一太史以后有孩子了呢?以下官诊断,董太史身体绝无异样,倒是他夫人体质羸弱,若是纳个小妾,说不定春台很快就有后了,我听说董夫人正帮着张罗此事。"

原来如此。李兑心里暗自嘀咕,之前盘踞在心头的疑团瞬间消散,董勇去花渐的目的找到了,郑袖那张略带稚气的脸浮现眼前,他一时竟忘了说话。

"大人还有其他话问吗?下官要去趟公子府邸。"

"正好有一事要问,"李兑倾身向前,稍微压低声音,说出了今天真正想问的话——之前关于太史的话,不过是顺便布个疑阵迷惑太医,令其放松警惕而已。"我想知道公子的身体如何。"

"……"

见胡原不搭话,李兑又补充道,"我昨日拜访,感觉他身子比春天时候更差了。当时他还能乘车赶到沙丘,如今恐怕是没这精力了。"

"嗯……"

"究竟有多糟糕?"

胡原沉吟一下，"难说。"

李兑坐直身体，右手下意识地抚摸着光滑的书案，好像忽然想起什么，"你知道吗，上次楚国使节来邯郸，送我一卷抄写在绢帛上的《黄帝内经》，我是不懂，不知上面写的是些什么。"

胡原眼睛一亮，直接站起身来，"果真有这书？当年父亲对我说，此乃医者必读之圣书，融会贯通后不仅可以救死扶伤，还能延年益寿。我一直以为它只是个传说，不想世间果有此书！走走走，我现在就跟您一同去府上，上面写的什么我应该能看懂。"

"哎呀，别急别急。"李兑嘴角掠过一丝得意的笑，"话还没说完怎就急成这样。等我回去，即刻命人送来，今后就留在太医房，以后可以传给下一代太医，对了，你儿子开始读书识字了吧？"

"小儿已经开蒙读了些诗书。"说罢，看着李兑期待的眼神，胡太医心知肚明接下来该说什么，于是压低嗓音，"下官刚才说很难讲，绝非推托之辞。因为他的脉象与常人完全不同，医道的事说来话长，但大体都依脉象来诊断，可公子体质奇就奇在飘忽不定，很难把准脉象，有时候似乎相当康健，有时候又仿佛断若游丝，所以……"

"正常情况姑且不提，他长寿康健是咱们所有人共同的愿望；现在关起门来，只说若情况不妙，还有多少时间？"

"那就，恐怕撑不过半年。"

知道这点就足够了。李兑起身告辞，怕胡原不放心，又重复了将《黄帝内经》派人送来的话，想到从这一刻起胡原会如热锅上的蚂蚁，寸步不离太医房着急等待的模样，他不觉笑了，书生们有时难对付，有时又很好对付，只需找到他们的脉门即可。胡原好医书，《黄帝内经》就能拿捏住他，那董勇在意什么呢？

刚走出太医房大门，就看到公孙午气喘吁吁站在马车旁等待，见到李兑急忙迎上前。原来他从李府过来，因为审讯结果出乎意料，不敢耽搁，赶紧前来复命。据他说，上午四个便衣司稽进入粥铺，悄无声息把那盯梢的家伙带走，没有惊动任何人。为了绕过律令限制，人犯没有押往少司寇府，而是直接带到候正所讯问，没打几下，那家伙就承认是受楼缓指派前来监视李兑。

李兑皱起眉头，事情坐实了，他内心反倒没有愤怒，此事可谓相当离谱，一个负责外交的客卿，竟豢养密探监视朝中重臣，放在哪儿看都是件奇事。正因为如此，他更急于了解背后的隐情。

位于西市的候正所出于保密需要，位置相对隐蔽，门头低矮，也没有挂牌匾，外表像普通大户人家院落，隔壁有间做幌子用的高档丝绸铺，物品定价极高，就为拦住那些可能光顾的客人。

李兑的马车停在丝绸铺门前，独自大摇大摆走进空荡荡的厅堂，伙计迎来，并不说话，直接将其引入正厅，穿过正厅从后门出去，就是宽敞的后院，院墙一侧开着扇小角门，角门那边就是候正所，提前一步赶到的公孙午正在那里等着。

两人走进侧房，里面阴冷潮湿，一个看不清面目的人蜷缩在角落，见到有人进来，稍微动弹一下并未抬头。李兑上下打量着问："楼缓为何派你监视我？"

对方这才抬起头，停了片刻说："小人只是按吩咐行事，并不知晓目的何在。"

公孙午正要说话，李兑用目光拦住他，平静地问："你监视我府上多久了？"

"自从楼大人春天从沙丘回来，小人就跟另外一人轮流在您府外停留，前后算起来有三个多月了。每日返回楼府，都会给楼大人汇报，他只是命我等留意大人的行程，并无丝毫歹意。"

"除了我这里，他还留意谁了？"

"我只负责李府，据说春台外面也有人守候。"

"春台？"李兑警觉起来，这么说太史前些日子离开邯郸的事，楼缓也知道？

李兑撇下对方径自走到院内，首先想到好些天没消息的尚禹，当初之所以派他去沙丘，一来监视董勇；二来他们想起沙丘之变那晚还有个潜在的目击证人，就是牧羊胡人——本来无关紧要，可如今太史亲赴沙丘，此人很可能会成为隐患，所以安排尚禹借机除掉他。邯郸市面上的流言李兑都清楚，知道有人幸灾乐祸等着看自己笑话，不明就里的外人大约以为杀掉太史对少司寇有利，其实根本不是这样。李兑盼望《赵史纪》如期完成，各种谣言自会消失，而且直觉告诉他，太史那里并非铁板一块，有很大回旋余地，随着私下对董勇调查的深入，李兑觉得自己很快就能找到太史的薄弱点，只消抓住对方脉门，彼此就能做交易，一部令人满意的《赵史纪》也不成问题。

可假如董勇忽然死掉，那麻烦可就大了，沙丘之变的流言会如野火般蔓延，一个有分量的替罪羊会变得必不可少，纵观朝野上下，配得上这分量的替罪羊非自己莫属呀。他相信如果事情发展到那一步，赵成会毫不犹豫抛弃自己。不，政局发展或许会朝更令人意想不到的方向发展，赵成都有可能被推翻，如此一来赵国就会彻底陷入动荡，大家都没好日子过。

难道这就是楼缓想要看到的局面？

不应该呀。

公孙午悄无声息地站在他身边，见他许久没说话，忍不住问："这家伙怎么处置？"

"好生看管，也许还有用。"说罢，李兑头也不回地朝外走，走了几步，转身招呼公孙午，"你跟我一起来。"

二人步行没多远就来到花渐，恰是正午，毓姬没想到少司寇会在这个时刻来，身边还跟着街坊李桂姐的丈夫，于是手忙脚乱安排酒食。李兑示意她不必铺排，随便弄点吃的充饥就行，他有话要询问。

毓姬是个聪明女人，给家仆安排几句，便将李兑和公孙午让到侧面厢房，此处清雅安静，是个谈话的好地方。屋内地方不大，没什么家具，连几案都没有，只在地榻上铺着一层干净草席，摆着几个茅草编织的圆垫。

三人坐定，李兑先开口道："公孙家的你也认识，他是我的得力手下，以后西市一带有任何麻烦，直接找他就行。今天过来是想问你几个小问题，希望你不要隐瞒，知道多少告诉我多少，记住，一定要说真话，对我而言它可能无关紧要，但是对你，一定很重要，明白？"

毓姬郑重其事地点头，"大人请问。"

"上次你提到儿子在军中服役？"

"确实，只是不知他具体在哪里。"

"他叫什么名字？"

"郑裾。"

"上次他回家是在何时？"

"已经快半年了，其间并无音信。"毓姬就算及时回答，但刹那的迟疑并没逃过李兑的眼睛，他沉默着，仿佛在思考什么。

"我听说他在安阳君幕府，可有此事？"看李兑不说话，公孙午便接着问。

"这个，民妇不知。"

屋外传来脚步声，家仆郑义领着年轻男仆端进食盒，摆放在李兑和公孙午面前，食盒做工精巧，本为外出携带而设计，酒食也是从外面叫的。取出里面汤羹菜肴，盒盖直接就可做小几案使用，十分方便。三人默不作声看着仆佣摆好退出，公孙午看看李兑，正要继续问话，不想李兑直接拿起筷子开吃。

毓姬端坐在侧面，看着两个中年男人稀里呼噜吃饭，沉默不语，直到他俩吃完食盒撤下，她才问："不知二位大人何以忽然关心起我家儿子，他究竟犯了何事？"

李兑沉吟片刻才说话，语速比平时慢，仿佛在斟酌掂量每个字词："四个月前安阳君赵章在沙丘谋逆，他的所有手下都是戴罪之人。如果你儿子真在安阳君幕府，那他就是谋逆的从犯！依赵国律令当斩，而且株连亲族，你跟郑袖是躲不掉的。我今天能坐在此地跟你说话，就是想帮你，你应该能掂量出轻重。所以我再问你一遍，郑裾最近回来过吗？"

毓姬反应极快，只见她膝行两步，正对李兑磕头道："求大人给我们母女做主。不瞒您说，小儿前些日子的确回家一趟，但是不曾停留，放下一件玉佩，拿了几件衣服就走了，现下确实不知身在何处。至于谋逆一事，民妇敢以性命担保，他绝对不会参与那种事。"

"玉佩拿来我看。"李兑说。

毓姬出去一会儿很快回来，将包裹在丝绵里的玉佩递给李兑。温润的绿色玉石雕刻出一只坐虎，无论材质和工艺都无可挑剔。

他抬手示意毓姬坐回原处。"以他的年纪和资历，自然不会参与谋逆，我唯一想不明白的是，他何以能够进入安阳君幕府？"

毓姬犹豫了一下，低下头说："若是继续隐瞒，民妇就不知好歹了，哪怕丢人，也得告诉大人。这孩子从小疏于管教，长大后走入邪道，分明是个堂堂男儿，非要说自己是女儿身。民妇不才，实在不知该怎么办，最后只好由他出去闯祸，实在不知他通过什么关系进入安阳君幕府。"

听到这里李兑笑了，"你要早这么说，我就明白了。好了，此事翻过不提，我已经安排公孙暗自查找郑裾下落，只要找到就给你送回来；若是此间他再悄悄回家，你告诉他不要害怕，即刻派人通知我俩任何一个都可以。现在我只担心，若他把在沙丘离宫看到的事随便泄露出去，我想救他也无能为力了。"

"大人放心，小儿纵有千般不是，倒是有一个嘴严的长处，这点做母亲的敢作保。"

"那就好，记住，你都担保过两次啦。"李兑正要站起，忽然又想到什么似的，"还有一件事，上次太史董勇来此做什么？"

"这个嘛……"毓姬第一次露出尴尬的表情，不知该如何回答，"他其实是跟夫人一起过来听听曲子，平日来此地的朝臣士大夫不少，他也不是第一个。"

半天没说话的公孙午在旁忽然问："你家郑袖可有定过亲事？"

"绝对没有。"毓姬的语气斩钉截铁，然后看着公孙午说，"一来女儿年纪尚小，二来没有合适人家，若是您家桂姐有可靠之人，务请帮着留意，没别的要求，只求对我家女儿好就行。"

公孙午看了一眼李兑，正要说话，李兑截住他的话，"今天先这样，我还要去官府处理点事情。改天再来听郑袖唱曲。"

话说董勇被牧羊胡人翟义的小匕首顶住腰部，不仅没有紧张，反倒有些哭笑不得。"我奉劝你收起匕首，割伤手指就没法放羊了。再给你说一遍，我不是负责捉人的官员，史官就是——"

"我都说了知道史官是干啥的，"翟义并未收起小剑，但是勒在对方脖子上的胳膊又放松了一些，"我只问你是不是来调查郑褾下落的？"

"郑褾是谁，我第一次听到这名字呀。"

"当真？"

"绝无虚言。"

翟义松开手，将小匕首插回腰间，转头招呼在树根旁吃草的羊羔，"那就没事了。"

"别没事呀，我还有话要问你。"

"我不能说，会害死人的。"

"我保你没有危险。"

"不是我。"

"你是说那个名叫郑褾的人？"

翟义点点头，赶着羊朝森林外面走。董勇急忙跟在他身后，边走边说："我虽不知郑褾究竟是何人，但如果他跟四个月前此地的战乱有关，那么早晚会被抓到，你觉得他能躲藏一辈子吗？为今之计，只有真相才能救他。"

翟义放慢脚步，"我听不懂你在说什么。"

"很简单，"董勇快走两步跟他并排而行，"现在赵国上下都等着看我怎么写沙丘之变，一旦史纪完成，意味着过去的一切都告一段落；可找不到真相我无从下笔，拖的时间越长，那些想要掩盖真相的人，比如刚才想要杀你的那个人，比如来的路上想要杀我的人，再比如还有想要找到郑裾的人，他们统统不会罢休，未来还会不断有人送命。"

翟义似乎听懂了他的话，但还是自顾自赶着羊穿过树林，边走边说："那晚打仗，死了很多人。"

"你看到打仗了？"

"没有，但我看见那些骑兵了。"

"在哪里？"

牧羊胡人上下摇晃着下巴，示意脚下地面。董勇问："你是说，当时那些邯郸来的队伍就藏在这里？"

"嗯，就因为遇到他们，结果那天丢的两只羊没找到，估计被狼吃了。对了，宫里还要了十只羊，打完仗人都走了，好久没给我钱。"

"这个你放心，我回去就跟管事人说，马上给你结清。"

"不，已经结清了，前些日子那批拉棺材的人给我结清了。"

线索出现，董勇眼前一亮，急忙追问："什么棺材？"

"就是你们放死人的那种木箱子呀。"

"我是问，里面装的是什么？"

牧羊胡人瞪了董勇一眼："你这人好怪，你们还用棺材装别的东西吗？"

"什么时候的事？"

"顶多一个月吧。"

董勇想起之前单福的话，半夜有队人马悄悄路过榆湾驿所，便追问："拉棺材的马车啥样？"

"就是宫里的那种马车嘛，六匹马的。"

两人说着话走出森林，顿觉阳光刺眼，董勇注意到不远处河边两个骑兵无所事事地游荡，继而反应过来是在保护自己，于是对翟义开玩笑地说："瞧，要是刚才在树林里杀了我，你麻烦就大了。"

董勇、翟义二人赶着牛群来到一处房屋处，不好意思地笑了，"我哪儿敢杀人呀，吓唬都吓唬不住。"

这是典型的北方牧民居所，用青石块简单垒砌，屋后齐胸高的围墙，围出巨大的羊圈，在阳光下散发出强烈的刺鼻气息。没等他们走到石屋门口，一个女人从屋内出来，头发稍微泛黄，不厌其烦地扎成数十条辫子披散在肩头，身穿至少由三四种颜色布帛拼接成的袍子，以牧羊人的标准来看，算是相当干净了。她手里端着大簸箩，两只乌黑闪亮的大眼睛定定地看着陌生人。

"这是邯郸来的太史大人。"翟义介绍说。

"那两个军人是咋回事？"女人夹杂着浓浓的中山国口音，尾音朝上拐。

"没事，他们是保护太史的。"说罢，翟义将董勇让进石屋。

屋内光线昏暗，地面上搭着石桌，旁边放着几个木墩，靠窗位置盘着灶头，房屋隔成两间，里面大约是卧房。刚落座，胡人女子便用粗陶土皿端上热气腾腾的羊奶，董勇素来饮食清淡，但为了不让对方失望，依旧端起皿小口喝起来。

翟义嘱咐妻子做饭，然后对董勇说："为朋友舍上性命是我们中山国的做人原则。"

董勇知道对方还在纠结于那个名叫郑裾的人，虽然不明所以，但直觉提醒他，那人将成为自己本次调查中关键的一环，眼下再逼迫牧羊人只会适得其反，倒不妨从侧面迂回，先取得对方信任。况且自己对于中山国一直抱着浓厚兴趣，如今有机会多了解那个被赵国灭亡的胡人国家，可谓是正中下怀。

"说到中山国，我只是听人提到过，真假莫辨。说是你们的习俗以昼为夜，以夜继日，举国上下都争相以寻欢作乐为荣，歌谣尽是悲凉之声，在华夏诸国看来，这都是所谓亡国之风。不过我本人并不认同这说法，一直想亲临其地考察体会，只可惜果真亡国了。"

翟义用力拍拍石桌，语气激昂："胜者为王，你们怎么说都行，我们亡国之民反正没有说话的资格。夜以继日寻欢作乐不假，可我父亲常说，人生在世首要追求的就是快乐，别看我们国家小，每一个普通中山人都比你们赵国的平民百姓快乐多了。"

董勇歪着头想了想，又微微点头："这说法也有道理，但你也得承认，在这个弱肉强食的天下，一味追求快乐，定会削弱斗志和勇气，最终只能沦为你羊圈里那些待宰的羔羊。"

翟义有些泄气地低下头，很快又抬起头盯着董勇，眼睛里仿佛有两团火焰在不停跳动："你听说过吾丘鸠这个名字吗？"

董勇摇摇头："我只知道司马赒，他曾三次当过中山国宰相，在列国中很有名气。"

翟义拍手笑起来："总算有个大家都知道的中山国名人了。没错，司马相国在中山很受百姓爱戴，而且他还是我父亲的老师。但是我更喜欢吾丘鸠，他是中山国第一勇士，有无数美貌女子甘愿委身于他，他可以一天一夜不睡觉，不停喝酒，可是当战斗开始的时候，他永远都冲在最前面，有万夫不当之勇。在我看来，他才是真正的中山人。我父亲曾经答应给他好好作一篇传记，可惜中山灭国时，他俩都死了。"说到这儿，他语气里透出不加掩饰的悲伤。

董勇接上他的话头，"对呀，这就是史官存在的意义，有些事如果不能及时记录下来，很快就会被后世遗忘。如果你愿意，可以给我讲讲吾丘鸠的故事，我愿意把他的事迹写下来。"

"当真？"

"绝无虚言。"

说着董勇伸手从腰间掏出那个布囊，里面装着一小捆巴掌长短、小拇指粗细的木片，一支细长的碳棒，棒身裹着麻布，顶尖尾粗，边铺排边对翟义解释，"这就是一个史官吃饭的家什，平时在外行走，脑子没那么好使的时候，就随手记下，回到春台再整理。"

"怎么整理？"

看到对方如此有兴趣，董勇很认真地介绍起春台的工作流程，如何整理素材，如何缮写史稿，如何写在竹简上，甚至包括竹简的前后期处理都说了一遍。翟义听得很仔细，待到董勇讲完，灶台上的锅开了，水汽在屋内蒸腾，里面混杂着肉香。

"还要等一会儿肉才能熟，我就先给您说说我们中山的事吧。"翟义面色凝重，被户外风霜日光侵袭的皮肤粗糙油亮，这一刻的牧羊人仿佛褪去荒野气息，脸上笼罩了一层庄严的神色。

"我父亲供职于宫廷，除了著录史书还擅长卜算，整个中山国也找不出比他更博学的人，他熟悉周围几个国家的语言和文字，还打算创造属于中山自己的文字。文字是国与民的灵魂，人早晚都会死，国早晚也会灭亡，可文字记录的内容却能永生，这是他常挂在嘴上的话。他对我这个独生子寄予厚望，从小就教我读书习字，我读过《周礼》《春秋》，还会写篆字，后来他又教我学他创造的中山文字，我得说，那些字看起来其实跟华夏的字体差不多，只是发音用我们自己的音调。父亲一生最大的愿望是用自己创立的文字写出一部中山国史纪,可惜老天不给他机会,三年前赵国军队毫无预兆地从两个方向进入中山国都。

"以前每次战斗,你们那些笨重的战车只能在平原地区逞威风,由于中山国都位于山地,每次赵军只能在边境抢掠一番就匆匆罢兵。等到秋天马肥以后,中山国骑兵会冲下山坡进入平原,照样洗劫一番作为报复。年年如此,彼此都习以为常。可这次不同,赵国训练有素的骑兵翻山而来,让我们措手不及。这次蓄谋已久的偷袭绝非搜刮些东西就罢休,他们是要灭国。当意识到这点时已经晚了。我亲眼看见安阳君赵章带兵攻入国都,他们手持火把在城内到处放火,木制房屋很容易被点燃,整个城市很快变成一片火海,周围山上的树木也被点燃,山火烧了半个月才熄灭。父亲也被烧死在国史馆。至今我也没想明白,他究竟是因为误判火势没有及时出逃而丧命,还是因为无法拯救那些辛苦搜集的竹简而陷入绝望,最终选择殉葬。

"赵军在中山国内进行长达一个月的清洗,凡贵族男性都被斩杀,女性被分配给军人。普通百姓被赶出祖居之地,遣送到赵国各处。母亲和弟弟都死了,我隐瞒身份,最终来到沙丘。这里是草原,有很好的牧场。赵国人不懂放牧,又喜食羊肉喜喝羊奶,因此急需熟悉放牧的胡人,在中山国,别管贵族还是平民,每个人都懂如何牧羊,我自然也不例外。事实上灭国之前,我家里就养着两千只羊。说到这儿你该明白,四个月前发生在这里的厮杀,无论谁死谁活,我其实一点都不关心,更谈不上同情,按说我应该高兴才对。"

"说着说着就胡说了!"翟义妻子将一个大木盘端来放到石板上,里面是热气腾腾的带骨肉块,她瞪了丈夫一眼,然后招呼董勇，"鹿肉，你尝尝。草原上冷，再喝点热羊奶暖身吧。"

董勇听得很认真，赵国灭亡中山算是近年来一件大事，当时赵雍退位后前往代地，跟赵章一起训练了一支战斗力极强的骑兵，对外宣称打算从云中五原直下关中秦川。就在东方诸国以为赵军目标是西方的秦国时，赵军忽然挥师北进，一举灭掉了西北方由胡人建立在半山上的中山国。赵章在那次战役里表现异常勇武，率先带兵攻入中山国都，让所有人刮目相看。由此也埋下了沙丘之变的第一个伏笔。

去年腊月，宫廷举办岁末大宴，主父带着赵章从代地回到邯郸。据说朝贺时，主父看到英姿勃发的赵章给年仅十三岁的弟弟行跪拜大礼，心生愧疚之情。次日召见肥义，提出将赵国一分为二，邯郸为中心的富庶平原地区依旧归赵王管辖，而赵章成为跟幼弟平起平坐的代王。忠诚而正直的肥义拒绝了这个荒唐的提议，事情遂搁置下来。这段说法来自赵成在沙丘之变后对董勇的述说，外人并不知情。这可以看作沙丘之变的第二个伏笔。

谁能料到被赵雍父子灭国的中山遗族，竟然在沙丘目睹了二人的横死。天道叵测，真是令人捉摸不透啊。

董勇第一次吃鹿肉，加之热羊奶下肚，感觉全身上下热乎乎，异常舒服。

吃罢，翟义起身招呼董勇走到户外，此时太阳已经偏西，远方宫殿顶上镀了层金色，令董勇意外的是，那两个尽职尽责的骑兵依然在小河附近徘徊，只是没有骑在马上，而是斜靠在草坡上晒太阳，两匹马在四周随意溜达。

翟义领着董勇绕到石屋后面的羊圈，木栅栏门敞开，翟义妻子正把里面的积粪铲到墙外，重新给地面垫上干燥的黄土，空气中飘浮着动物粪便的气味，羊群快回圈了。

"现在该说正题啦。"酒足饭饱的翟义脸庞红润，额头在阳光下泛着油光，他用宽大的手掌拍拍齐胸高的石墙，另一只手抚着微凸的肚皮，开始讲述起他经历的沙丘之夜。

黄昏以后，董勇才兴冲冲地回到离宫，两个卫兵跟在他身后，在不明所以的外人看来，会以为是押送囚犯。路过春阳宫和夕照堂，董勇不觉放慢脚步，听完翟义的叙述，再看这些建筑，似乎有些不太一样了。

玄武宫信期的办公处并未见到宫廷卫队长健壮的身影，董勇本打算问他几个问题，既然不在，他决定先回房间整理一下腰包里那些书写得密密麻麻的木条。可是刚到后院，就看到几个神态严肃的士兵跑来跑去，不知在忙什么。他拽住其中一人询问，对方说要准备掩埋之物，因为许久不用，一时不知锁在哪间屋内。

"掩埋什么？"董勇摸不着头脑。

年轻士兵用诧异的目光看着太史，"当然是死人啦，不然还能埋什么？"

"谁死了？"

"现在还没有，快了，就是下午从森林里抓回来的家伙，大人要将他斩首。"

"什么？！"董勇一声断喝，年轻士兵吓得后退几步，"哪里，在哪里？快说！"

年轻士兵手指后宫门方向，"宫外柏树林边。"

董勇顾不得多言，撩起衣襟飞奔起来，一边跑一边暗自诅咒，今天不晓得撞了什么霉运，这已经是第二次为了救人性命而豁出自己的性命奔跑了,万一一口气喘不上来,这种死法真有些令人啼笑皆非。

后宫门敞开半边,可以看见树林边围着几个人,瘦小的尚禹双手被缚跪在地上,高大的信期脱掉厚重的军装,在身上罩了件长长的旧袍子,手里提着一柄宽厚的大斧头,边数落对方,边酝酿着何时下手。

"斧下留人!"董勇情急之下喊了句不伦不类的话,脚下毫不迟疑,"信期住手。"待跑到几人身边,已是气喘吁吁,伸手拉住信期的胳膊,"你,这是要干什么?"

"太史莫急,我在审问犯人。"信期慢悠悠地说,嘴里喷着酒气。

"审问?"董勇瞪大眼睛,这审问的法子倒是很稀奇。

"我怀疑他是燕国间谍,来沙丘另有图谋,所以要问清楚,谁知这小子如此嘴硬,看来非得砍下脑袋才肯说。"

"哎,大人说笑了,砍下脑袋还如何能说呀。"董勇呼吸逐渐平稳下来,看了一眼跪在一旁的尚禹,"别的都不说,他于我有救命之恩,这你总是知道的呀,况且他是少司寇李兑的手下,怎么就成了燕国间谍?若杀了他,怎么跟李大人交代?"

信期脸上阴晴不定,想了一下,将斧头掼到地下,转身就走,走了几步,头也不回地说,"放了他。"

董勇站在原地发呆,事情转来转去变化太快,一时有些反应不过来,所谓燕国间谍当然是信期信口开河,可令人不解的是,他为何要这么做?又为何说变就变?

尚禹倒是神色自若,身上看不出有什么损伤。他一边揉着被绳索捆过的手腕,一边心不在焉地向董勇道谢,刚才的一幕并未吓到他。待树林边只剩下他俩,董勇才问:"公子府上那个侍卫哪儿去了？"

"我们从森林回来，他连离宫大门都没进直接返回邯郸了。"

难怪，若是那人在场，必定不会让信期这么鲁莽从事。

"信期为何要吓唬你？"

"吓唬？不，他大概是真的想杀了我，你若再晚来些时候，他就动手了。"

"不可能。"

"著书方面我不如您，但是判断一个人是否想杀另一个人，您最好相信我。单纯为了吓唬我，他不会换上那件罩衫，那件衣服就是为了防备血溅到身上的。他当然知道我是李大人手下，所以内心一直摇摆不定，甚至还特意喝了酒给自己壮胆，您要晚来半步，他大概就能下定决心了。你我一命抵一命，扯平了。"

"他为什么要杀你？"董勇半信半疑。

尚禹不以为意地摇摇头，"他认错人了，以为我……"说到这儿停下，显然不想继续这话题。

"之前你想杀牧羊胡人，刚才信期又要杀你，我真是搞不清楚你们到底是怎么了，就知道杀杀杀，如果杀人能够解决问题，天下哪里还会有人存在。"董勇难掩心中的懊恼。

"那胡人对您说了不少吧。"

"是呀，所以你再要杀他就没有任何意义了，还不如杀我更能解决问题。"

"哈哈，大人多虑了。"尚禹笑了，他指指南方，此刻太阳已经被宫墙挡住，但西方的天空依旧残留微光，"李大人经常说此一时彼一时，时机错过就要改变策略。我本次沙丘之行有两桩任务，一是保护您安全；一是让那个胡人闭嘴。如今只做成一项，其实也不错了。"

"沙丘之变的真相我其实只了解一小部分，虽然从这一小部分可以去推测全局，但推测和假设不符合史官行事作风，还需继续调查。你若不急着返回邯郸，不妨陪我走几步，在牧羊人家鹿肉吃多了，怕不消化。"

"散步没问题，但您可别指望从我嘴里掏出什么有用的线索，我不会说任何对李大人不利的话。"

董勇笑了，"放心，只要你不说，没人可以强迫你。不过此一时彼一时，也许你会慢慢发现，有时候澄清一件事比隐瞒一件事更紧要。真相就像皮囊里的水，皮囊完好的时候包裹得严实，可一旦出现个小口，水就会不断流出。与其让我去听那些不可靠的传言，倒不如告诉我你亲历的真相，或许如此才对李兑更有利呢。"

看到尚禹没有回应，董勇又补充道："你先不用急于做决定，容我先告诉你一个小秘密，是关于我本人的事，听完后你再决定是否要对我说出实情。现在，咱们散步去。"

两人从外面回到玄武宫，天已经黑透，门楼和宫墙上都点起庭燎。门口卫兵对董勇说，信期队长让太史一回来就去见他。董勇来到信期门外，敲了两下，里面一点声音都没有。他绕到窗边，从缝隙朝里看，只见烛火闪动，信期四仰八叉躺倒在地榻上，脚下是踢翻的酒盉与空酒爵，就是说在试图斩杀尚禹以及等待太史的这段时间，他一直在喝酒，联想到之前尚禹对信期举动的解读，董勇纳闷这个耿直武夫心中究竟藏着怎样的愤怒？

他决定今晚先不打扰信期。回到房间，吩咐小六点亮烛灯，磨墨，从包裹里取出常用的硬鼠须笔，将腰包里的木片分开排放在几案上，写过字的放在一边，空白的放在另一边，待到一切整理完毕，他让小六去睡觉，自己则闭目静坐，回想今天听到的所有叙述，从沙丘离宫东方那片黑黢黢的森林里开始，一直延伸到自己脚下的这片宫殿，激烈的战斗，阴谋，死亡，逃命，围困，每个场景都在脑海里活动起来。他睁开眼，抓起笔，开始在木片上奋笔疾书。

第二天睁开眼，窗户上已洒满阳光，昨天忙到半夜才睡，董勇感觉异常困倦，即便此时早已过了平日起床的时间，还是不想动弹。小六知趣，知道主人的特殊作息习惯，无事不来打扰。又打了一个盹儿，方觉清醒多了，这才起床洗漱，待到走出房门，已经日上三竿。小六从外面回来，手里端着早饭，说有一头小驽马不肯吃草料，而且拉肚子，离宫驻军兽医给帮忙看视，现在好些了。又说尚禹一大早就离开离宫，尽管有昨天那些不愉快的经历，走之前他还是去跟信期打了招呼，此刻没准儿都快到榆湾了。

董勇对这些消息不置可否，只是端起盘中一盅粟米糊，三两口吃罢，擦擦嘴去找信期。

信期不在自己房里，昨夜凌乱的酒具早已收拾完毕，屋内干净整洁，阳光照在地榻上，细小的灰尘轻轻飞舞。董勇走过日光斑驳的离宫院内，向一个士兵打问信期所在，士兵指指高大的南门角楼，说一早就看见队长上去，现在大约还在上面。

董勇迈步走上角楼，看到信期恰好站在自己昨天站过的地方眺望远方。察觉到有人走近，信期回头瞟了一眼，随即转过头，仿佛远处有什么东西固执地吸引着他。过了一会儿，忽然说："那晚我就是站在这里看着肥义大人离开的。"

肥义？董勇眼前闪过那个身材矮胖的老头子，凌乱的头发随意裹在头巾里，长须垂在胸前，恰好遮住那些吃饭时不小心留下的油渍。这个胡人血统的老人是赵国最重要的大臣，整个行政官僚体系都以他为领袖，也是唯一能跟主君和贵族相抗衡的人物，历经三朝，刚直不阿，从无私心。可就是这样一个人，却在沙丘之夜莫名其妙死于乱军当中，按照赵成的说法，是被安阳君赵章的手下杀害，但董勇并不相信，希望通过调查弄清真相。如今信期主动提起肥义的名字，看来是个好兆头。

"刚到沙丘的当晚，主父和安阳君各自在寝宫吃饭，还派人给主君送来路上打的野味。主君路途劳顿，早早睡下，我巡视整个宫殿，待走到此地应该已是亥时，野外开始有雾，周围一团漆黑，过了一会儿肥义大人也来了。我至今不明白谁会忍心对他下手，他是那么好一个人。"

"你跟肥义大人很熟？"

"可不嘛，说来话长，早在——"信期停下，在心中计算一番，"早在主父刚继承王位的时候，那年我七岁，父亲身为肃侯的宫廷内宰，特意带我去参加新君的继位大典，当时肥义大人不到三十岁，已经成为三位上卿之一，他似乎很喜欢我，整场宴会都让我坐在他身边，对一个小孩子来说这是多大的荣耀啊。您那会儿多大，还记得当时的情形吗？"

当然记得，董勇的思绪顿时也飞回到二十多年前，当时他还是二十出头的青年，刚刚从代地来到邯郸，满身都是草原上的青草气和尘土味，跟邯郸本地子弟格格不入，行走在邯郸街头，或是在太学里听课，不时会引来别人的窃笑。他没有资格参加赵雍的继位大典，但是从身为太史的父亲口中却听过新君继位前后的事。

那天，父亲满腹心事回到家，案上饭菜一口没吃，直接对儿子提起近期笼罩在赵国民众头顶的那片阴云：主君肃侯暴殂。肃侯死得很突然，头天还在朝堂慷慨陈词，晚间忽然摔倒在寝宫台阶下。赵成、赵范、肥义、于零，以及董勇的父亲董竑，还有少年赵雍，几个人彻夜未眠守在宫中。直到次日清晨离世，肃侯也没醒来。没有遗诏，但他生前曾当着几位重臣的面表达过让弟弟赵成继位的想法，此时猝然生变，原本没太当回事的继位问题顿时变得无比迫切。

赵雍当时十五岁，没有任何从政经验；而年近三十岁的赵成，跟随哥哥治国理政超过十年，无论经验、阅历，还是在朝臣中间的威信，加之哥哥生前相关表示，朝廷上下普遍认为他是最合适的继承人。但赵成性格低调，不喜张扬，当肥义提起肃侯生前的愿望时，他犹豫着不肯答应；恰在那个节骨眼，太史董竑鬼使神差地说了句，古往今来君位父子相传更合礼制。话一出口他就追悔莫及，而听到此话的赵成马上决定后退，无论谁、用何种理由劝说，他都不愿再讨论继位的可能。他说侄子赵雍虽然经验不足，但个性鲜明，更具领袖气质，夹在东齐南魏西秦几个强国之间的赵，正需要一位敢想敢干有冲劲的国君。

父亲最后说，我担心自己可能说错了，倒不是怕公子挟嫌报复，他不是那样的人，但万一今后发现公子其实才是更合适的主君怎么办呢？那可是难以挽回的错误呀。董勇明白父亲的苦心，他是想让儿子了解这段重要史实，以后成为太史，可以从历史高点回头考察今天这个决定的成败得失。事实上，父亲的担忧并非杞人忧天，后来董勇站在赵成一方反对赵雍，多少也是想弥补父亲当年的失误——那是后话了。当时周边诸侯国心怀鬼胎，尤其是魏国，大约觉得幼主可欺，纠集齐、楚、韩等国军队从三面逼近赵境，名为吊唁，实则打算趁机蚕食地盘。若赵国决策稍有失误，就会给社稷带来巨大损失。几位重臣连续多日宿于内廷，与赵雍一起对着地图反复商讨，最终决定于零奔赴北境，与燕国结盟牵制齐国；肥义秘密出使楚国，瓦解魏国最有力的后援；赵成指派另一个侄子赵范把守与魏国接壤的关口，自己坐镇邯郸陪伴赵雍。当年幼的信期看着英姿飒爽的赵雍坐在朝堂上接待诸侯使团那天，赵国军队其实正处于最高戒备状态，最终不仅成功化解危机，也让赵雍在诸侯心目中一举树立起新君威望。

董勇颇为感慨地给信期讲了自己所知的那段往事，既是重温记忆，也是拉近与信期的关系。人们在敞开胸襟对谈之前，往往都会先从遥远而无直接关联的事情入手，建立某种信任关系，董勇对此法颇为熟悉，他几乎确信信期很快就会说出一些令人惊奇的话，而这恰是自己期待良久的。

果然，听完太史的讲述，信期动了感情："我竟不知还有过如此凶险的经历，只记得父亲当时很紧张，连续几日在宫廷内安排大臣的食宿。长大以后，父亲将我送入公子府当贴身侍卫。那些年经常能见到肥义大人跟公子一起商议政务，每次离开时，他会特意跟我打招呼。四年前主父退位，公子和肥义不放心年幼主君的安全，两个人共同召我谈话，让我进入宫廷全面负责主君安全。说起来，肥义大人于我有知遇之恩。"

"你昨天想杀尚禹，莫非怀疑他与肥义遇害有关？"董勇问。

信期不置可否地摇摇头，"我也是吃不准，怕伤及无辜。若能十分确定的话，早就砍下他脑袋了，哪还会等到你回来？"

董勇脸色变得严肃起来，"沙丘之变是赵国迄今为止最重大的事件，然而对于那晚的事，你们每个人说法都不一样，莫非以为《赵史纪》是儿戏吗？发生在夕照堂和春阳宫的事姑且不提，因为你当时不在现场，可你必须把自己知道的事如实告诉我，写在竹简上的国史，不是某个人的事，也不是宫廷的事，它事关赵国社稷，也是呈给神明留给后世察鉴的。"

信期抬手端正一下头顶冠帽，并未正面回应董勇的话，而是问："我听说昨晚你跟尚禹谈了许久，他都说什么了？"

"你不用管他说了什么，你只需要告诉我你知道的事就够了。在沙丘这件事里，每个亲历者出于个人私利，要么掩饰真相，要么歪曲事实，如果说还有一个人并无私人动机说假话，我觉得恰恰就是你信期。你跟随在主君身边，并未参与战斗，仅仅是自己的所见所闻，有什么不可说的？更何况你说的话会有助于我厘清真相，杀害肥义的真凶没准儿也能找出来。"

信期似乎被董勇最后那句话打动，想了想问："如您所说，我并未参战，不知大人具体想知道什么？"

"比方说，一个月前那辆六匹马拉的车是怎么回事？"

"哦，这个呀，"信期点点头，"我现在就能告诉您，实际上公子和主君派我来沙丘只有一个目的：给主父收尸！"

"你是说，赵雍一个月前才死，而非之前所说的四个月前？"

"听您的口气，似乎也不是很惊奇嘛。"信期说。

"其实已经猜到了，"董勇习惯性地搔搔头顶的白发，"三个月前在南郊家庙，李兑带我看了那两具金丝楠木的棺椁，说里面是赵雍父子，我提出打开看看，他说还没有梳洗整理，待正式入殓前定会让我过目。此后一拖就是三个月，直到我本次来沙丘前，才匆匆看了一眼，经过一个夏天，安阳君那个缝合上去的头颅，脸颊塌陷，眼睛溃烂，整个身体都臭了，可赵雍只是面容干瘪，体型也与生前大为不同，而且眼睛还被盖住。当时我心中就生出怀疑，莫非父子二人不是死于同一时间段？"

"您猜得没错。"信期说，一个月前公子赵成进宫面见幼主赵何，两人单独谈了一阵儿，之后才把信期叫进去，告诉他一个惊天秘密。原来，外界普遍以为在沙丘之夜暴殂的主父，三个月来始终被围困在沙丘春阳宫内，直到前两天才从沙丘传来最新消息，主父应该已经死了。现在决定委派他作为主君的代表前往沙丘，任务是验明主父正身，偷偷将尸体运回邯郸，最后将沙丘离宫彻底焚毁，"这就是我还停留在此的原因。"信期最后说。

一阵冷风从草原深处吹来，位于沙丘平台上的三座宫殿笼罩在萧瑟中，实在没想到连这一片宫殿很快也要消失了。董勇侧耳倾听风声，过了许久才说："我知道你对赵成忠心耿耿，若是担心所说内容会对公子不利……"

"不！"信期语气异常果断，"如您所说，整件事情我都是个旁观者，在我看来，公子在沙丘事件里绝无私心，实际上他跟主君都被蒙在鼓里，事情发展到最后，主父、安阳君、肥义都死了，根本就是李兑和楼缓办事不利，是他俩搞砸了，我犯不着替那两人遮掩。走，去我屋里，让他们弄点酒肉，容我慢慢告诉你。"

第三章　惊变

天黑以后，尚禹骑着那匹骏马悄然进入邯郸市内，为了避人耳目，他刻意绕开繁华城区，从北便门入城，轻车熟路穿行在纵横交错的街衢中，抵达少司寇府的后门。他对门前空地上立着的石头拴马桩视而不见，直接牵马上前拍门。

青铜门环叩击铜铺首，发出清亮的响声。只一响，门扇拉开条缝，像是专门有人在等他。头戴软帽的老家令看清门外人的模样，又探出头左右张望一下，才打开大门，示意连人带马一同进去。

后门进来是花园，老家令冲书房努努嘴，从尚禹手里接过马缰走开，留下尚禹独自站在原地。天冷了，花园里树木正在落叶，只剩几株耐寒植物尚保持绿色。回廊连接着好几间屋子，此刻唯有书房透出亮光。走到书房廊前，他脱掉自己沾满泥点的靴子，轻轻踩上走廊地板。书房户牖从里向外撑开，能看见李兑正盘坐于榻席上，聚精会神翻动手中竹简，走廊上的脚步声也没让他抬起头。

"大人，尚禹告见。"

"进来。"

屋里有些凉意，但草席上并不凉，穿着厚袜走上去悄无声息。尚禹转到李兑侧前方,灵巧地跽坐在松软的垫子上。

"果然不出大人所料,属下离开邯郸不久,就发现前方有可疑对象,对方看样子当过兵,身手不错,骑一匹快马。到达榆湾驿所,恰好追上太史主仆。在驿所二里地河边别院,那人打算行刺太史,属下及时出手制止,只可惜没能取他性命,被他跑掉了。"

"那是楼缓的手下。"李兑若无其事地随口说了句。

尚禹愣了一下,没想明白其中的联系,但还是继续说:"之后我一直护送太史抵达沙丘离宫,他果然调查得仔细,连春阳宫院内的屋顶都上去看过。属下觉得依照他这种调查方法,很快就会想到去找牧羊胡人盘问,于是次日打算前去解决那家伙,没承想太史好像知道我的想法,忽然就出现在森林里,弄得我无法下手。恰在此时信期带人赶到,二话不说将我抓走,后来太史跟牧羊胡人究竟说过些什么就不清楚了。"

"信期为何抓你?"

"说是公子派人连夜赶到沙丘,令他保护太史安全,或许他以为我要不利于太史吧。"

"公子为何忽然关心起董勇安危呢?"李兑自言自语说了句,继而恍然大悟,"是了,莫非也是楼缓居中挑拨?"

"楼缓大人为何要这么做?"尚禹不解地问。

李兑没说话,心里散落的碎片逐渐拼凑在一处,接着意识到自己犯了一个错。他顾不上多想,忙提高声音朝门外喊了句"来人"。

老家令来到窗外廊下。

"马上让公孙午过来一趟。"吩咐完毕,他才对尚禹说:"信期后来知道抓错人了?"

"这……"尚禹迟疑一下,略带尴尬地笑了笑,"说来好笑,他一度还想杀了我。"

"为什么?"

"因为——他并没有明说,只在太史阻拦时才说怀疑我是燕国间谍,在沙丘离宫图谋不轨,这哪里是理由,连借口都不算,属下怀疑他在沙丘那晚……"

"好了,"李兑抬手制止他,"那晚的事,他所知有限,况且他根本不认识樊吾,若是真有发现,他早告诉公子了,也不会等到现在才对你发作。你刚才说是董勇拦住了信期?"

"对,太史是仗义之人,他对信期说我曾在榆湾救过他,据理力争救下我。不过之后,他又向我追问了许多沙丘的事。"

"他知道你数月前跟随我到过沙丘离宫?"

"原本是不知道的,但见过牧羊胡人之后就知道了。"

"你跟他说了什么?"

"属下暗想,既然牧羊胡人都对他讲了,我自然也无法隐瞒到过沙丘的事,所以就讲了咱们平定叛乱的战斗过程,他问我何以那么巧赶到沙丘,我告诉他那不是我能回答的问题,我只是执行上头的命令。"

"这是把问题推给我了。"李兑语气里带着玩笑,即便如此尚禹依然憋红了脸,急忙俯身辩解,"这一点属下当时确未想到,请大人降罪。"

"算了,其实你怎么说都无所谓。"说着李兑用手抚着面前案上的竹简,"你可知这是什么?这就是《赵史纪》的副本,自从主父当政以后,要求春台定期给宫廷提供史纪副本,这也标志着所谓独立史官已经不存在了,就算后来主父退位,从前的制度也不可能恢复。董勇当然知道这一点,四年前主父退位的事,《赵史纪》里含糊其词,胡说什么那是直追尧舜的禅让;而假扮使节进入咸阳,该是主父平生最值得炫耀的事,结果呢,《赵史纪》里一个字都没提。这些其实都是遵从公子的意思。既然如此,史官还有什么独立性可言?如今沙丘之事也是如此,朝野上下都觉得我危在旦夕,因为沙丘的本意是软禁主父和安阳君,并非要他们的命,没想到事与愿违出了纰漏,大家都把我视作理所当然的替罪羊,就等着董勇在《赵史纪》里重重地记下一笔。殊不知我一点都不担心,因为还有个更合适的替罪羊等在那里,他现在已经跳出来了。我猜董勇不管在沙丘了解到什么,最终还是会识大体,顾大局,不会乱写。退一万步说,就算他写了,副本我还不是说拿出来就能拿出来吗?"

尚禹有些摸不着头脑,"若是原著与副本文字不同,岂不是没办法吗?"

李兑得意地笑了,"当初要求春台给宫廷呈送副本,公开的说法是为了多存一份更稳妥。可是还有一个不为人知的作用,每隔一年,宫廷存的副本会跟春台存的正本对调,这就从根本上杜绝了史纪正副本文字不一的隐患。假如正副本文字有异,史书便无可信度。其实这主意是我给主父出的,算是他从大陵提拔我到邯郸的回报吧。"

"高明!"尚禹不由自主拍手叫好。

李兑摆摆手,"其实不重要,从今往后,别说赵国,放眼诸夏,谁家还会有什么独立史官?主君的天下,想怎么治理就怎么治理,哪里容得下书生们置喙。信期不是要烧毁沙丘离宫吗,那么堂皇的离宫都能付之一炬,春台这些简册也就是一句话而已。不过嘛,还是要找个机会跟董勇面谈一下,把这层意思说清楚,他如果再坚持什么秉笔直书,那就太不知趣啦。"

屋外传来脚步声，公孙午修长的身形出现在门口，只见他在槛外弯腰脱掉一尘不染的木屐，悄无声息地走进来，先是给李兑施礼，继而朝尚禹拱拱手。

"急着找你来是忽然想起一事，"李兑不等对方说话便开口，"近日在楼缓府外布控，可有发现？"

"重要内容属下每日都给您汇报过。"

"我问的就是你自以为不重要的那些，比方说这一二日可有什么不起眼的人进出过楼府？"

公孙午站在原地转着眼珠想了一下。"前天有两个修理马车的匠人进出过，还有个珠宝商，大概是上门推销货品，有个家臣像是长途归来。对了，今天东市乐坊四个歌伎还上门待了一个时辰。"

"珠宝商你认得？"

"认得。"

"家臣，是怎样的一个家臣？"

"满脸麻子……"

"等等，"一直没开口的尚禹忍不住脱口而出，"是不是体型壮硕，脸上胡须浓密，看着一脸凶相。"

"对呀。"公孙午纳闷地回应。

"大人，属下在榆湾遇见的就是他。"

"嗯，看来他是真想把水搅浑啊。"李兑缓缓地说。

摸不着头脑的公孙午站在那里不知二人在说什么，李兑也不跟他解释，径自吩咐道："今天晚了，明天一早，你去找匠人和歌伎详细了解一下，看有无异常。"

"大人这么一说，我现在都觉得有些蹊跷了。"公孙午乖觉地说。

李兑摆手示意两个心腹退下，继续独坐枯灯前翻看面前的竹简。

尚禹跟公孙午走到后门，老家令牵过二人的马，两人出门上马，尚禹这才给候正所头子讲了榆湾的经历，而公孙午也说了楼缓派人跟踪李兑被发现的经过。

两人在长街上各奔西东时已是月上中天，街市灯火将阑，尚禹松开马缰信步缓行，心中却很不平静。原因非常简单，刚才面对自己恩主，有个重要细节他没有澄清，*您以为当时是樊吾假扮春阳宫使者，其实那个人是我啊！*就在他几乎脱口而出说明时被李兑打断，之后再也没勇气重拾这话题。更重要的还不在此，而是他对恩主只说了部分实话！没错，他告诉太史董勇的内容，确实是平叛的战斗过程，但那详细程度远超想象。事实上他几乎对董勇和盘托出自己在沙丘经历的一切。当然不是无意中说漏嘴——这种低级错误不会出现在锐卒旅都尉卒长身上，其实是他深思熟虑后的选择，那理由旁人根本猜不到，或者说即便猜到也未必能理解，那就是：青史留名！

虽然只是个中层军官，尚禹也清楚沙丘之变乃赵国的重大政治事件，如此大事必将被载入国史，事件中诸多惊人细节，唯有作为亲历者的自己才清楚，假如不说出来，很可能会被湮灭在历史长河中。他甚至预想过当自己垂垂老矣躺在榻席上等待死亡降临时，心中一定会对今天的守口如瓶懊悔不已。负责记录国史的太史恰在此时亲自找上门来，为了让尚禹放心说出真相，董勇甚至抢先告诉他一个天大的秘密，理解这秘密以及背后的含义，他才毫不犹豫地说出了沙丘之变的真相。可是这一切他都不能对恩主李兑明说，哪怕是李兑将他从普通士卒一路提拔到今天的重要位置，也不行。李兑的赏识提拔属于世俗范畴的恩宠,他只需确信所述真相并不会给恩主带来麻烦就够了(对此董勇做了郑重承诺);而董勇所做之事是向冥冥之中那些神灵的献祭,是传递千秋万代的不朽之事。说出那些话以后的尚禹无比轻松,想到一个寂寂无名的小人物将因此留名,千百年后依然还会有人在史书上看到自己名字,就不由自主激动不已。

次日清晨,李兑准时拎着青铜剑走到院中央,后门就传来急促的拍门声。按说从后门出入少司寇府者全是自己亲信,此前从未有人以如此失礼的方式敲门,以至于他站在原地愣住了。

老家令快步去开门,连平时隐在门房里从不露面的当值卫兵也现身张望。

门刚拉开,公孙午就侧身挤入,远远瞥见李兑站在院中,急忙快步跑来。"大人,不好了!"

李兑心中一沉,却想不出究竟是什么不好了,于是瞪他一眼:"好好说话,到底怎么回事?"

"是楼缓,他,他跑了!"

即便还没顾上问细节,李兑心中已经开始基于这个事实进行思考。作为赵国重要的卿相,擅离岗位等于主动终止个人仕途,此后很难在邯郸立足。不到万不得已,在宫廷如鱼得水了二十多年的楼缓绝不会出此下策,换句话说,形势已经发展到对方不得不离开了。想到这里他转头问公孙午:"何时的事?可是已经确认过了?"

公孙午喘息稍定,"属下昨晚从此地离开,不放心,直接去东市,费了些工夫才找到那四个歌伎中的一人,向她打问在楼府做了什么。起初她还不肯说,待到我亮明少司寇府的腰牌,她才说了实话。原来她们四人入府内并未进行任何表演，没唱歌，没跳舞，没陪酒，只是安排她们在西厢房等待了半个多时辰，然后又送上饭菜，吃完饭就打发她们回去了。虽说什么都没做，却付了比平时多一倍的酬劳，并且叮嘱她们不要对外说。从歌舞伎坊出来，属下又去铁匠营找那两个工匠，结果一人回老家，另一人已睡下，见我身份，对方自是不敢不理，说前两天是去楼府换了新车轮，还说按照家仆吩咐，把马车轿厢进行加固。大人听明白其中蹊跷了吗？"

"他要走长路？"

"没错。这意味着门口监视之人若不晓得此事，就很容易让他在眼皮底下溜走。属下睡到半夜，一睁眼，忽然想明白那四个歌伎的用途：就为了让人以为楼大人还在家呀。换句话说，楼大人很可能不在家里了。楼府外确实安排了监视者，但按照惯例，城门关闭以后就会撤岗。可楼大人的身份，半夜若想出城应该能出得去。所以天没亮属下就跑到城门看守处调查——"

"等等，"李兑打断他，心中暗自赞赏下属的缜密心思，脸上仍一脸冰霜，"邯郸那么多城门，你莫非都跑一遍？"

公孙午晃晃脑袋，脸上闪过一抹得意的微笑，不过转瞬即逝，"邯郸十二座城门，夜间允许开闭的只有东西南北四个便门，属下自问，以楼大人的选择，若是匆忙出走，第一目的地会是哪里？所以属下先去了西便门。"

西便门出去是正对进山陉口的大道，穿过陉口开始上山，翻过太行山上几个隘口，最终会抵达赵国西部的重要关口长平，出关就是往秦国的大道。楼缓之前一直充当赵国常驻秦国的使节，如果出逃，想必也会首选自己熟悉的国家，这大约就是公孙午的考虑。

"结果呢?"

"结果楼缓大人两天前就出城了。那时天还没亮,城门也未开启,他轻车简从,只有一辆马车和两个骑马家臣陪同来到城门口,拿出公子的信符,让城守打开大门,之后一路向西去了。"

莫非是奉公子密令出关?这念头马上就被否定,眼下赵成不可能私下派人去秦国,信符大概之前就在楼缓手上,此次被冒用了。他抬手示意老家令过来,将手中宝剑递给他,自己则背着双手开始在院内来回踱步。公孙午知趣地站在一旁一声不响。走了几圈,仿佛思路清晰起来,他走到下属面前站住,"你刚说他离开两天了?"

公孙午似乎早知道长官会这么问,伸手从怀里掏出折叠起来的黄色绢帛,两手展开,是一幅赵国山川形势图。李兑马上明白对方的意思,抬手拽住地图一角。

"大人请看,"公孙午用空出的手指着邯郸到长平关道路的三分之二处,强调起见轻轻点了几下,"属下计算过,按照楼大人的脚程,现在充其量到达这里。因为他乘坐的是马车,必须走大道。人不休息,马也得休息。从这里再往前,官道正在修缮,恐怕会更加慢,原本一天可以到达长平,现在则需要整整两日。"

"就是说我们能够在长平追上他?"

"不能,"公孙午坚决地摇摇头,"就算咱们即刻骑马出发,昼夜不停,也只能在他出关后不远的地方追上他,具体应该是这里。"

他手指之处是长平关外三十里地的一个名叫马驿的小镇。

"就差这一点时间?"

公孙午点头,"反复测算,果然就差这一点。若是昨晚属下再聪明点,悟出此理,那时出发就正好。属下无能,请大人降罪。"

李兑不以为然地摆摆手。一旦出关,恐怕就追不上了。理由很简单,现下长平关外魏国正与秦国往来交战,那条路具体在谁家手里控制都不好讲,最理想的莫过于在长平关内追上楼缓。李兑有从善如流的优点,知道此结论定是公孙午认真计算后得出,恐怕再无改进余地,自己眼前面临的选择无非是:追,还是不追?

他眼前闪过楼缓那张高深莫测的脸,耳边响起对方四个月前在去往沙丘的路上对自己所说的那些话,再想到不久前那些监视自己的候者以及派往沙丘的刺客,遂转身对老家令吩咐道:"通知尚禹带两个贴身士卒,选八匹乌海骏马,半个时辰内到府门前候命。还有,你帮我们准备点干粮,他们一到就出发。"说罢,他示意公孙午跟他进书房,"我还有件事交代你。"

半个时辰后,李兑尚禹四人跃马扬鞭离开府邸,除了各自胯下的乌海骏马,每个人还多带一匹备用马。四个人都是便装,减去一切重装备,除了佩剑和袖珍弩箭,只带了干粮和水囊。

公孙午站在李府门前那棵高大的垂杨柳下看着几匹马拐过街角,才骑上自己的马,他没有返回候正所,而是径自穿城而过,朝城西方向去。

当远远看见位于高地上春台那白色的院墙,他才放慢马速,转入一条小街,在一处不起眼的门楼前下马,门边墙上钉着块朱漆斑驳的小木牌,写着"里正"二字。这是负责春台周边里坊治安的小吏的办公场所,负责人是个长得像猴子似的家伙,此人从小跟公孙午一起长大,是多年前的酒肉朋友,最近二年彼此很少走动。此刻见到少司寇手下红人忽然驾临，对方急忙安排公孙午坐在狭小的公厅中等候，自己忙不迭根据公孙午指示去打听消息。很快，他回来汇报说董勇昨晚到家了。

好险，多亏李大人神机妙算，否则还真误事了。公孙午想着顾不上多言，急忙起身出门。

高台上的建筑，与当下流行的建筑风格迥然不同，依旧保持传统的周式建筑风格，紧凑低调内敛，看上去毫不起眼。公孙午在附近一片小松林旁下马，松开马缰，让马随意在已经枯黄的草地上找东西吃，自己则将一块小小的毛毡铺开，解下挂在腰间的葫芦，像所有殷实之家游手好闲的男人那样，靠在树干上喝起酒来。周围远远近近还有另外几个闲人在歇息，春台的一切尽收眼底。

没过一顿饭工夫，高台之上侧门打开，身材瘦小、戴着旧头巾的董勇身后跟着个年轻书童走下台阶，待到站到平地上，书童绕去高台后面，一会儿工夫，牵出一头驽马。这表明太史今天要走较远的路，或者要去不止一处地方。公孙午起身拍拍衣服，过去牵马。

太史去的第一处地方就让候正所头子颇为惊诧——董勇直接来到吉祥里楼缓家门口，结果不出意外吃了闭门羹，大门开条缝，里面人三言两语就关上大门。董勇有些失望，站在原地想了想，骑上驽马钻入另一条小巷。公孙午骑着马远远跟着。显然，太史不会平白无故找楼缓，同样明显的是，太史并不知道楼缓已经出逃。

接下来他会去哪儿？

小驽马不紧不慢走在石板路上，前方道路对公孙午来说愈加熟悉，直到最后他不由自主发出一声叹息。

两人前后脚来到公孙午的地盘——邯郸西市。

太史在这里能认得谁？起初公孙午没反应过来，但转瞬就想到莫不是去之前去过的花渐乐坊？果然，董勇骑着驽马左顾右盼，一路来到花渐门前才停下。将小驽马拴在大门旁石柱上，推门走入院内。

公孙午在原地等了片刻，看到中年家仆郑义走出来，牵着驽马顺着墙边夹道进入后院，明白董勇一时半刻出不来，便拐进路边小酒馆，寻个靠窗位置坐下。事情越来越有意思了，自己老婆李桂姐跟花渐当家人毓姬关系甚好，知道对方一直打算给女儿找一位佳婿，十三岁的郑袖聪明大方，能歌善舞，也确实配得上一桩好婚姻。对郑袖这样的女子而言，男方的名望地位或是金钱权势，都可以作为衡量标准，反倒是年龄不太重要，理由很简单，兼具上述标准的年轻俊秀整个邯郸也找不出几个，与其抱着那样不切实际的幻想，倒不如脚踏实地更好。太史虽然其貌不扬，年纪稍大，也没什么钱，可他声望高呀，在整个士大夫群体里，董勇始终担当着意见领袖的角色，若是娶郑袖，那简直就是郑袖高攀了，大约无人会说不般配。可问题是——李大人似乎对这丫头也颇有好感！这一点怎能逃过公孙午机敏的眼睛呢？把这两个各具优势的男人摆在毓姬面前，恐怕她一时也难以决断，但最终李兑胜出是没有悬念的。

公孙午一边胡思乱想，一边喝着小酒，任由和煦的日光从桌上一角滑到另一角，环顾酒馆内外，他决定跟酒馆老板谈一下，把靠窗座位长包一段时间，直觉提醒他，未来此处怕还会有更多用途。

当公孙午跟在太史身后于邯郸街头乱转的时候，小酒喝到微醺的鲧泽正舒服地靠在自家院内那株歪脖杨树上打盹。这段日子过得好畅快，数天前廉颇将军到访，他把压抑在心中的话倾倒出来，即便只有一部分，也感觉无比轻松，心中对巫锦的敬意也提升了一大截，这女人居然能提前算出白露那天将军光顾，莫非我娶了个神仙大姐不成？他试着把自己的崇敬之情传递给巫锦，可每次都遇到对方冷脸，令他百思不得其解。

一阵风吹过，落叶掉在脸上，鲧泽才从迷糊中清醒，低头看见身上不知何时盖了条毡毯，难怪越睡越暖和，侧头看见巫锦正端着陶盆从屋内走出来。

"我说，你啥时候再给我卜算一下？"他问。

巫锦平静地看了他一眼，径自走到匏瓜架前，将水均匀注入瓜藤根部，之后直起身将陶盆抱在怀里，看着已经粗过手指的匏瓜藤发了会儿呆，说："你到底抽什么风，我都说过了，白露那天我根本没算到将军来访。"

除了将军来访，莫非还有其他事？鲧泽想起巫锦之前给自己讲过卜算的原理，简单说，就是只能卜算出运程，并不能卜算出具体事件。所有的事件毋宁说是命运之水翻起的浪花，在哪里翻起或者何时翻起，存在很大不确定性。当然这并不代表偶然事件不重要，恰恰相反，它有时候会起到决定性作用。就像卡在山坡上的那块石头，貌似只能永远停在那里，但若有个契机，无论是牧童抬腿踢上一脚，还是骤然刮过一阵狂风，总之石头只要能越过那一点点阻碍，就可以从静止变成滚动之势。

"别去关注细枝末节，如果那些都能被你知道，就不是普通人力能及，是仙人的本领。我只能说一个大势，比如说你人生还有一个升起，那是明明白白由你命相决定的，只需静待结果，刻意去追求反倒失之千里了。其实我一直很后悔告诉你那个卜算结果，若是知道会跟你一起过日子，当时绝对不会对你说那些话。"巫锦说。

"所以，"鲧泽边琢磨措辞边缓慢地说，"你给廉颇的卜算也是大势？"

巫锦点点头，"没错。但是廉颇将军嘛，其实那天也没卜算什么，我觉得他更像是为了等你，卜算只是借口罢了。"

鲧泽打个饱嗝，用手抚着溜圆的肚皮，心中暗自赞叹这女人的见识。"如此说来是我误会了。你那天让我早点回家，莫不是……"说罢，他上下打量巫锦，虽然只是身着居家素服，还围着条围裙，但女人那红润的脸蛋，乌黑的长发，还有窈窕的身段，不知怎么就显得异常美艳起来，男人的目光开始变得淫亵，"莫不是想我了？"

巫锦红了脸，她呸一声，端着陶盆转头回屋。鲧泽忙不迭起身跟进去。

完事以后，鲧泽长吁一口气仰面躺在炕上，身体微微发汗，感觉浑身上下无比通透。巫锦依旧背朝着他，半天一动不动。他有些纳闷，以前此类房事，除非自己坚持，巫锦还是喜欢跟他面对面，可今天没等鲧泽要求，女子就主动背过身去，煞是奇怪，而且以前每次完事后怕男人着凉，她定会忙活着帮鲧泽盖好被子，体贴温存一番，今天有点反常。

忽然，好像夏日天空亮起一道闪电，鲧泽内心被照得雪亮，他猛然醒悟女人白露那天原本要说的惊喜是什么了！他紧张得一口大气都不敢喘，等着身边的女人说话，可巫锦依旧一言不发，一动不动。

"啊呀，想起一件急事，我得去趟关口。"他一骨碌爬起身，手忙脚乱穿衣服，看巫锦不动弹，他站在屋子当中犹豫着。

"去吧,早些回来。"巫锦悠悠地说了一句。

"好咧。"这句话如蒙大赦,鲧泽简直有些兴高采烈地走出去。

外面天色完全黑了,此刻长平关口已经关闭城门,不可能再有进出之人,小镇街边店铺灯火明亮,正是热闹的时候。鲧泽根本不知道自己想要做什么,像个无家可归之人般在街道上四处游荡。顺着主街道,不知不觉来到将军府门前,这是一座坚固的大院,门口有卫兵站岗,庭燎燃烧得正旺。他当然不找将军,于是从门口走过,继续朝镇子另一头走去,最后一直来到东侧关口门楼前。

长平镇位于半山腰,南北天然巨石夹峙,东西两侧各有一座关口,西侧关口由于对着境外,修得高大坚固,相比而言,面对邯郸方向的东侧关口就修得很敷衍,不仅低矮,而且破旧,纯粹是个样子货,每晚虽然会象征性地闭门,但其实并不落锁,反正夜间无人进出。

鲧泽来到西门口,卫兵认得他,不等说话,就将大门拉开一条缝。大门外的官道顺着山势蜿蜒起伏,地形平缓,但是弯路较多。走出一里地,道路两边是茂密的松柏林,北侧树林后面有个天然形成的大水潭,南侧树林后面是片开阔地,搭建着密密麻麻的营房,镇守长平的士卒就住在那里。

鲧泽离开大道朝树林后面的水潭走去。夏天他喜欢在此地钓鱼,冬天湖面会结冰,像一面巨大的镜子。眼下这个季节,天气正冷起来,虽然离水面结冰还早,但岸边草地上已经结满霜花。

他站在水边发呆,满脑子都在琢磨孩子的事。没错,就是孩子,他鲧泽的孩子。虽然尚未出生,应该已经在巫锦肚子里孕育了一段时间，具体有多久他不清楚，但巫锦肯定心里有数，那个女人特意想要选择白露那日说出这个好消息，可他却像个木头人一样没能领会，更过分的是他居然误以为巫锦动了春心，忙不迭地迎合上去，虽然女人给他留足面子，没有拒绝，可想起来还是脸颊炽热，原来她不是喜欢那个姿势，仅仅是出于本能在保护肚里孩子呀。

可是，这真是个好消息吗？

年届五旬的鲧泽喜欢孩子，但只限于喜欢那些与自己毫无瓜葛的小孩子，邻居裁缝家的小男孩，对门皮革匠家的小女孩，有时间他都会逗弄一番，可他从未想过有朝一日会有自己的小孩。按说男婚女嫁、生儿育女都是正常经历，可他自幼离家，这方面的人生经验天然欠缺，也从来没这意识。就拿跟巫锦之间的关系来说，虽然对方言辞闪烁，偶尔表达过长久在一起生活的愿望，自己却也没当回事，不是不满意巫锦，而是除了眼前的生活状态，根本没想过还能有别的不同状态。

现在孩子的出现——很快就出现了，令情况发生了本质改变，曾经以为不会变化的生活瞬间天翻地覆，一个之前从未考虑过的问题变得迫切起来：莫非我鲧泽真的想要老死在长平吗？与此同时另一个问题也随之浮现：若是我的人生还有改变的余地，我会带走身边这个女人吗？

两个问题都没有明确答案。

他在水潭边坐下，抬头看到像柄勺子斜横在空中的北斗七星，寒凉的风从山谷间吹来，耳边满是风过树梢的呼啸，不对，隐约好像还有其他声音在山谷间回荡。

他站起身，面对邯郸方向侧耳倾听。

果然，风中夹杂着马蹄和车轮滚动的声音。已是亥时，按说根本不会有车马经过，平日往来关隘的人都知道长平夜间闭关，大多在距此地三十里的上党邑休息，没人会连夜赶到长平，除去这段路全在荒山野岭间盘旋，夜间行走不安全外，还因为此刻叫开城门定会被值夜班士兵百般刁难，或被查扣车马，或被重重勒索。

鲧泽走进柏树林，悄悄隐在树后朝大路观望。许久，才见到一辆四匹马的马车摇摇晃晃驶来，前后各有一名骑手护送。马车来到树林边停下，轿厢内跳下一个黑乎乎的人影，打量四下，冲轿厢内说了句话，于是车辆离开大路驶入鲧泽隐身的柏树林。

树林很大，有多条通往水边的道路，那一行人穿过树林，最终抵达岸边，开始卸下套马，收集柴火，显是要在此地过夜的样子。

鲧泽看了半天也没等到轿厢内神秘来客露面，可以认定这辆马车是来自邯郸，至于是朝廷大臣还是商贾行旅就不好说了，因为这两类人都有资格乘坐四匹马拉的车。车上不管是谁，此人无疑对长平地形很熟，知道在接近关隘时有这片水潭可以短暂休息，隔着树林和起伏的山岭，生火烧水不会引起注意。次日一早从此地出发，可以作为第一拨通关人员出关，不必在镇内停留——马车内的人显然就是这么打算的。

可是他们算错了一步棋。鲧泽嘴角露出一丝狡黠的笑容，刚才对自己人生的反思带来的低落情绪逐渐开始回升，因为他想到明早在西侧关口角楼当值的领班恰好就是自己，远处这几个形迹可疑的家伙无论多么小心和隐蔽，最终还是要接受自己的盘问与审查。

就算他们有啥秘密，明天也会被我挖出来。想到这儿，鲧泽略带兴奋又小心翼翼地离开树林，顺着大路边缘返回关内。

大道平坦，四周悄然无声，月亮从东方天空升起，照得四处好像蒙了一层白霜。等回到家，巫锦大约都睡着了吧。

次日天刚亮，鲦泽不等巫锦招呼，爬起来随便洗漱一下，说了声去值班，匆匆走出门。

长平镇逐渐苏醒，阳光从东方山顶照过来，门楼上一片绯红。早餐刚刚出摊，他坐下喝了盏浓豆浆，吃了刚出锅的麦饼，随后来到西边城门口，看轮班的士兵开启两道厚厚的城门。

因为正对边境，此门相当坚固，内有小小的夹城，若在战时，就算敌军突破第一层城门，也会在夹城内遭到城墙上守军滚石的攻击。和平时期，待到两座城门都开启，有些赶早市或走亲戚的人就排队出城，普通百姓进出无需查验，唯有商贾的车队才须查验，目的是从中抽取一定比例厘金以供军用。

鲦泽在城门口看了一会儿进出人流，感觉时间差不多了，便顺着台阶走上门楼。楼顶设置座位，厚厚的毛毡前摆放条案，两侧竖起长条形旗帜。此处视野开阔，镇上一切尽收眼底。出于习惯，他让卫兵把烫好的酒端上来，虽然还早，却想喝上几口。

酒没上来，目光被远处道路上扬起的尘土吸引。那辆四乘车马和两个骑手出现在镇东头主干道上，丝毫没有停留的意思，直奔西门而来。路上行人和小贩都不由自主打量这辆在清早时分很少见的马车。

"看到那辆车了？"鲦泽头也没回地问卫兵。

"看上去不像有钱人家。"执着酒壶的卫兵回答。

"你怎么知道？"

"轿厢漆都掉了，连个装饰都没有，我们村方大户家的车都比它好。"

"笨蛋，看来你得一辈子在关口喝西北风了。"鲦泽亲昵地骂了年轻卫兵一句，然后耐心解释道，"有没有钱可不能只看轿厢，你告诉我，上次见四匹同色马拉的车是什么时候？"

"哦。"卫兵恍然大悟。

马车很快逼近关口。按照规定，这种单独出行的车辆无需检验，可以直接放行，可鲦泽却微微抬起手。卫兵立刻冲门楼下的守卫喊了句："拦住那辆马车。"

马车在门洞前被拦住，轿厢帘掀开，一个满脸胡须间杂着麻点的壮硕男人探出头，面带诧异地看着卫兵。"为什么拦我们？"

"检查。从哪里来？到哪里去？"

麻脸男人皱皱眉头，"从邯郸来，去……河津。"

"去做什么？"

"做买卖。"

"什么买卖？"

麻脸男人终于忍耐不住，露出一脸凶相。"你管得还真宽，我们是守法的国民，现在又无战事，凭什么阻拦正常通行？"

士兵瞪起眼睛，"少废话，想出关，先好好回答老子问话。"

"嘴巴放干净，免得后悔。"

麻脸男人撂下一句话，缩回车厢。再次露出头，将手里一卷文书递给士兵。该我出场了。鲦泽站起身，顺着台阶一步步走下来。与此同时，麻脸男人也坐不住，从车上跳下。他穿着件朴素而干净的布袍，脚下是一双短靴，手里持着一根二尺长短的手杖。

我当年跟随赵雍入咸阳，也是穿成这样呢。这是标准的家令装束，换句话说，车里更重要的人还没露面。

愣头愣脑的士兵将文书递给鲦泽。文书写在一张皮卷上，颜色发灰，能看出长久摩挲的痕迹。展开，上面是工整篆字：奉王命出使，凡赵国境内，沿途驿所供膳宿，关卡通放行。后面盖着邯郸宫廷的印信以及赵王何的印信。

"不知车内究竟是哪位大人？"鲦泽不亢不卑地问。

家令模样的男人纳闷地看着他，不明白何以宫廷文书没镇住眼前这个小小的把门兵卒，便不屑地问："你能认得几位大人？"

还真有问题了。鲦泽心中思忖，有头有脸的人物往往巴不得天下人都知道自己名字，何况在本国境内，更没必要隐瞒，这小子偏偏绕着弯子不说，显然有隐情，更别提他们昨晚偷偷摸摸来到长平关外露营，不就为了快速通关吗？

他再次打量马车。四匹马毛色略有差异，但总体都是枣红色，休息一晚的骏马体力充沛正想放开蹄子奔跑，此刻被拦下，打着响鼻，不耐烦地前蹄刨地；轿厢小窗垂着帘幕，拱形盖顶四周本该缀着流苏的地方，如今光秃秃的，车厢表面陈旧斑驳，加之沾满泥土，乍一看不仅不起眼，甚至还有些寒酸。可是即便如此，也无法掩盖轿厢良好的板材和精细的做工，而且在关键部位刚刚做过加固。

这车仿佛在哪儿见过。车内想必是个大人物。既然任务语焉不详，要么是高度保密，要么就是不可告人。而选择相信哪个，将对鲦泽的个人前途产生重要影响。

"如果不告诉小人一些详情，恐怕不能让各位出关。"鲦泽决定赌一把。

"你胆子不小，报上名来。"家令显然真生气了，露出一脸凶相。

"似乎是我先提出问题，所以拜托你先回答。"

"混账！"鲧泽刻意激怒对方的策略见效了，男子扬起手杖，围拢在身边的几个士兵几乎同时将杵在地上的长戈与长矛端起，剑拔弩张的形势一旦出现，这辆车短时间内想要出关已是不可能了。

"哪位要见我？"

轿厢帘子时机恰好地掀开，里面露出一张轮廓分明的中年男人面孔，唇上胡子微微上翘，头发一丝不苟地束在头顶，戴着顶小小的束发冠帽。

楼缓！鲧泽一眼认出他。

两年前的一幕闪过眼前，他咬紧牙关才没让惊诧之情表露出来。

"大人或许还记得鲧泽？"鲧泽走到车前，躬身施礼。

楼缓瞟了他一眼，眼里闪过惊恐神色，脸上却一副平静模样，"恕我眼拙，不认得。"

他认出我了。鲧泽满意地想，同时心里做出决定。"不知大人何以如此仓促，不在长平休息一下？"

"我奉公子之命去河津会见魏国司空王俭，时间紧急，想尽快出关。"

"恕卑职无礼，恐怕大人要耽搁一两天。"

车边的男人还要说话，楼缓抬手制止，瞟一眼围在马车边的士兵，"那么，禁止我出关的理由是什么？"

"文书。"鲧泽扬了扬手里的皮卷文书，"这是一份通用文书，上面并未写大人的名姓，换句话说，谁拿着都管用。要是一年前或许没问题，现在此地防务由廉颇将军负责，有些规矩跟以前不一样了，想来大人能够谅解。"

"可是……"

"不如这样，"鲧泽指指车队身后的市镇，"大人先去驿所休息，此地驿所饭菜极佳，我马上去禀告将军。若无问题，最快明早就能离开，前后也就耽搁一天而已。"

楼缓想了想，只好点头，随即坐回车内，甩下轿帘。

目送车马回转方向朝驿所驶去，鲧泽低头打量手里的羊皮文书，刚才自己撒了个谎，甚至不惜把本地最高军政长官搬出来。事实上，廉颇从未下过此类命令，假如事后廉颇跟自己算账，恐怕吃不了兜着走。

然而确实有疑点。别的不说，沙丘之变至今没有正式说法，国史也未对外公布，以他的理解，在这种微妙时刻不该有如此寒酸和仓促的使节，哪怕是给诸侯报丧，也需素服素马，更何况对方根本没提报丧的事。还有一种可能，就是楼缓本次出行并非官方派遣，而是私自外出，因此才会如此鬼鬼祟祟。既如此，一两天内也许有追兵赶到，留住楼缓就是给自己创造一个机会。

事后鲧泽回想自己当时的心理变化，可能并没有如此细致的推理过程，他只是出于某种直觉，更可能的是——基于私人恩怨做出决定。他跟楼缓有一次不为人知的交锋，自己之所以困居于此地，很大程度与楼缓有关，因此就算没有任何疑点，他鲧泽也不能让楼缓轻轻松松离开长平。

"大人，酒要凉了。"身边卫兵提醒说。

"混账，大白天喝什么酒？"

说罢，鲧泽拿着文书朝市镇另一边的兵营走去。廉颇将军平日总在那里练兵。他边走边琢磨，和将军到底把话说到哪个程度呢？

令他意外的是，廉颇听他简要说了几句，便一口应允下来，痛快得令人生疑。事情就这么定下，不过毕竟是大将军，考虑问题更加全面，廉颇指派一名亲随跟随鯀泽去见楼缓，告诉对方前不久魏国与秦国在长平关外发生战斗，刚派出的几批斥候骑兵一两天内返回，待确定路途安全，即可放行，这是出于对使节安全的考虑，大将军今日有公务处理，改日会来驿所相见。

一番忙碌，多半天时间过去了，鯀泽在驿所里亲自安排好楼缓一行的住宿，这才交班回家。巫锦见他回来，方将做好的饭菜从灶头大锅内端出，天气渐凉，为让鯀泽吃上热饭，她每天都是如此提前准备。半只鸡，生姜煨韭芽，煮豆子，粟米饭，以及一壶滚烫的桂花米酒。

屋内热气升腾，感觉异常温暖，加之酒足饭饱，忙了一整天的鯀泽盘腿坐在炕上，不觉舒服地叹了口气。

"怎么啦？"巫锦仿佛仅仅出于礼貌地问了一声。

"没啥，觉得舒服呗。"

"舒服还叹气？"

"高兴的时候还会哭呢。"

巫锦歪着头想了一下，欲言又止。这女子丝毫没有风尘女子的乔装模样，平日心直口快，说出话来有时直率得令人哑口无言；另一方面又善解人意，体贴无比。这恰恰是鯀泽喜欢她的地方。

他装作不经意地瞟了一眼巫锦平坦的肚子，想到那里居然孕育着一个小生命，不觉暗自纳闷。楼缓那张狡猾的面孔再次浮现脑海，他想到一件此前被自己忽略的事，阻拦楼缓出关我有充分的理由和动机,但廉颇究竟为什么?他不大相信年轻的将军仅凭属下几句话就做出阻拦宫廷使节的举动,而且当他重新回想数天前将军的来访,越发倾向于把它看作一次对自己的造访,诚如巫锦所述,卜算仅仅是借口而已。回到眼前这件事,唯一合理的解释就是:廉颇也察觉到疑点,于是顺水推舟拦下那辆马车。一旦查出问题,将军自然功不可没;若是最终没有查出问题,我鲦泽还能再当一回替罪羊。

想到这儿他有些坐不住,起身让巫锦把外衣拿来。

"你要干啥?"

"出去一下,很快回来。"

"去哪里?"

"问这么多干吗?让你拿衣服就赶紧。"

"你不告诉我去哪里,我就不给你拿。"

鲦泽哭笑不得,只好自己走过去拿起架上的衣服。

"别任性,今天廉颇将军听我话,拦住一个从邯郸来的高官。现在想想我不大放心,得去驿所看看动静,此事关系重大,若是运气好,没准儿很快我又能回邯郸了。"

"回邯郸?那,我呢?"巫锦瞪大眼睛看着他。

鲦泽一时语塞,这是还没有答案的问题,此刻无法回应。去驿所的念头如此强烈,他努力忽略女子那双乌黑的眼珠和满怀期待的神情,径自走到院内月光地里。

秋高气爽的夜晚,山上的石头被照得白花花一片,月亮跟昨晚一样明亮,昨天的此刻他还在树林里猜测这是谁的马车,今天不仅谜底揭晓,而且简直有意外之喜。城镇已逐渐入睡,连很晚才关的酒馆都开始给门窗安装木板。鲦泽默默行走在石板路上,他并非担心楼缓一行会夜里闯关,那是根本不可能的；他担心的是另一件事：马车原路折返回去，从上党绕道南边的怀邑即可进入魏境，穿过魏国进入秦国虽然多出一百多里地，但却是个可行的替代方案。这才是他急于去驿所看看的原因。

驿所位于大路边，进出方便，门边插着庭燎，大门上写着"驿"字。此时门扇微闭，内外一片安静。走到门口侧耳倾听，并无丝毫异样，推门进院，马厩里六匹马靠在一起打盹，轿厢停在西墙边，槐树叶子被风吹得落了一地。

忽然，远方隐隐传来马蹄声。不是一匹，而是好几匹，坚实有力的马蹄敲打着夜晚开始上冻的地面，也敲打着鲦泽的心脏。他愣在原地，只顾侧耳倾听，一年前在山谷里奔逃的噩梦笼罩心头，第一个本能反应是：在追兵到来前，我还来得及赶到关口吗？随后他意识到马蹄声来自东方，也就是说，邯郸方向来人了。

神奇的直觉再次出现，他简直有些不敢相信自己的运气。

驿吏走出来，看到鲦泽，点点头算打招呼，也站在那里倾听。马蹄开始放缓，表明抵达关口，之后不再传来奔跑声。"莫非有紧急军务？"驿吏朝军营方向扬扬下巴。

"不晓得。"鲦泽摇头，然后冲院内努努嘴，"都在吧？"

"嗯，再没出来，吃饭都是送进去。"

"有啥可疑吗？"

"可疑？"驿吏咧嘴一笑，"除了行李少点，没啥可疑。"

这不就是可疑之处吗？鲦泽也笑了，转身出门朝将军府方向走去，不搞清楚来者何人，回家也睡不着。

府门前火光通明，门前场地有七八匹浑身冒汗的马，马头小，四肢长，这种马鲦泽只在北方代地见过，三个身着黑衣的骑手安静地站在一旁。

没等他走到跟前，从大门内走出身着便装的廉颇和一个身着黑衣的中年人。鲦泽不觉愣住了，这是今天第二次如此惊讶：此人竟是自己当年在大陵的老上司李兑！几年不见，对方变化不大，即使经过长途跋涉也看不出疲态。

"就是他拦下的。"看到鲦泽，廉颇对身边的李兑说。

看来我赌对了。鲦泽脑子里飞快思考，脚底却下意识加快步伐，走到李兑跟前叉手施礼，并不说话。

李兑站在原地上下打量着眼前这个头发有些斑白的老卒，用亲热的语气说："原来是鲦泽呀，好些年没见，你倒还是老样子。"他说得轻松自然，仿佛二人不是多年未见，而是昨天刚喝过晚酒一般。

"大人还认得我？"

"笑话，怎么会忘？"李兑转头对廉颇说，"说起来是二十年的故交，当年在大陵共事，后来一起到邯郸。"

"前些天我才刚知道他在主父身边待过，没想到他跟李大人也有交情。"廉颇说。

"鲦泽从来为人低调，难得。"说罢李兑转头看着鲦泽，"楼缓是你拦下的？"

"对。"

"随意阻拦使节可是重罪，你不怕？"

"属下以为，随意放可疑人员出关才有罪。不过大人要问我对方哪里可疑，我却也说不清楚，只是当差多年的直觉罢了。当然，若没有廉颇将军做主，恐怕我也拦不住他们。"

李兑和廉颇似乎对这回答都很满意，李兑看着廉颇说："我这就去驿所，不打扰你休息了，借你这个属下一用。"说着走到鲦泽身边，拍拍他肩膀，示意跟着一起来。

驿所还跟刚才一样，大门虚掩，鲦泽领着李兑四人走进院子。

听到动静的驿吏又匆匆跑来，吃惊地看着院里凭空冒出的几个人，待看见鲦泽，才安下心来。

"邯郸来的李大人，找他们有急事。"鲦泽说。

"那，我去通报？"驿吏指指东院，脚下却没移动。

李兑轻轻摇头，一个黑衣随从走到东院小门前，啪啪啪，敲门声在夜间听起来有些刺耳。

"谁？"小院里亮起烛光，有人警惕地喝问。

"少司寇李兑大人，有要事面见楼缓大人。"黑衣随从说。

院内传来轻微骚动，有人在屋子之间来回进出。鲦泽看看李兑，对方不动声色站在院当中，看不出丝毫焦躁与不耐。过了好一阵儿，院门"吱呀"一声打开，楼缓独自一人衣冠整齐地走出来，看上去从容镇定。

"啊呀，不知李大人大驾光临，有失远迎，恕罪恕罪。"

李兑拱拱手，"楼大人客气，我也不承想要追到如此偏远的长平方能见到您，若是迟来一步，或许就错过了。楼大人不辞而别，欲往何处？"

"这……"楼缓目光慢慢扫过院内站着的人，沉吟一下才说，"更深露重，户外非讲话之地，可否请兄移步屋内，容我细说分明？"

"好啊。"李兑大大咧咧迈步就走。

"大人留步！"鲦泽脱口而出。

李兑转头看着他，院内其他人也将目光集中在他身上。该怎么说呢，鲦泽一时张口结舌。楼缓眨眨眼睛，马上明白他的顾虑，不觉一笑，回身朝院内说："你们都出来。"

从小院里走出鲦泽之前见过的麻脸总管和驭手，还有两个骑手。

"我的随从全都在此，"楼缓抬手比画一下，"你们待在外面，我跟李大人进屋说话。"

鲦泽略感尴尬，不过看到李兑投过来赞赏的目光，心中顿时坦然。李兑跟着楼缓步入小院。院门"吱呀"一声关闭，留下几个人站在门前空地上，月光毫无遮蔽地照下，一地洁白。

第四章 拨云

牧羊人翟义的叙述

午后天气转阴,南方旷野腾起阵阵尘土,像是起风了,北方几座宫殿远远看去有些阴沉。

平原上春天常刮南风,就算东南方有那么大一片森林,也抵挡不住骤然而来的狂风。那些风动辄刮一天一夜,卷起满天沙尘,甚至将森林边缘的小树连根拔起,之后天气就越来越暖和。

不过这次有点奇怪,没过多久尘土落下,风停了。

此地草场繁茂,冬季也极少结冰。从邯郸过来的大路,自西向东在草原上蜿蜒,绕过我家门前那条小河,笔直向北延伸到沙丘平台前。平台在草原上颇为醒目,是个方圆数里的土台,这也是沙丘之名的由来,低处距地面不足一尺,高处只比草地高出三尺。听之前的邻居老爹讲,三十年前邯郸来人兴建离宫,为此特意在草原上辟出一条大道,运送各种建筑材料,整整花了三年时间才建好轮廓,此后不断扩建,才有了现在的规模。离宫由三处独立建筑构成,由北往南依次排列在平台上。冬天,所有大门紧闭,只留很少人照看,附近邑寨定期送来生活物资。

大雪来临时,负责采购的人会来我家买几只羊,出手阔绰。

往年春天草原上百花盛开的时候,邯郸宫廷会成群结队前来郊游,偶尔有女人和孩子坐在四匹马拉的车上,从车厢小小的窗户里露出半边脸;男人们骑着骏马,一副自命不凡的模样。

今年花开得早,这才三月他们就来了。由于牧场转移到森林附近,所以我昨天没见到长长的队伍顺着大道缓慢行进的景象,但听老婆说赵王和主父都在队伍里。去年我曾在路边见过退位的赵雍,身材魁梧,威风凛凛,肤色黝黑,短短的胡须,看上去还年轻,不知怎么就传位给幼子。那小家伙我从没见过,可是连马都骑不了,只能坐在车里,怎能是个合格的主君?

接近黄昏,温度骤然下降,我赶着羊群越过小河回家。老婆站在羊圈门口,耐心数着大大小小的羊。此时不能打扰她,否则要发脾气的。羊在进圈前容易点清数目,等到入圈,彼此挤挤挨挨就很难数清——这是她说的,作为鬼方贵族的后裔,她认字虽然不如我多,但算术比我好,能轻易数清羊的数目,若非鬼方部落更早被赵国灭掉,她可能不会嫁给我。

待木栅栏门关上,她回头眯起眼睛,眺望远处旷野。这动作不陌生,意味着羊的数目跟早晨对不上。果然,她冲我伸出两根指头。

"少两只?"我问。

她点头。

我顺着她的目光朝远方眺望,仿佛那两只走失的羊过一会儿就会自动回来。

回屋休息的愿望落空了,老婆瞪大眼睛瞧着我,意思是让我自己决定。我能有什么其他选择呢,只好转头朝牧场走去。

牧场在森林边缘,走过去需要一刻工夫。刚走一半,天上飘起雨点,我不禁暗自叫苦,身上穿着厚厚的毛皮衣服,被雨淋湿很难受。当中山国还存在的时候,我做梦都想不到自己有一天会沦落到这般地步,可命运这东西从来无人能说清楚,与其琢磨背后难解之谜,不如低头好好生活更实际。

这片森林主要由桦树和雪松构成,边缘是茂盛的草场,春天刚冒头的青草足够羊群吃饱。走失的一般多是未成年小羊,它们好奇心重,忍不住到处乱跑。森林里容易迷路,但我熟悉里面每个角落。中间有块空地,小河从边上流过,迷路的羊一般会在那里徘徊,原因很简单,林中光线原本不好,当天色暗下来的时候,只有那里还能看到很大一片天空,而且还有水喝。

走到森林边缘,我站在一棵大树下回看来时方向,草原与河流都笼罩在稀疏的牛毛细雨里。我家石屋顶上的灰色烟雾在微风中左右摇摆。平坦的大路上连个人影都没有,更远处的离宫隐约能见到点亮的火光。现在那里可热闹了,昨天大队人马到来前,就有人来我家要了十只羊,说过几天还要买更多。这还有些令人为难,因为今年第一批小羊羔恐怕要过一两个月才出生,如果他们买太多,怕是供应不上呢,为此更是不能丢,一只都不行。

想到这儿,我赶紧转身走进森林。

暮色越来越重,树林里更幽暗,没走几步,我就被笼罩在某种不明所以的恐惧中——周围弥漫着异样的气息,虽然看不见摸不着,却好像无处不在。

我停下脚步观察周围。树林深处传来细碎的声音,很轻,但绝不是小动物弄出的响动,倒像是有头巨兽耐心蹲伏在某处。我在这片森林里见过的最大动物是黑熊,但那家伙没什么耐心,远远就能听到它不耐烦的呼噜声,况且它对人散发出的气味毫无兴趣。对了,是气味,我能闻到陌生的气味,它不是密林深处植物散发的气味,也不是被雨水打湿的泥土的气味,它是某种……嗯,活物的气味。我只能硬着头皮往前走,天马上就彻底黑了,必须尽快找到丢失的两只羊,在细雨里摸黑把它们弄回家本身就是个难题,更何况现在连影子还没见到。

我朝密林深处走去,边走边发出"咩咩"的声音,试图以此吸引羊的注意。最远走到那片被天火烧开的空地,假如还找不到就马上回家,我在心里打定主意。

前方树林有什么东西闪过,我停下脚步定睛观看。随即就意识到上当了。远处的影子仅仅是为了吸引我的注意力,目的是让身旁大树后面的人偷偷截住我!

转头,一把明晃晃的匕首抵在我下巴上。一个全身黑衣的家伙目不转睛地盯着我,只要我反抗,利刃就会切开脖子上的血管。这让我想起那些等待屠宰的羔羊,只是它们应该不会意识到死亡是件多么恐怖的事。我急忙放松身体,向对方传递绝对不反抗的信号。

刚才那个故意晃动吸引我注意的影子快步走来,站在几步开外上下打量我。

"你是谁?"邯郸口音,嗓音低沉,语气里透着威严,虽然个子不高,浑身上下却充满力量——没错,就是刚才你叫他为尚禹的家伙。不过当时我听到他说话反倒放心了。以经验判断,这两人绝非打家劫舍的歹徒,况且如此荒郊野外,有啥可劫?从口音、佩剑和装束,我大致能断定他们是军人,而且是赵国军人。这就没啥可担心了。

"我是牧羊人。"

"羊呢?"

"我就是来找羊的,走丢了两只。"

"住哪儿?"

匕首稍微离开我脖子,我象征性地做个扭头动作,他们肯定知道我是从哪儿过来的。

尚禹再次打量我,抬手让那把匕首彻底离开我脖子,示意我跟他走。

"天黑我得回家,羊,我不找了。"

我转身打算离开,身后的家伙一把揪住我衣领,瞪大惊奇的眼睛看着我。

尚禹轻轻笑了一声:"少废话,乖乖跟我来,否则……"

我只好跟在他身后。雨大约是停了,头顶不再有雨点滴落,脚下的落叶有些潮湿。他朝空地走去。路上时不时能看到某棵大树后面孤零零站着一两个人,宛如木雕泥塑,无声地盯着我们。前后加起来有十来个人了,这让我心生好奇,他们干吗鬼鬼祟祟躲在这里淋雨?

来到林中空地,我惊呆了。

空地以及周围密密麻麻全是军人和马匹,马嘴用布勒着,脚下放着扁扁的包袱,不知里面装着什么(很快就知道了)。大致估计不少于三百人,我总算明白下午那团升起又平息的灰尘是咋回事,根本不是风,而是马队在迂回移动时扬起的土。如此规模的队伍进入森林,我放羊的时候居然没有发现!

"等在这里。"走在前面的尚禹示意我止步,他穿过大队人马,直奔一座帐篷而去。

空地上搭的帐篷,我猜是给军官休息用的,既然在此隐蔽,肯定不能生火做饭,帐篷至少能起到保暖作用,尤其是下雨的时候。

黑衣人很快回来，带我走进大帐。

里面比外面暖和多了，而且比较干燥，同样穿黑衣的中年人坐在上座，看上去像个头领，面前地上铺着绘制在布帛上的地图，周围坐着几个年轻军官。头领身后有个中年男子，留着修剪整齐的小胡子，两端微微上翘，与所有人装束不同，他穿着便装，有点像沙丘离宫里内宰的装扮。

"就是他？"头领锐利的眼光令我不安。

"是。"

"知道我们是谁？"这次头领问我。

我老老实实地回答："不知道。"

"你跟那边宫里有来往吗？"

我给他们送过几只羊。这话差点就从嘴里溜出来，幸好我及时憋回去，只是用力摇头。

"胡人？"他又问。

"中山人。"我尽量带出明显的上升音调。

头领不再说话，像在思考什么。身后那个胡子上翘的人凑上去，在他耳边轻声说了句话，他像没听见一样不发一言。过了片刻，他微微摇头看着我——实际是对我身边的黑衣人说："看管起来，出发后放他走。"

尚禹伸手揪着我衣领，虽然我比他高出一头，却身不由己像袋轻飘飘的干草般被拖出大帐。走到空地一角，他把我丢给两个年轻手下，低声吩咐："绑在树上。"

我张嘴想抗议，他抬手做个闭嘴手势。绑我的士兵手法相当熟练，既不太松，也不太紧。待我一动不能动贴在树干上，尚禹才走到我面前，盯着我的眼睛："等会儿就放你走，算你小子走运，刚才捡回一条命……现在开始，安静待着，不许发出一点声音。"说罢，他转向两个年轻手下，"不用堵他嘴，敢说一句话，无须请示直接宰了他。"

看来大帐里家仆模样的家伙是建议杀掉我，而头领不管基于何种考虑拒绝了。想到为了两只羊差点送命，我有些后怕，从那时起到他们放我走，我果真一句话都没敢说。

没过多久，队伍出现轻微骚动，无声的命令如波纹在水面上扩散，士兵纷纷将脚下的长条包裹打开，原来里面是全副铠甲。他们无声而迅速地披甲，将平放在脚下的长矛与长戈竖起——战前准备算完成了。

这些士兵让我想起两年前中山国都陷落的场景，当时赵国骑兵也差不多这副装扮，不同之处在甲胄，当时的骑兵披着藤甲，据说从南方楚国引进，属于新式护甲，相当轻巧，虽不算十分坚固，但应付中山国那些粗钝的戈矛绰绰有余。眼前这些骑兵甲胄都是铜甲，我从没见过铜甲做得如此薄，它们分成几段，防护重点部位，别说胫骨，连手背都能保护到。他们的纪律性给我留下深刻印象，除了甲胄与兵器偶尔碰撞，没有人交头接耳。

不久前在帐篷里见过的头领出现在空地中央，他并未穿任何铠甲，只在脑袋上扣了顶头盔，腰间悬一柄长剑。胡须上翘的令宰还是老样子，仿佛生怕头领走丢了，紧紧跟在身后。出发。指挥官声音不大，却很有威慑力。马队好像被一只无形的手调配着，有序朝森林外面移动，这次除了马蹄，还有树枝被碰断，以及甲胄与兵器摩擦的声音。这些骑兵显然训练有素，单凭双腿就能稳稳定于马背之上。负责看管我的士兵穿好铠甲，走上前解开捆绑我的绳索，小心收好，然后才翻身上马，头也不回地跟随马队朝树林外面奔去。

发麻的手脚还没完全恢复知觉，偌大的森林空地就剩下我一个人，帐篷也不见了。我试图想象那些全副武装的骑兵无声地朝沙丘离宫移动的情景，他们走出森林，跨过小河，在平坦的草原上排成几列，悄然行进，径直奔向目标。

可他们的目标究竟是谁？

走出森林，我已将丢失的羊忘得一干二净。深一脚浅一脚回到家，过了半个时辰，听见沙丘离宫传来喊杀声，还有火光。此后的时间，我跟老婆都没睡觉，插好门闩，挨在一起，站在面朝北方的小窗前眺望离宫。喧哗不是始终都有，偶尔也有相对安静的时候，每逢这种时刻，我俩都必须更加费力去捕捉黑暗里的动静，并且努力想象远方正发生的事。

我的想法很简单，这明显是场有预谋的叛乱。为了杀死邯郸宫廷里那些高高在上的王族，叛乱者特意选择他们来沙丘离宫度假时，在防备最薄弱的时候突袭。以我在森林里见到的人马与装备，绝对能够轻松击溃人数不多的宫廷卫队。老婆反复问我，他们刚才为何不杀你？她当然不是希望我死，而是从常理判断，一个命如草芥的牧羊胡人，在目睹叛乱部队集结和叛乱头子样貌后，还能活着离开现场，确实有些匪夷所思。

天亮时离宫方向彻底安静，宫殿轮廓完好无缺映现在晴朗的天空下，这也跟我印象里的战斗不同，在中山国都覆灭的战役里，整座城市被焚毁。本次战斗整体规模有限，而且波及范围不大，至少赵王应该无恙，因为上午时分，我远远看着宫廷车队顺着原路朝邯郸方向离去。

战斗这么快就结束了。

一整天我都想着羊，不是丢失在森林中的羊，而是前天宫廷内宰从我家带走的那些。赵国人的死活我并不怎么关心，然而好奇心是免不了的。夜幕降临后，我决定偷偷跑去沙丘附近打探消息。老婆没有阻拦，不过她拿走了我身上任何可能会被视为武器的东西，尤其是这把从不离身的匕首，并且让我换上黑色衣服，以便融入夜色不被发现。

无论什么季节什么时间，我在草原上活动都远比在屋里自在多了。我没有从南面大路靠近沙丘平台，而是绕个大圈，迂回到东边。这里有一大片茂密竹林，竹竿粗壮。穿过这片竹林正是夕照堂所在，据说赵王的哥哥安阳君住在那里。夕照堂门前显然是主战场，能明显看出战斗的痕迹，地面泥土被马蹄翻起，精心打理的草地被踩踏得不成模样，树枝也被大量折断，地面倒是没有遗留的箭矢，但月光下偶尔能见到一片片褐色痕迹，除了干涸的血迹，我想不出还能是什么。

我小心靠近春阳宫，发现这里集结了大量军队，火光照亮夜空。年轻的士兵们都脱去铠甲，虽然还保持某种警惕，但看上去表情轻松，大战结束，不再有威胁，他们三三两两坐在草地上，每隔几十步就有一堆篝火，士兵们轮流去火边吃喝取暖。我远远绕着春阳宫外墙转了一圈，发现士兵无处不在，他们长时间停留在微凉的户外，唯一目的似乎就是死死围定这座不大的离宫。高高的宫墙内，绿色琉璃瓦在篝火映照下忽明忽暗，重重宫殿显得阴森可怕。

当晚睡下后没多久，羊圈里传来很大的响动，那些温顺的羊似乎被什么东西惊吓到了。

狼？我首先想到那些凶残而贪婪的家伙，此前虽然在丛林深处能偶遇狼或者熊，但它们从未到石屋这边来过。

"我去看看。"我披衣起床，老婆赤裸着上身点亮炕头羊油灯，火光闪烁，她浅褐色的瞳孔也像被点亮一般。她叫住我，将之前收走压在枕头下的匕首带鞘丢给我。

我举着杉树皮加松油的火把走到户外。起初并不害怕，可拐过屋角来到羊圈旁，羊群的不安开始感染我。木栅栏门完好无损，狼不会贸然跳上齐胸的石墙，更何况森林里那些狼的跳跃能力远逊于它们的奔跑能力。猜疑之际，石墙上一片血迹映入眼帘，我感觉全身都凉下来。走近石墙，探头朝羊圈内张望，羊群拥挤在一侧，让出另一侧空地。

靠墙坐着个人！

"你是谁？"我大声给自己壮胆。

火光映照下，那人穿着不大合身的赵军服饰，伤在肩部，凝结着一片黑色血痂。

"我是……"他停下开始喘息，好像一时找不到更加合适的措辞表明身份。其实不说也大致能猜到，这是昨晚从沙丘战乱中逃出的士兵，属于哪派不得而知，反正我也不知道那里到底有几派。

我打开羊圈门走进去，蹲在对面才看清他的脸。这只是个少年，顶多十五六岁，面容清秀像女孩，身体很单薄。他没戴头盔，乌黑的头发披散下来，映衬得脸色愈加苍白，由于伤口在左肩，左侧身体几乎不能动弹。我不知该拿他怎么办，只好呆呆地蹲在那里盯着他。

"渴……"

"你是沙丘宫里人？"我觉得无论如何得弄清楚一些基本事实。

他无力地点头。

"废话什么，还不赶紧把他弄屋里去？"

头顶传来老婆的声音。一抬头，她裹着羊皮袍俯在石墙上看着我们，脸色平静。

"弄到屋里怎么办？"我口里这样问，心中却承认这是当下唯一应该做的事，不管怎样，都不可能让这孩子奄奄一息躺在羊圈里等死，之所以没有立刻扶起他，仅仅是为了给自己多留点缓冲时间罢了。

我跟老婆把少年抬进石屋，放在炕头暖和的地方。她吩咐我检查一下房屋周围，看有没有散落的兵器、有没有明显的血迹、有没有第二个像他一样的伤者，或者死者。如果有清理干净。说罢她专心查看少年伤势，不再理我。

等我巡视回来，她正坐在伤者身边，旁边放着一陶盆热水，灶火也烧旺了一些。伤者衣服剪开，身边有个折叠整齐的绢帛小包，火光映照下，伤口已红肿变色。我知道这种外伤如不及时处理会有什么后果，伤口会溃烂生蛆，同时伤者浑身上下会烧得像个火炉，最终把自己烧死。不过，当意识到老婆打算做什么的时候，我吓坏了。

"不行，他又不是羊。"我说。

"他跟羊一样都是活物，不这么做，天亮他肯定死。"老婆口气平静却不容争辩。

"也许不到天亮就有人追来，他也照样活不成。"我倔强地反驳。

一直忙着喘气的伤者听到这话侧头看着我，低声说："不会，有人，追来。"

"你说什么？"我虽然听懂却还是忍不住问。

"因为，他们，"他的喉咙被卡住，停了一下才吃力地说，"不知道，我。"

不知道是什么意思？我跟老婆对视着，伤者没法说话，他昏过去了。老婆想做的很简单，用烧红的烙铁烫压伤口，如此处理，伤者很可能不会再发烧，这法子我们在受伤的羊身上试过，可眼前是个大活人，而且看上去弱不禁风，能受得了？

"你还有别的法子？"老婆问。

当然没有。我从陶盆里拧出手巾擦拭伤者的脸，目的是唤醒他。然后把我俩的计划用不太惊吓的口吻告诉他，强调这是目前唯一能救他的法子，而且还不敢作保。我说话的时候，少年脸上掠过一丝奇特的表情，不像在担心疼痛，而是在担心别的什么，最后他点头同意我们动手。显然，他有与年龄不符的成熟和聪慧，也不乏勇敢和决心。

一切准备就绪，我又跑到屋外巡视一圈，确认从遇到受伤的少年到现在没有新发状况，之后回屋插好门闩。屋内很暖和，我开始冒汗，遂将身上的厚皮袍脱掉。少年红肿的伤口裸露在外，已经变成紫红色。老婆将叠好的手巾放到少年嘴边，示意他咬住。接着将我的匕首在火上烘烤，抬头看我一眼，利落地用剑尖划开伤口。少年不出所料地呜咽挣扎起来，我按住他肩膀，不去看他脸。从伤口里流出白色脓液，老婆两手不管不顾地用力挤压，毫不在意少年的低吼与挣扎，直到看见红色鲜血流出才停手。

最让我心悸的时刻来了，她冲我伸手，我只好从灶膛里取出通红的烙铁。她将烙铁拿在手里，稍微等了一下，然后用力将烙铁按压在流血的伤口上。"刺啦刺啦"的声音在屋内回响，焦煳的肉味弥漫在空气里，这次少年反倒没怎么挣扎，瞬间就昏死过去了。这样也许更好。

待他再次醒来，伤口已经严严实实包扎好。我们不知道这样是否有效，但天亮就知道了。

太阳从森林顶上升起的时候,地面的繁霜消散殆尽,受伤的少年醒了。

喝下几口滚热的羊乳,他脸上泛出一丝潮红,开始慢慢说出他经历的事。他叫郑褶,楚人,在邯郸长大,说得一口标准的赵语,是安阳君赵章的贴身侍从。他不在军队编制,打仗的事与他无关,日常只是帮安阳君整理一些文书。战斗打响时,他完全不知发生了什么,跟着另外几个人从夕照堂后门逃出。迎面遇到骑马的军人,肩上莫名其妙被砍一剑,只好就势躺倒装死。当时场面异常混乱,对方骑在马上,首先攻击移动以及站立的目标,而且下手狠毒,完全是不留活口的做法,他亲眼见到一个高举双手跪在地上的侍从被冲过来的骑兵砍了头。他找机会偷偷爬进旁边小树林,趁着夜色远离战场。天亮以后,从藏身的树林远远看到官廷车队在大批骑兵保护下离去,他搞不懂这些昨晚到处杀人的家伙怎么忽然变成保护者。他不敢出来,后来在暮色中发现前去查看现场的我,便顺着我回家的方向,慢慢越过官道,蹚过小河,来到石屋,翻入羊圈。

我觉得他说的是真话,因为犯不着对我说谎。其实我并不太关心他的遭遇,更担心他是否会给我们惹来麻烦。

"你昨晚好像说过,不会有人追来?"

老婆瞪了我一眼,也许觉得此刻不该提这话。郑褶眨眨眼,似乎在回忆自己曾说过的话,停了一下点点头,"离开邯郸之前,所有随行人员的名字都要上报,一个都不能差,半路还会有人前来核对。"

"这样说来,他们岂不是轻易就能发现你跑了?"

"他们不知道我的存在,因为,"郑褶嘴角第一次露出微笑,"我的名字没有登记在册。"

"为什么?"我问。

"哎呀,反正就是没有嘛。"少年的脸比刚才更加红了,"你只需知道不会给你带来麻烦就够了。"

我跟老婆对视一眼,摸不清他究竟在隐瞒什么。

"那些人不会审问跟你一起的人?"我老婆问。

"从前天晚上的情形看,我不认为夕照堂会有人活着,况且除了安阳君,其他人根本不认识我。"

"你的意思是,只有安阳君一个人知道你的底细?"我老婆步步紧逼。

郑裾点点头。

"这是什么?"她扬了扬手里的绢帛小包,那是之前一直放在他枕畔的物品,"从你身上找到的。"

"你打开看看就知道了。"郑裾说。

既然他让打开,我俩就毫不客气地展开绢帛,黄色绢帛内侧密密麻麻写满文字,就算我识字,一时也看不明白上面写的是什么。最里面有个小荷包。

"上面写的是乐府诗歌,只有邯郸宫廷里才能看到的东西。那个荷包里的东西,送给你们夫妻吧。"

里面是一件精美的玉器,哪怕不识货,也能看出绝非普通之物。

老婆看了一下,将美玉装回荷包,重新包裹好,压在郑裾枕畔,同时结束这话题。在这种事情上,我从来都是以她的表态为最终表态,自然更不会多说一句。

过了几天,果然没有任何异常。郑裾的伤势居然慢慢转好,除了肩膀上留下一片难看的伤疤,其他并无大碍,有趣的是,相较于那天的勇气,小伙子对留下的疤痕倒是相当在意,我也明白了他那晚有所迟疑的真正原因：不是怕疼，而是怕治疗影响美观。老婆又动了念头，安排我去离宫探探风声。你就说去要钱，他们不会把你怎样的。她没说出口的是，那些人要想杀你，那天在森林里就杀掉你了，也不会等到现在。

我顺着大路刚走到沙丘平台南侧，就被巡逻士兵拦住，听我说明来意，几个士兵商量几句，决定带我去见他们的上司。那是个比我大几岁的男人，面色红润，身形健壮，他正坐在春阳宫外一片小树林里歇息，旁边矮几上杂乱地摆着吃剩的残羹冷炙。我不明白他何以非要坐在这种地方吃饭，过了一会儿才意识到，作为现场指挥，他其实在监督手下那些士兵。

从高高的围墙内忽然传出一阵歌声，调门虽不怎么准，但粗犷的嗓音听上去令人印象深刻。我听不懂里面的人在唱什么，但中山国的歌谣就是这种悲凉的腔调，对生活充满感伤，又对周围看不惯的人与事表达轻蔑。

"又来了。"身边的士兵嘟哝一句。

军官瞪了他一眼，转向我，"官廷欠你的钱我不管，放心，早晚他们会跟你结清，不过既然你有羊可卖，等一下我派人跟你去，先弄几只肥羊给弟兄们改善一下伙食，给你现钱。"

话音未落，传来一阵喧哗。原来宫墙内屋顶一角出现一个身影，大约就是刚才唱歌的人。他在屋顶来回徘徊，不知道是在寻找什么，还是在观察墙外的情形。"你们这帮混账东西，看我出去不扒了你们的皮，有一个算一个，谁也别想跑。"声音浑厚，底气十足，口气里透露出掩饰不住的威严。

那不是主父吗？我几乎要脱口而出，可看到军官脸色变得异常难看，就明白千万别开口为妙。

"放箭。"军官说。

周围几个士兵似乎早就知道该如何做,熟练地拉起弓,几支羽箭嗖嗖地飞出,从那人头顶上方掠过。军官大声说,"大家听好,遵从主君诏令,只需围定此地,其余的事与咱无关。就算将来有事,也是我樊吾担待,你们不用怕。可如果现在有人动摇,就别怪我不讲义气。你们也不是聋子,都听到了,他要是出来,咱们都活不了。"说完,他才意识到我还站在一旁,低声对我说了句,"你可什么都没看见,明白?"说罢摆头让身边士兵带我下去。

我顾不上想主父的生死,因为眼下更要紧的是不能让士兵跟我回家,否则岂不引火烧身?我对士兵说,现下羊群都在外面吃草,不好抓,等傍晚时分,我挑几只送来。说完便急忙溜走。

当我按约定时间将五只肥羊驱赶到玄武宫,厨子已经等得心焦了,他央求我留下帮忙宰杀,因为樊吾大人晚饭点名要吃羔羊肉。打理羊的时候我们闲聊起来,方知沙丘离宫发生了大事,安阳君谋逆,军队从邯郸赶来平叛,杀掉安阳君,保护赵王返回邯郸。可当我问起困在春阳宫屋顶的人是谁,刚才还像个话痨般的厨子被割掉舌头一般,再也不肯开口。

一个月后,郑裾恢复得差不多了,打算回家。穿上我的旧衣服,活脱脱就是个小胡人的模样。临走他给我们磕头,满脸泪水,说家住邯郸西市,母亲开了一家名叫"花渐"的乐坊,家里还有可爱的小妹妹,让我将来务必带老婆去邯郸找他,他要报答我们的救命之恩。

又过了两个月,春阳宫外的包围解除,从邯郸又来了一批士兵,替换掉樊吾那些人。当晚,士兵保护着一辆遮挡得严严实实的六匹马拉的马车往邯郸方向去了。就在几天前,有人给我送来春天那十只羊的钱,想着原本打算吃它们的人都早早死掉了,感觉有点怪。

宫廷卫队长信期的叙述

今年春天天气不好,路上除了刮风,偶尔还下几滴雨,好在不大,道路没有变泥泞。

我的心情忐忑不安,跟变幻不定的天气一样。按说我只是当差的,官廷内争权夺利与我无关,但我服务的对象是主君,想要置身事外根本做不到。赵国曾经由一位颇具威信的主君统治,如日中天之际,他却忽然退位,选择让不到十岁的儿子继位。外界都说那是因为赵雍喜欢赵何的母亲孟姚,二人十多年前在大陵相遇的佳话到处流传,连坊间那些说唱的都喜欢宣讲这段故事,于是赵雍不仅变成有担当的铁汉,而且还兼具令所有女人迷恋的柔情。据说孟姚临死前,赵雍在病床边亲口承诺让他们的孩子上位。不过那只是流传的说法,太史您比我更清楚背后的真实情形。

赵雍退位,改变了我的职业生涯,受公子赵成委派与举荐,我成为新的宫廷卫队负责人。在那种微妙而复杂的形势下,保证年幼主君安全,必须是非常可靠的人才行,除了我,公子信不过别人。不客气地说,我也没有辜负他的信任,过去四年称得上尽忠职守,一年至少一多半时间住在宫里,连我儿子出生都没赶上。

每年的沙丘之行最让人操心,因为比起邯郸城内的高墙深院,车马在广阔的草原上走三四天时间,在驿所至少停留三晚,说起来风险很大。沙丘离宫规模不大,孤零零位于草原中央,前后没有邑寨,食品补给不易,所以无法带太多卫兵。往年惯例,主君卫兵二百人,主父和安阳君各带一百人,不算随行大臣和贴身仆妇,单是四百名军人,就把小小的沙丘挤得满满当当。今年说要顺便勘查王室寝陵,因此比往年早几天动身。就在动身前,公子赵成发话,沙丘之行宫廷卫队人数限制在一百五十人,主父和安阳君也会酌情削减随员人数。

出发那天主君跟公子赵成在宫内话别,今年公子身体不佳,留在邯郸。我站在宫门前等待主君的车马,广场上宫廷内宰手拿名册逐一核对随员姓名。恰在此时,我看到少司寇李兑来了。

他穿一身便装,只带了四个随从,像出门散步般走到我面前,开口便谈起最近的天气。我知道公子赵成信任此人,虽然他是主父赵雍提拔起来的官员,但这些年紧跟在公子身后,反倒疏远了赵雍。我对这种反复之人不以为意,不过我也知道他精明能干,作为邯郸本地治安长官,做得颇有声色,国都治安确实也明显改观。如今看他过来找我攀谈,心里暗自绷紧一根弦,因为知道他不会平白无故在我这里浪费时间。

果然,当主君车马出来,我手下士卒围绕马车调整队形时,李兑忽然冒出一句,入驻离宫之后多加小心,夜间闭门莫出。我诧异地看着他,不明白何出此言。他说刚听到流言,安阳君赵章暗地豢养了一群死士,此次沙丘之行,其随身侍卫中或许就有那样的人。因为是无法证实的传言,只能提醒我多加小心。说罢就走了。

我的心情您大约能够理解吧,既担心又无奈,只好加倍小心。打仗我不怕,我也不怕死,可我的职责不是战死沙场,而是保护赵国最重要的人呀。为此我特意挑选二十个人组成近卫队,要求他们随时守在主君身边,晚上睡觉的时候也要轮岗把守卧房。

车马行至邯郸东门,提前等候于此的主父和安阳君的车马会合进来,大家心照不宣变换了顺序。安阳君乘坐一辆六匹马拉的华丽大车,一路上都在轿厢内很少露面——他带了五十名士兵;主父的马车殿后——他只带了三十个贴身侍卫。父子二人都没有带女眷,因为他们的眷属都在代地,加之崇尚武士精神,每次进邯郸都跟行军一样,从无女眷陪伴身边。大多时候主父都不坐车,而是骑一匹白色骏马,时常脱离队伍跑去周围林中打猎。年幼的主君始终坐在八匹马拉的大车上,由肥义大人在车内陪同,周围除了十个贴身男女仆从,还有我选的二十名近卫队员,剩下的一百三十名宫廷卫队成员排列前后。

路上我特别留心安阳君的队伍,却未发现任何异常。他的随从我并不认识,但至少从外表看不出什么特别之处,既没有满脸疤痕的亡命徒,也没有一脸狡诈的奸猾之辈,基本都是二十出头的年轻人,常见的朴实军人,他们粗鲁而直率,心地单纯,能毫不迟疑地服从杀人的命令,也会在胜利以后抢掠财物奸淫妇女,可一旦放下武器回到家乡,就会变成单纯憨直的庄稼汉,迎娶邻村女子,生一大堆不晓得能否长大的娃娃。

随着顺利抵近沙丘,我逐渐放松下来。就在此时,发生了一件或许不值一提的小事。

第三天入住榆湾驿所,大家都有些疲倦,明天就能抵达离宫,全体人员或多或少有点松懈,这种时候最容易出现意外,我不敢大意,督促近卫队员提高警惕,又吩咐外面的岗哨加强巡逻,要求今晚所有卫兵都不许卸甲。之后我开始在驿所周围巡视,不知不觉就走到安阳君住的别院旁。

那是座独立的小院,距离驿所二里地,中间隔着一片榆树林。近两年宫廷去沙丘，为了方便安排主父，特意租下此院，前门正对大路，后门临着小河，河边有片树林，春天，地面开满异常漂亮的黄色小野花。主君两年前曾在这院住过一宿，当时我无法入睡，在后面的小河边徘徊了几乎一整夜。今年院子让安阳君住，想着反正睡不着，不如去看看风景，同时还能顺便窥探一下安阳君的动静。

草原上升起淡淡的雾霭，一轮圆月散发出朦胧的光，这幅景象，这个时刻，让我毫无缘由地想起自己年少的时光。人的思绪就是这么奇怪，总在最不经意的时候，想起原先以为被遗忘的往事。待我来到小院门口，门口两个门墩上歪坐着两个没有披甲的卫兵，长矛靠在一边，居然都睡着了。哪有这样的死士。我嘀咕着，心里反倒轻松起来。为了不惊醒那俩家伙，我放轻脚步，远远绕过大门，顺着院墙朝后门走去。围墙内悄然无声，连那些马匹似乎都在酣睡。

拐过墙角，一幅令人难以置信的美景映入眼帘：潺潺的溪流，挺拔的小树林，此刻都沐浴在一片淡黄的月色里。小河边草丛中有两个人，抱膝坐在那片我心心念念的野花丛中，望着月光下的水流发呆，彼此间隔一步之遥，没有说话。

起初我以为那是两个随行卫兵，大约被春夜的气息冲得无法入睡，偷偷跑到户外打发时间，便打算反身离去。如此静谧的夜晚，如此醉人的月色，任何惊扰都令人感到愧疚。可是别急，直觉提醒我有些事不对头。虽然离得远，那俩人的衣着和身形还是引起了我的注意，一人穿着鲁国冰纨做成的华服，另一个穿着燕国普通毛布衣；一个身材壮硕，另一个身材瘦小如同女子。

该不会是——

我不敢相信自己的直觉,便硬着头皮朝他俩走去。内心有个声音提醒我,停下脚步,别再往前走,有些真相无须探明。可我就是管不住自己的腿脚。

他们几乎同时发现我,身材瘦小的人跳起来打算跑回院子,因为我正好挡在通往院门的道路中间,他只能尴尬地停下脚步。

那个身形壮硕的人果然是安阳君赵章。我叉手施礼,对方有些不自在。

"信期啊,怎么还没睡?"

"巡视一下,此地已是草原深处,担心游牧胡人惊扰大家。"

嘴里这么说,我的目光却停留在瘦小的年轻人身上。他看上去顶多十五岁,并未到入伍年龄,就算做侍从也过于年轻,重点是我之前从没见过他。自从离开邯郸到现在,安阳君的随从我挨个看了好几遍,部分面孔都已经记住,可这个眉清目秀的少年我却毫无印象。

"还不赶紧准备热水,我马上洗漱。"安阳君语气威严地对少年说,眼看少年低头从我身边走过,他又换了腔调,"真是辛苦,像您这样尽忠职守的人现在很难得。"

"哪里,都是分内之事。"

"今晚月色不错,如此明月在代地倒是不稀奇,没想到南方草原上也能这么亮,所以耽搁了休息。"安阳君似乎真的关心月亮般抬头望天。

"您打算何时返回代地?"我没话找话,心里还想着那少年。

"在沙丘住两三天就走,习惯了北方气候,总觉得这里……又燥又热。"

听上去就像你没在邯郸经历过夏天一样。我心里嘀咕,嘴上却若无其事地说:"刚才那孩子我好像没见过。"

"哎呀，一到子夜就犯困，困了困了，我去睡觉，信期你也早点休息。"说罢他头也不回地走了。

我独自站在月光下，低头看着脚下那片野花。只不过在三四年前，赵章还是个稚气未脱的少年，就像刚才坐在他身边的孩子，浑身上下洋溢着年轻人的活力，恰在那时，他被废除太子身份，降号安阳君，同时离开邯郸远赴代地。大臣们嘴上不说，心中都替他惋惜，赵章无论治国理政还是领兵打仗，表现都可圈可点。然而政治毕竟是政治，充满外人不了解的幕后交易，每个人都可能沦为牺牲品。如今少年已长成青年，若论文武之道，肯定比从前更加精进，然而站在另一个角度看却未必是好事，或者干脆就是件麻烦事。回驿所的路上，少年的影子始终回旋在我脑海。

第二天队伍继续上路，我没见到少年的身影。显而易见，少年是安阳君的男宠。这个险些成为赵国主君的人居然喜欢男人！我搞不清楚少年究竟是提前在此等着安阳君，还是一路从邯郸随行而来？无论哪种情形，此人姓名肯定没有登记在册。赵章喜欢什么样的人我毫不关心，在沙丘停留的两三天别闹什么乱子就谢天谢地。

主君入住玄武宫，主父住进春阳宫，安阳君则入住夹在南北两宫之间偏西侧的夕照堂。

按惯例，入住第一晚大家在各自住所就餐，正式晚宴将在第二晚举行，届时所有人员都在玄武宫会合。今晚主父派随扈提前送来路上捕获的野味，雉鸡、野兔，还有一只体形不大的野猪。

主君安定下来，我的内心却并不安定。李兑的话不断在我耳边回响，一路上对安阳君的观察，却又给我留下截然不同的印象。这些混乱的信息令我不知所措，曾经有那么一刻，我想去找肥义大人商议，但理智却阻止了我——那可能会让本已复杂的形势更加混沌。

肥义在主父当赵王之前就在官廷行走，过去三十年赵国所有重大决策他都参与其中。不过他绝非擅长权谋之人，毋宁说他的缺点就是太正直了——要说城府深、心机重，整个邯郸官廷上下，李兑若是谦退到次位，估计没人能坐首位——正因为如此，我虽然从小就跟肥义大人熟悉，但并非什么话都会对他说，政治是平衡的艺术，宁折不弯有时会适得其反。比如这次，我若将李兑的话告诉肥义，他定会毫不犹豫地将主父、安阳君一起叫到主君面前，把话说开，那时置李兑于何地？搞不好最被动的是我这个私下挑拨是非的家伙呢。

我认为真正的挑战在明晚，那将是护卫压力最大的时候，我必须把安阳君所有随从拦在外面，还不能引来不满与抱怨。官廷内宰虽然拿到主父和安阳君随从的名单，出城时核对一遍，半路再次核对，抵达沙丘时三次复核，但实际上并无太大意义，名单只是确保人员数量不得增加。如果李兑的说法成立，那么安阳君豢养的死士早就进入随从队列，名单核对一百遍也无用呀。

饭后我巡视离宫的防卫以及各处岗哨。邯郸的信使没有如期抵达，令肥义大人有些心神不宁，吃饭时我注意到他至少两次询问此事。某些时候他比主父更像当今主君的父亲，这么说并非暗示主父不是合格的父亲，纯粹因为肥义对待主君的态度令人难忘。在我记忆里，以公子为首的贵族们逼迫主父退位时，肥义起初态度模糊，因为从赵雍当上赵王的那一天，他就无条件支持他,在阻力巨大的"胡服骑射"改革中,肥义也义无反顾表态支持。可当退位已成事实,年幼的赵何坐上那个位子,肥义的态度就变了,开始全力辅佐幼主。与其说他忠于某个具体的主君,还不如说他忠于代表国家形象的抽象的主君更贴切。若是让我说,肥义当然是个好人,同时也是个蠢人。因为他的做法孤立了自己,主父对他产生嫌隙;公子赵成也不信任他;至于年幼的主君,表面上依赖他,可内心深处更信任叔公赵成,毕竟血浓于水嘛。

站在玄武宫高高的围墙上眺望那片森林,夜色中只能看到树梢轮廓,像个巨大的怪兽安静蹲伏,等待最佳狩猎时机。

官墙内有烛炬光晃动,两个人顺着甬道来到墙下。

原来是肥义和他的贴身侍卫。

"大人如何还不休息?"我探身问道。

"是信期啊。"肥义抬头,火光映照出斑白的两鬓。他顺着台阶走上来,拧紧眉头盯着远方,过了好一会儿,才莫名其妙地问了句:"怎么样?"

他在眺望主父居住的春阳宫方向。因为黄昏时分下过一场小雨,空气潮湿,原本不算太远的春阳宫,此刻也掩没在浓雾里,看不清轮廓。

"一切如常,"说完,我补充一句,"除了没有邯郸来的信使。"

"你这次带了多少人?"

"啊,"我愣了一下,"一百五十个健卒。"

"为什么少了五十人?"他有些意外地看着我。

"上头只给我批了这些。"

"哦。"他下意识应了一声,当然心知肚明我口里的上头是指谁。

"我以为你该多带些人。"

"按说也够了,大家都削减了随扈。"

肥义嘴角挤出一丝勉强的笑容,"今晚多派些人上墙,所有卫兵不许脱衣睡觉,直到……"

话未说完,我俩同时看到从远处雾气里冒出的两点亮光,有两个人不紧不慢地沿着大道走来。

"什么人?"我身边的守卫率先发问。

"主父召见主君。"其中一个侍者举起烛炬,照亮手里的玉牌。

离宫侧门打开一条缝,那人举着烛炬走进来,另外一个站在外面等候。按惯例,卫兵需找到内廷当值的侍者与来人接洽,这种心血来潮式的召见,倒也符合主父的性格。然而今天碰巧我跟肥义都在,正为某些说不清的原因担忧,遇到这种召见,不约而同生出一丝疑虑。

肥义从来人手里要过玉牌,翻来覆去打量,然后问:"主父此刻在做什么?"

"原本说要早些休息,结果吃饭时喝了酒,大约睡不着吧,便令我来召唤主君。"

"还有谁去?"

"另有专人去传唤安阳君了。"

肥义微微点头。

"大人能否让兵士尽快通报,主父大人的急脾气,您也知道。"侍者恭谨地看着我,显然很熟悉宫廷内的通报流程。

肥义将玉牌还给侍者,用手搔搔头顶有些稀疏的头发,转头对我说:"我先去见主父,没回来之前,不要让主君出宫。"

侍者脸上表情并无变化,只是眨眨眼,待到确信肥义的话不是玩笑,才露出为难神色,"可我接到的诏令……"

"我这就去帮你解释。"肥义打断对方的话,转身顺着台阶走下去,他自己的贴身侍卫举着烛炬紧跟在身后。从春阳宫来的侍者冲我露出一个无奈的微笑,也举着烛炬走下去。

我目光转向下方门外,之前同来的那个侍者还站在原地,我看不清他的脸,但对他的身姿印象深刻,如果经常跟技艺高明的武者一起训练,就会产生这种奇怪的感觉,对方分明一动不动站着,你却能感受到某种潜藏的杀伤力——我再说一遍,当时我并未看清那人的容貌,但他的气势却令我印象深刻,昨天我在那个名叫尚禹的人身上重新感觉到,我怀疑那晚站在外面的就是他,但是我无法认定,这一点或许太史大人今后可以调查清楚。

当时,四个人三盏灯朝春阳宫方向走去,我还在想肥义那句没说完的话,今晚多派些人上墙,其他人睡觉也不许脱衣,直到……直到什么时候呢,我始终没想明白。

身材矮胖的肥义大人,就这样消失在春天的浓雾里,从此再也没有回来。

宫城门楼上能感受到明显的寒意。一切都正常,一切又都不太正常。原先重点防范的赵章始终循规蹈矩,无论如何都看不出异常——美貌少年不在此列,那是完全不同的另一回事;而之前忽略的主父,今晚却忽然做出意外之举,不管是作为曾经的主君,还是一个十三岁少年的父亲,在如此雾气浓重的春夜召见身居高位的儿子,多少有些奇怪;更加令人诧异的是肥义,他好像预感到什么似的,不惜违背宫廷规则,擅自截断人家父子间的沟通,这未免有点冒失。

胡思乱想之际，远方传来呼喊。

我竖起耳朵，下意识将手放在佩剑柄上，缠绕麻线的剑柄能令人稍加安心。远处的呼喊那么真实，以至于谁都不会把它当作幻觉。身边的卫兵早就骚动起来，不约而同扑到宫墙上，朝传来声音的方向张望。

那是春阳宫方向，或者说是夕照堂方向，总之就是那边。

那也是刚才肥义大人去的方向。

我顾不上多想，此刻本能接管了思考，我以宫廷卫队长身份发布了今晚第一道命令，要求所有守卫穿上护甲，打开存放羽箭的箱子，滚石檑木就位，严密防范来自宫墙外的任何攻击，允许卫兵向任何不听警告靠近宫墙的人放箭。同时传令前后宫门都进入高度戒备，没我的命令，不许任何人进出。

安排完毕，我跑步前往主君寝宫，此时才痛切意识到肥义大人的重要性，若他没有外出该多好，如此，我就不用费脑子去通盘考虑应对，只需做好擅长的防务就行。可他偏偏在这个节骨眼儿上外出，而且生死未卜。寝宫位于玄武宫中央，此刻已经关闭大门，卫兵等距离排开，将寝宫围定，二十个近卫队员则留在院内。

这时有人跑来告诉我，公子赵成的马车刚刚抵达北门外，听到这消息我不觉大喜过望，传令即刻放行，随即朝北门跑去。

刚跑到门口，那辆六匹马拉的马车驶入院内。看到这辆熟悉的马车，我悬在半空的心落地了。公子只带了十几个随从，在庭燎映照下，面容异常憔悴，从邯郸到沙丘二百里路，不晓得他究竟用了多少时间，路上休息过几次，总之看上去很疲劳。

"春阳宫方向传来喧闹声，而且肥义大人在那边。"我急切地说。

"什么?"他停下脚步,现出犹疑的神情,但似乎不是因为喧闹声,而是因为我提到了肥义,"他跑去干什么?"

"主父派人召见主君,他不放心,非要去看看……"接着我补充道,"已经安排玄武宫闭门,卫队全部披甲了。"

"此地倒不用担心,可是,肥义到底怎么回事?"他像个啰唆的老者,自言自语地嘟哝着独自走进主君寝宫,我留在外面等候吩咐。

过了一刻左右,有人前来通报,说宫外有人求见公子赵成。来人自称是锐卒旅都尉卒长樊吾,我领着他走进主君寝宫。

"听说发生了战斗?"赵成问樊吾。他们认识。

"与安阳君发生接战。"樊吾语气平静。

"怎会这样?不是让李兑传王诏,难道赵章敢违抗王命?"

"其实……"樊吾犹豫一下,"出了点变故。"

"变故?"公子提高声音,"到底什么变故?信期说肥义去了春阳宫,他此刻在哪里?"

"公子息怒,正因为夕照堂的人杀了肥义大人,我们才引兵逆击……"

起初我没反应过来,接着才意识到在这场莫名其妙的战斗中,第一个死去的重要人物居然是肥义!不仅是我,赵成和主君都愣住了,房间里悄无声息。

"那,安阳君此刻人在何处?"一直没说话的主君轻声发问。

"他冲出包围,逃入春阳宫。"

虽然知道此刻不该插嘴,但我还是忍不住问:"就是说,主父派人传诏主君,肥义大人先行,至夕照堂被安阳君的人拦截杀害了?"

"也许来传诏之人不是春阳宫的人,而是夕照堂的呢?"樊吾反问，我能感觉出他语气里的敌意，因肥义之死激起的怒火在我心头燃烧，于是我脱口而出反击道："又或者前来传诏之人既非春阳宫的人，也非夕照堂的人呢？"

"先不谈这些，"公子打断我俩的争执，看着主君，"早点安歇，不用担心，待我去现场看看情况，不过明早恐怕要提前返回邯郸了。信期你提前做好准备。"

从主君身边站起来的赵成看上去好像忽然变小了，他缩着身体，缓步前行，仿佛不堪重负。我满怀同情地看着他，心里不觉暗自松了口气——无论如何，对我来说主君安全才是最重要的。真正的难题毋宁说才刚出现，被重兵围困在宫殿里的主父究竟在想什么？看到忽然出现的大队兵马，看到夕照堂的火光和打斗，看到长子从乱军中逃入自己的寝宫，他会如何判断当下的局势？他的反应，将决定事件未来的走向。

站在宫门城楼上，看着公子的马车在随从护卫下冲入浓重的夜色，恍惚间思绪发生错乱，就好像从不久前那一刻起，我始终站在原地未曾移动过脚步，肥义大人才刚刚离开。

关于沙丘那晚的情形，我经历的大致如此，就像之前所说，没有任何军队围攻过玄武宫。天快亮时公子赵成面色铁青回来，吩咐我立刻护送主君返回邯郸。太阳升起后，车马匆匆出宫了。在赵成马车引领下，我们特意绕过春阳宫，从另一侧走上大道，在松林边缘，可以看到约两百名铁甲锐卒旅士兵鸦雀无声地骑马等候，待主君车马靠近，他们围拢过来，一路护送我们返回邯郸。

原本以为再也不会来沙丘，没承想刚过了三个月，我居然再次被派回来。带着自己的人马一到沙丘，我就找到留守的锐卒旅都尉卒长樊吾，他将沙丘离宫，重点是春阳宫的防务全面移交给我；而我则要确保查实春阳宫的大门和围墙没有任何残缺，换句话说，过去三个月绝对没有人从里面出来，也绝对没有人从外面闯入。

我在樊吾陪同下绕着春阳宫走了足足三圈，每一处都看得一清二楚，之后让我的人顺着围墙排开。坐在樊吾之前当作指挥所的帐篷下，我目送着锐卒旅士兵整队离开。他们确实纪律严明，整个过程没有丝毫嘈杂与喧闹，令行禁止，说走就走，连半刻都不耽搁。

待到他们离开沙丘地界，恰好是黄昏时分，草原深处的冷风吹来，满天乌鸦开始在宫殿上空盘旋，大声叫着，吵得人心里不舒服，我开始执行本次来沙丘最重要的任务。

手下人费了很大力气才撬开钉在宫门上的木杠，随着宫门在时隔三个月后打开，仿佛有看不见的浊气从门内不可遏制地涌出。我只带着两个亲随走进宫内，根据之前从沙丘返回给邯郸的报告，宫内应该久已无人活动，加上我在路上又走了三天，可即便如此，我还是有些忐忑，行走在院内，一度担心撞见主父高大的身影，万一他真站在我面前可怎么办？这种可能性之前我从未想到，也根本不曾问过公子，可眼下这个问题变得很有压迫感，以至于我站在寝宫门前台阶下发了半天呆，最后才硬着头皮走进殿内。

结果一无所获，寝宫内根本没有主父的影子。于是我带着两个手下开始在不算大的春阳宫内到处搜寻，最终在那个跨院看到他——就是带您去过的那个院子，他当时倒在院内那棵树下，应该死去许久了，原本高大的身形看上去像蜀地的猴子般瘦小，缩成一团，但是并未腐坏，后来我才想明白，活活饿死之人，体内水分早就蒸发干净,也就没有可腐烂的东西,但是他的脸被乌鸦啄过,眼睛都不见了,若是再晚几天,只怕是……

我们来的时候特意带着主父的马车,车上载着给他预备的金丝楠木棺椁,大家动手将他收殓进去,没有耽搁,马上派人护送回邯郸。我吩咐他们尽量夜行,避开驿所,这倒不是什么难事,因为这次来沙丘的路上,何处可以避开大道露营,何处是驿所应该甩过,我们已经提前做好标记,目的就是为了尽量隐蔽地将尸体转移回邯郸。

他们走后,我带着其他人整理收尾,再过几天,我也该返回邯郸了,走之前放上一把火,今后就再也没有沙丘离宫了。

军官尚禹的叙述

部队开拔时,我最后看了眼捆在树上的牧羊胡人。马上就会释放他,今夜他能安睡在河边那栋石屋内,没准儿身边还有个热乎乎的女人,而我们则要穿过草原上升起的薄雾,悄悄靠近离宫去杀人。

这是一次异常绝密的行动,直到开拔前两天,李大人才召见我和樊吾,与以往不同,这次见面不在南城那间宽敞的女间(妓院),而是在他府上后花园小书房内。

我第一次见到一个人家里竟会堆那么多竹简。

李大人开门见山提到王室的沙丘之行。一天前,主君在主父和哥哥陪同下前往沙丘离宫,宫廷车马正常情况下要走四五天,估计两三天后就能抵达。

宫廷外出有专门的卫队保护,与锐卒旅无关,但是私下说,我也搞不清哪些事与我们有关。宫廷护卫不需要我们,邯郸城防也不需要我们，一千个严格训练、装备精良的健卒也从未被调派到任何边境地区。三年来，我们始终驻扎在邯郸城郊一座军营内，除了不停训练，几乎与世隔绝。不管怎么说，我觉得早晚我们要派上大用场。

正当我跟樊吾一头雾水，李大人却忽然转移话题，宣布我俩各升两级，薪俸随之提高，并且即刻生效。这就有意思了，当然不是职位和薪俸，而是背后隐藏的含义，我心里仿佛打开一扇天窗，外面光线"唰"地射进来，时间到了！没错，就是现在。他即将说出的话，就是这几年来我们付出那么多时间和精力之后一直等待的结果。果然，他的语气变得严肃，命令我俩即刻返营选拔三百人，明天傍晚整装出发，每人携带三天口粮，带足全套铠甲和重武器。别管要去哪里，一个显而易见的事实是，我们要去战斗了！

次日约定的时刻，队伍从军营开拔，离开邯郸数里地，在通往北方的路口，李兑大人和楼缓等候在路边。待他们加入队伍，大家开始慢慢松开缰绳，胯下战马在春天的原野上小跑起来，此时天已彻底黑了。

第二天黎明，我们停在一个大湖边，李大人才第一次对我跟樊吾讲述本次任务的背景。接到四下报告，安阳君在本次沙丘之行中带了一批死士，试图弑君谋逆，我们就是要去阻止他们。这说法合情合理，因为安阳君从太子位上被废也不过是三四年的事，前后经过大家都有耳闻，甚至连邯郸街头的普通百姓都知道他心有不甘，一个觊觎王位又战功卓著者，他的一举一动总让旁人充满想象空间。

部队几乎是无声前进，一个时辰让马休息一下，每两个时辰让人跟着休息一下，太阳升起的时候，我们已走了一半路。

按照估算，前方官廷车队此刻应该尚未到达沙丘离宫，当晚会宿于榆湾驿所。在邯郸通往沙丘的大道上，我们先后拦截了两批往返邯郸与沙丘之间的信使，每座驿所留下三名士兵，如此一来，等于彻底中断了沙丘往来邯郸的通道。

黄昏时分，队伍距离沙丘二十里地，前方斥候报告官廷已经入住离宫。李大人命令迂回前进。我们先朝南方前进十几里，之后折向正东，进入一片遮天蔽日的原始森林。没有向导，但是斥候能力很强，他们远远行走在队伍前方，一边侦察一边规划部队的移动路线。马队沿着森林内部边缘穿行，既不会暴露，又不会在密林里迷失方向。终于，我们在林中空地驻扎下来，此处距离森林边缘约二里，一条算不上路的小径穿林而出。

虽然雨并不大，但我还是吩咐手下给李大人搭起帐篷。我跟樊吾商议后，决定再派新一轮斥候。之后，我们进入李大人帐篷，听他布置下一步行动：天黑之后移动到沙丘，包围安阳君居住的夕照堂，解除他手下的武装。如果他们抵抗呢？我问。你们全副武装跑来郊游吗？李大人反问。坐在李大人身边的楼缓补充说，安阳君手下都是亡命之徒，很可能不会束手就擒，因此要做好战斗准备。一旦打起来，兵器不长眼，不要有顾忌。弦外之音如此明显，我们不由自主地将目光转向李大人。看到他面无表情，我们明白，安阳君生死已定。

简短的会议结束，我跟樊吾离开帐篷，各自分头沿岗哨线进行环形巡视，不久我就看到那个贸然闯入森林的牧羊人。楼缓让杀掉他以绝后患，李大人思考一下决定放了他，我心里赞同李大人的做法，军人面对的敌人应该也是全副武装的军人，杀害手无寸铁的老百姓算什么本事？

戌时，牛毛细雨停了，队伍迂回行进到沙丘离宫附近，开始进入事先确定的埋伏位置,人马分成两支,一部分留在夕照堂对面的竹林里待命;另一支绕到后门,形成合围之势。队伍移动时选择牵马步行,以免马蹄声过于沉重,整个过程缓慢而有条理。可是随着战斗开始,之前的节奏荡然无存。

我亲眼看到夕照堂的卫兵从大门内冲出,被竹林中射出的第一排箭雨杀伤大半,那些人或站或坐或卧,目瞪口呆地看着原先漆黑的竹林里燃起数十支军用火把,全副披挂的重装骑兵如潮水般涌出来,迅速碾过他们,长剑挥舞,长矛林立,哭喊声与马蹄声混合飘入浓重的夜色。一小部分锐卒旅士兵圈马回来,围住战场,开始挨个清理还没死的人,其余人马毫不迟疑地冲入夕照堂大门。里面的喊声更大,而且有一处地方似乎起火了,火势不大,却照亮了半边天空。很快火被扑灭。

一匹马从夕照堂内跑出,有人伏在马背上一闪而过,几个锐卒旅骑兵在后面追击,我看到其中有樊吾的身影。

"樊吾。"不知何时站在我身边的李大人高声叫他。

樊吾不情愿地拨转马头。更多骑兵从夕照堂大门跑出来,紧跟着前面几骑追入浓雾里。

"怎么回事?"李大人问。

樊吾铠甲上溅了血,马身上也有,但他本人并未受伤。

"安阳君。"他气呼呼地说,"他砍杀了两个兄弟,跑了。"

如此重要的战斗出现失误,想必他非常愧疚,只是勉强抑制着不流露出来。我猜安阳君之所以能突围而出,一方面因为毕竟是当今主君的兄长,余威犹存,攻击他的士卒多少有些忌惮;另一方面也因为他行伍多年,在战场上拼杀过来,战斗经验丰富。

李大人看了看楼缓。半天不发一语的纵横家避开他的目光,遥望雾气中的春阳宫,过了一阵才说:"如此,就不能对主父说安阳君死于乱军中了。当务之急是包围春阳宫,不许再有任何人进出。"

"然后呢?"

"咱们让公子拿主意。"

李大人将头转向樊吾,"公子的马车应该到玄武宫了,你擦洗干净,去请他过来,就说事情出了纰漏,安阳君只身进入春阳宫,下面怎么办,我们等他来定夺。"

说罢,他从怀里取出一个皮卷递给我,"这是安阳君的随员名单,核对一下人数,勿留后患。"

接过皮卷,我进入夕照堂清点那些尸体数目。除了意外逃跑的安阳君,此处不可能留活口,尸体既不能多也不能少,这是开战前就已经决定的事。

尸体都陈列在夕照堂院内。我那些手下不仅杀人精细,连陈列尸体都不马虎,他们把杀死的人按照头朝西脚朝东排列,在宫外被击杀的人也集中在一起。

名单上列着五十个名字,或两个字或三个字,每个看似平常的名字,不久前还是鲜活的生命,他们行走坐卧,有喜怒哀乐,自然也有恐惧,当看到暗夜中冲出的骑兵,一定明白今晚就是自己的死期。眼下他们齐整地躺在冰冷的地面上,每具尸体身上的创伤不尽相同,但总有一处致命伤,要么是长矛穿刺,要么是长剑砍过,最后导致他们失血过多而死。整个夕照堂内外地面全是黏稠的血污,踩上去几乎要黏住靴底。

核对完毕正准备离开,伍卒长侯景带着年轻的士兵禽奚走来,看着他俩脸上的表情,我顿时有种不祥预感。

"你说。"侯景推了一下禽奚。

禽奚大约是锐卒旅最年轻的士兵,刚满二十岁,是极少数不依靠军功而能入选锐卒旅的士兵,主要因为他的邻居是李大人的得力助手,负责邯郸西市的探报,经那家伙保荐,禽奚才被录用。好在这孩子聪明伶俐,而且能吃苦,每项训练都能顺利通过。此刻他小腿受了箭伤,走路一瘸一拐,额头也有一处擦伤,但看上去问题不大。我觉得他想对我说的绝不是自己的伤情。

"其实我也不能断定,"禽奚几乎有些扭捏,"黑灯瞎火,没准儿看走眼了。"

"怎么回事?"我不觉警惕起来,心中仿佛有个容器破了,里面的液体一点一滴溢出。

侯景解释道:"当时安排他在后门,战斗开始,就有人从宫内跑出去,他们按照吩咐进行拦截。可刚才他说,死人对不上号。我说,你是瞎了眼,还是不识数?"

"别急,"我赶快制止伍卒长发火,这种情况下,焦躁情绪会传染,而且会把对方想说的话吓回去,"跟我来。"

我带着他俩走出宫门。夕照堂墙外侧有一排拴马桩,桩下有上马石。我示意他们跟我一同坐下。起风了,雾气逐渐散开。虽然身上觉得冷,然而充斥鼻腔的血腥气没了,头脑顿时清醒许多。

"当时视线不好,后宫门悄悄打开,没有一点响动,更没有灯光。先是出来六个人,没有盔甲,也没武器。我们围上去,砍倒了四个,还有两个跪地求饶,说他们是照顾起居的内侍,不是军人。我们得到的命令是:夕照堂内所有人格杀勿论,所以三猴子和我各负责一个,用剑,比较爽利。我第一剑砍下去,不承想官门里又冲出七个人,手里都拿着武器,其中三个有弓弩。我腿上中了一箭,大家就散开重新整理队形。对方看我们骑在马上,便四处逃窜,弓箭手退回宫内。我们两人一组围追,最终把他们全干掉了。"

"既如此,问题出在哪里?"我在脑海里勾勒他描述的场景。

"问题似乎出在第一批那六个人身上,"禽奚声音又变得含糊起来,"或者说出在我跟三猴子杀的那两人身上,我当时只砍了一剑,想着反正跑不掉,等回来再处理,可等我们返回现场,发现……"

"少了一具尸体?"我按捺不住,打断他的话。

"不,现场找到六具尸体,但位置变了,有两个爬出很远,死在草丛边,距离宫门都有三十步远了。"

"都死了?"

禽奚认真地点点头。

"那你到底想说什么?前面六个人,六具尸体;后面七个人,都被追杀,总共十三个人,哪里有错?"连续几天的奔波,加上睡眠不足,我也有点失去耐心。

"大人莫急,"侯景转过来解劝,"若非尽责,他其实可以不说,他告诉我,那六具尸体,其中一个好像跟最初的对不上号。是这样吗,禽奚?"

"对、对,"年轻士兵脸色涨红,"三猴子指认了他杀的那个人,另一个自然就该是我杀的,可我觉得不大对头。当时那人身材瘦小,却穿了件宽大的军衣,像是把别人的衣服临时拉来穿,正因为如此,我那剑砍下去才有偏移。可现在死的那人,年纪都有三十岁了,而且很健壮。"

我点点头,总算听明白了他的意思。

说起来事情可小可大，就看你用什么眼光去看。往小处说，它可能只是一个年轻士兵在激烈战斗中产生的错觉。当我们杀人时，意识会处于一种特殊的亢奋状态，偶尔，短时间内的记忆会打乱顺序混杂在一起，很可能把之前见过的某人与当下正在砍杀的人在意识里合为一体，我也曾遇到这种极端情形。往大处说就是另外一回事了。假如禽奚并未出现错觉，他砍杀的人确实不是死在草丛边的那家伙，而是混战中有另一名伤者从宫内逃出，体力不支倒毙在草丛边，而之前被禽奚砍伤的"身材瘦小"的家伙实际上趁乱逃走，这个就有点麻烦了。总人数能对上号并不能说明一切，因为不能排除有人不在名单内呀。

禽奚的勇气值得肯定，正如侯景所言，他本可以选择不说，不说就无人知晓，但他还是把不确定的事说出来，这也从另一个侧面证明锐卒旅纪律严明。既如此，我这个都尉卒长责无旁贷，更不能隐瞒，必须报告给李大人。

远处一辆六匹马拉的车从玄武宫方向驶来，周围簇拥着十几个手持火把的骑手，我见到樊吾也在其中，其他人都穿着宫廷卫队的服饰，当马车驶过夕照堂前，轿窗内闪过公子赵成苍白而疲惫的面容。

我吩咐侯景与禽奚回去继续清理现场，之后骑马朝春阳宫方向赶去。

春阳宫外又是另一番景象。此刻大约是寅时，随着雾气被微风吹散，月光照亮大地，整个沙丘平台、宫殿、草丛、树木、人马，均沐浴在乳白色的清光下。近三百锐卒旅士兵将春阳宫围个水泄不通，为避免成为宫内卫兵的箭靶，也为增强威慑力，所有火把都熄灭，人马身上的铠甲以及兵刃无声反射寒光，远远就能感受到浓重的杀气。

公子赵成的车马并未在宫门前停留，而是径自驶入宫墙外一片树林，那里有微弱的亮光透出来。李大人的指挥所位于林中一块空地，比不久前我们曾待过的那片空地小多了，甚至都无法搭帐篷，只在潮湿的草地上铺了几层毡毯隔绝潮气，周围树上插着几支火把，公子坐在当中位置，身上裹着厚厚的毛皮斗篷，缩着身子，看上去瘦小而无助。李大人和楼缓跪坐在他对面。

李大人摆头示意我过去。我甩掉靴子，穿着厚袜踩上毡毯，在李大人侧后方跪下，冲公子赵成叩首施礼。公子并未理会我，只是自顾自继续被打断的话，"我还是没听明白，何以不执行之前商定的计划？"语气显然在尽力克制。

"没想到肥义会突然出现。"楼缓说。

"没想到？"公子挑挑长长的白眉毛，"他深更半夜怎会出来？"

楼缓咂咂嘴，瞟了眼身边的李大人："说来话长，容我细细说明。路上我跟李大人一直在商量细节，如何不被发现地赶到沙丘，如何在夜间包围夕照堂和春阳宫，如何宣诏，待一切按计划完成，如何将安阳君妥善移送到中山，等等，可是说着说着，我俩不约而同意识到一个重大纰漏。安阳君这几年在代地领兵打仗，手下悍将健卒不可胜数，加之灭中山国一役干净利落，岂是甘愿束手就擒之辈？假如他婴城自守，无须坚持太久，主父或许就会出面干预，又或许当今幼主心软改变主意，更糟糕的是代地兵马闻风赶到，形势将发生重大变化，到时吾属无遗类矣。退一步说，就算安阳君在沙丘束手就擒，事情难道就结束了？错，恰恰相反，麻烦才刚刚开始，以安阳君前太子的身份和军功树立的威望，不敢说一呼百应，云集一批追随者不成问题,到那时国无宁日矣。总而言之是两难。"

说到这儿他停下观察公子的脸色。公子脸色依旧苍白,看不出任何情绪,只是用锐利的目光盯着楼缓和李大人,我敢说这双眼睛是他全身上下唯一有活力的地方了。没看到自己想看的反应,或者已经看到了,楼缓继续往下说,"过去数年,咱们一直立于危墙之下,别看主父退位,赵章被废,可他们的实力不仅没被削弱,反倒在连年征战中加强了。别的不说,只说今天赵国军力,代北之地无疑最强,万一那些骑兵挥戈南下,用不了五天就能占领邯郸,更何况主父还曾宣称要将赵国一分为二。分析来分析去,安阳君就是症结所在,最好的解决之道就是除掉他。快剑方能斩断乱麻,他一死,所有威胁都烟消云散。公子如果站在超然立场看待此事,一定会认可我们的判断,对吧?"

我注意到公子的脸色在火光映照下稍微有所变化,转瞬又恢复之前的镇定。楼缓的某些话大约打动了他。

"后来呢?"他问。

"后来,"楼缓看了一眼李兑,自顾自说下去,"我们正商讨该如何乘其不备攻入夕照堂,就看到有人从玄武宫走来,起初并不知是谁。夕照堂守卫拦住他们,黑暗中双方起了争执,接着就打起来了。对我们来说这是天赐良机,于是从树林里冲出,直接攻击那些暴露在夕照堂外面的守卫。后来才知道肥义大人居然在里面。"

这显然是说谎。我心中狂跳了几下,目光紧盯着公子,好在他并未穷究此事,而是转移了话题,"肥义的事,回头再调查。现在各处什么情况?"

李大人回答:"玄武宫没有受到任何惊扰;夕照堂正在善后;请您来,主要是就此地局面拿个主意。"说罢,他让人去找樊吾。

趁此机会大家都各自琢磨心事。公子赵成不再说话,我猜他此刻定在绞尽脑汁思考接下来的对策,外面谁都知道他不喜欢安阳君,无论对方被放逐还是囚禁,都属意料中事,然而杀掉他就是另一回事了,再怎么说安阳君也是赵氏,更何况背后还牵扯到主父赵雍。赵雍才是关键!几位官廷重臣坐在露水重重的户外,说来说去,都在故意绕过这个最重要的人,赵章从来都不是问题,站在他背后的人才是问题所在,现在他们必须直面迄今为止最棘手的难题:如何处置主父赵雍,这个赵国最有威望的人!

身材高大的樊吾走进树林,跪到厚厚的毡毯上,我注意到公子赵成的脸色有些变化,如果说之前始终笼罩着阴霾,此刻忽然变得晴朗起来。继续沉默了一会儿,他开口了,"那么,这样……"声音不高,却很坚决。

我跟在樊吾身后走出树林,天空逐渐透出一抹青色。

春阳宫大门紧闭,除了门楼上几盏宫灯,并无多余的光亮,更看不到一个人影。整个宫殿不如说更像一座巨大的空宅,你几乎会产生一种错觉:此时若丢进去一颗石子,定会惊起满天的乌鸦。

走到以战斗队形排开的骑兵身后,我俩不约而同对视一下,试图从彼此的目光中找到信心。从此刻起我们所做的一切,均直接受命于当今赵国最有实权之人,他不是主君,却比任何一位赵王的权力都大,因为他可以决定让谁当王,让谁退位。我们这些棋盘上的小棋子随便怎么移动都不重要,重要的是必须时刻明了做棋子的本分:遵命。

樊吾发布简短指令，数十支火把次第点燃，火光刺破黑暗，带来光明，也带来暖意，我忐忑的心情莫名其妙地平复了一些。然而紧接着鼓声响起。伴随激昂的鼓点，全身上下的血液开始加速奔涌。

按照刚才商定的计划，我接过一支火把，另一只手握紧从公子手里拿到的信物，穿过战线，大踏步朝春阳宫大门走去。

平整的地面有些潮湿，燃烧的火把在耳边噼啪作响，烤得半边脸热乎乎的。

我很珍惜当下的感受，它极有可能成为我二十八年来最后的感受。前方黑暗里有无数双机警而恐惧的眼睛注视我，他们手中必定紧握着某件冰凉的武器，我随时可能会被门楼上射下的一支小小羽箭命中，倒在这片潮湿的土地上送命。

我丝毫没有夸张，刚才林中指挥所的几个人对这趟差事的危险性心知肚明，但再危险也得有人去做呀，我和樊吾是首要人选，我俩中间，樊吾比我年长，已经成家，有两个幼子，我是单身，遇到这种事只能挺身而出，更何况做了这件事就不用做另一件事。有时候你根本分辨不出哪件更令人烦恼。

门楼上的庭燎已经熄灭。上面仍然不见人影。但战鼓声已惊醒暗夜，今夜谁也无法入睡。

"宣王令！"我高声说，自觉底气十足。

"宣王令，"我又高声重复一遍，"今夜有人图谋不轨，伤及大臣，现宣安阳君入玄武宫问话。"这是刚才拟好的说辞，大家一致认为话术模糊较好，因为它能麻痹人思维，只有让对方继续按照他愿意相信的方向思考问题，方能不知不觉落入陷阱。当我宣示完毕，春阳宫内无非两种反应，要么有人出面回应，要么继续保持沉默。前一种算是积极的信号，后一种则相反。

内心深处,我希望出现第一种反应,死寂的宫殿内出现活人与我对谈,这意味着从暗处射来冷箭的可能性大为降低。

"下方人报上姓名。"门楼上浓重的暗影里闪出个人影,看不清面部轮廓,听声音是个中年人。这是今晚迄今为止最让我安心的一件事,期待的结果终于出现了。

"锐卒旅都尉卒长尚禹,奉王令,宣安阳君即刻进宫。"

"如此更深夜半,真假莫辨,待天亮后再说吧。"

对方并未否认赵章进入春阳宫一事,这让我省下不少口舌。门楼上这家伙就算不清楚夕照堂为何发生战斗,也一定知道有人袭击了那里。如今我报上名号,对方心中便了然了。一支劲旅从邯郸赶来,突袭夕照堂,包围春阳宫,目标指向非常清晰,而背后的主使也不难猜到。换句话说,如果对方足够聪明,此刻已经明白敌人来自何方,因何而来。留给他们的选项不多,无非就是交出赵章或者不交。等待天亮是个聪明的说法,这是拖延时间的最好借口。

"不行,王令敢违?"

"你说你叫尚禹?那你想必知道春阳宫内住的并非安阳君。"

"当然。"

"……"

对方半天不说话。这种对话就像把弓弦拉到极限,彼此都在试探对方底牌。对方终于明白来者不善,且已经不把主父赵雍放在眼里,再继续说下去,仅有的一点回旋余地也会彻底丧失掉。

"那么,"门楼上的人停顿一下,语气已不如刚才那么自信,"可有信物?"

直到此时我才抬起另一只手,手上捏着一个细长的布卷,将它小心抖开，顺风举起。

这是一面王族的旗帜，用上好的绢帛制成，精心刺绣赵家族徽，一只健硕的豹子，那是自三家分晋以来就成为赵氏家族代表的猛兽，这旗帜专属国君，只在出行时才悬挂于马车轿厢两侧，其他任何人都不可能持有此物，连主父都没有。

看到这个独一无二的旗帜，门楼上的人不再多言，悄然退入暗影。过了一会儿，又重新出现。

"我们现在派人护送安阳君入宫。"

"不必，"我将火把举得更高一些，"我跟都尉卒长樊吾受命亲自护送安阳君。"

对方稍一迟疑，"你，尚禹，必须承诺保证他的安全。"

"当然。"

很快，春阳宫厚重的大门缓缓开启一道缝隙，从里面走出一个矫健的身影，我认出是安阳君赵章。

他还穿着那件白袍，上面沾满尘土，还有血迹，头发披散，显是仓促中爬起外逃的样子。他走得不快，但也不慢，走出几步，还回头看了看春阳宫大门。大门无声地关闭。如果说春阳宫里的主父赵雍依然在担忧安全问题，那么赵章的安全显然已不在优先考虑行列了。

樊吾无声地从后面靠近我。

赵章走到我和樊吾面前，上下打量我俩。

他眼里看到的无非是两个灰头土脸的普通军官。我身上并无血迹，也没有武器，一手举着火把，一手举着王旗；樊吾也早就脱掉铠甲，换上普通军服，两手空空，甚至连个火把都没拿，只在腰间悬着一把形状奇特的佩刀。很多人都不认得这件武器，它叫吴钩，长短与剑相当，但形状弯曲，刀刃开在内侧，无尖，顶部弯作凹铲型，像蝎子的螯钳。此刀产自吴越，因彼处山林湖泊众多，弯刀除了战斗，还能担当采集砍伐工具。这种武器迥异于中原的长剑，它更加厚重，既需要使用者有膂力，还需要极强的关节灵活度，因此一般中原军士都不使用，整个锐卒旅也唯有樊吾会用，几乎成为他的专属标志。

"你们是李兄的手下？"安阳君一边问话一边不经意地甩了甩头，以免垂下的一缕黑发遮挡住视线，顺便瞟了一眼不远处的骑兵。

"是。"我俩几乎同时回应。

"他，现在何处？"

"与公子一起，在玄武宫等候殿下。"我说。

"我好大的面子。"赵章语带嘲讽，看到我跟樊吾都没接话，又问，"我的手下呢？"

樊吾上前一步，平静地说："天都快亮了，主君大概等急了，快点出发吧，等下路过夕照堂就能见到他们。"

听他这么说，我跟赵章不约而同抬头看天，东方黑乎乎的森林后面透出一丝鱼肚白。

是该上路了。

我举起烛炬，请赵章走在前面。

赵章再次回头看了眼春阳宫，嘴角绽开一个轻蔑的笑容，看看我，欲言又止，低头朝北方迈开脚步。

走了二十几步，就来到锐卒旅骑兵线前。

我按照事先约定停下脚步。

赵章停下，不解地看着我。

耳边传来某种声音，对我而言并不陌生。那是吴钩出鞘的声音。

我朝侧面跨出一大步，以便尽量离赵章远点。

在锐卒旅三个都尉卒长中，我的箭术最为精妙，而樊吾的刀法称得上出神入化，我们都亲眼见过他是如何使用这把吴钩的，刀从拔出到砍削再到回鞘，完全一气呵成，让人根本看不清具体动作。

因此当我转头时，只看到那把弯刀已从赵章肋部灵巧地滑过，像条闪亮的长蛇，朝高处跃起。

鲜血从伤口汩汩流出，白袍顷刻被染红。

赵章不出所料地闷叫一声，弯腰捂住伤口，用难以置信的目光盯着手上的血，抬头看着身边的樊吾，目光逐渐迷离。

"你敢……"话未说完，又低头试图评估伤情。

这恰是樊吾需要对方做的事。只见他稳稳地跨前一步，双手握紧举过头顶的刀柄，然后稍微迟疑了一下。

刀刃在火光映照下闪着耀眼的光芒。他似乎在迟疑要不要砍下。

现场或许唯有我心里清楚，眼前这个杀气腾腾的壮汉，根本不是由于胆怯或心软而犹豫，也不是忽然对自己的杀人技能产生怀疑，他只是在寻找最佳角度和位置。人身体之上脖颈最细，但也由骨头连接到头颅，假如不找到骨节连接处，单凭一把弯刀几乎无法快速斩首。对于熟手来说，彼节者有间，而刀刃者无厚，只有准确砍入关节，才能轻松切断韧带，砍下头颅。当然，即便如此也需过人膂力，以及一把好刀。樊吾是锐卒旅内数一数二的力士，而这把吴钩出于越人之后、邯郸东市名铁匠李大力之手，削铁如泥，所以绝不会令人失望。

果然，没等赵章探查到肋下伤口的深浅，那把高高举起的利刃就找准位置，毫不迟疑地挥下。寒光闪过，那颗顶着乱蓬蓬散发的首级从颈上脱落,血如泉涌,无头躯体沉重地倒地。樊吾用腰间摸出的麻布擦拭一下刀刃,还刀入鞘,脸色丝毫未变,好像一眨眼之前并没有砍掉谁的脑袋,只是闲来无事抽出来舞了个刀花而已。

周围马匹起了一阵轻微骚动。

轮到我出场了。我紧走两步,将火把和王旗交给樊吾,弯腰抓住散乱的长发,拎起那颗略有些重的头颅,从一个骑兵手中接过一面盾牌,转身朝春阳宫大门走去。跟刚才不同,这次我担心从暗处飞来的羽箭,宫内之人刚才肯定会看到这令人意外的一幕,儿子被杀,主父赵雍怒火攻心,亲自弯弓射死我的可能性很大。

回到刚才所站位置,我举起赵章的首级,高声说出之前烂熟于胸的第二套说辞:"宣王诏令,安阳君赵章擅杀重臣,图谋弑君,人人得而诛之。特赦春阳宫隐匿之罪,所有随员即刻出宫,余不问;晚出者,夷三族!"

一切都是之前在树林里商量好的。

公子赵成冷静思考一番后,做出重大决定:杀掉安阳君赵章。当前局面已势成骑虎,与其冒放虎归山的风险,倒不如一不做二不休。至于主父赵雍,到目前为止迟迟不露面,其实也在一定程度上表明了态度:他不信任外面来路不明的队伍,由于势单力孤,只要压力足够,他应该会遣送赵章出宫。至于他本人,大约会选择以不变应万变,静观其变。

这恰是我们希望他采取的行为。公子特意叮咛,杀掉赵章以后,必须将主父与手下分离开。当时樊吾问,如果那些随从不出来怎么办?这并非多虑,毕竟追随在主父身边的人,经过严格挑选，必是忠心耿耿之辈，面对突如其来的变故，选择拼死抵抗也并非没有可能。不过我倒不怎么担心，因为说白了，时代变了。如果上溯几十年，周天子还有余威的时候，死士几乎随处可见。三家分晋前那个大名鼎鼎的豫让，为了替智伯报仇，三番五次行刺赵简子。可惜现在没这种人了，胡服骑射彻底打破了贵族老爷的特权，草民阶层也能凭借军功上位，像李大人那样的人，若是以前根本不可能被提拔到如此高位，更不用说我跟樊吾这样的平头百姓了。以前祖父常说礼崩乐坏，如今我也多少有些感触，传统被打破，人心就变了，每个人只看到自己的利益，谁还肯替旁人送命？换句话说，眼前春阳官内三十个卫兵，是战士却不是死士，根本别指望他们做到舍身赴义，这义的代价可是株连家族亲人啊，谁会傻成这样？更别提另外官内留守的十名侍者了，他们对赵雍更不会有半点情义可言。

春阳官大门依然紧闭。

我毫不怀疑里面的人能听到我的话，暂时的迟疑完全能理解，接下来只需再添一把柴，于是我将刚才喊过的话又高声重复一遍。

天空完全放亮只是一瞬的事，我忽然能看清门楼上之前看不清的细节了，那些隐在箭垛后面的身影，虽然还坚守原地，却开始流露出某种犹疑不定的体态。

过了一会儿，春阳官大门无声地打开，几个卫兵倒提着长矛走出来，当着我面将武器丢在地下。门楼上人影晃动，人们都如释重负地站起来。士兵们陆续从宫门里走出，最后是刚才跟我对话的中年人，我推测是卫队长。很快，人员核对完毕，三十个侍卫都能对上，十名侍者也一个不少，一个不多。按照之前部署，士兵将春阳官前后门钉死。人马顺着官墙分散排开，密切监视官内动向。

布置完毕,我和樊吾回到指挥所,太阳已从东边升起。李大人和楼缓还坐在原地,公子赵成早已离开。见我们走近,李大人皱了皱眉,不知是樊吾袍子上的血污,还是我手里提的人头,"全出来了?"他问。

"刚好三十个,都能对上名字。还有原先留守的十名侍者。"

"他,还在里面?"

"嗯,"我点点头,"宫门钉死,墙外隔十步一个岗哨,乌鸦飞出来都能看见。"

李大人看看楼缓,对方面无表情。

"有一点疏忽,"我跟樊吾对视一下,"既是软禁,该留一扇门比较好……"

"什么?"李大人脸上露出一丝笑意,这是几天来第一次看到。

"每天送饭,也需要留个出入口。"樊吾说。

阳光穿过树枝照进林中,枝头鹅黄嫩绿顿时有了生机。李大人慢慢站起身,伸了个懒腰,打了个大大的哈欠,"四十个人统统杀掉,找地方埋了。尚禹,带上你的人,护送主君返回邯郸;樊吾,你带人留守此地,好好保护春阳宫,不许进,也不许出,更不许送吃喝。"

我领命打算离开,樊吾一脸迷惑地盯着李大人:"那,围到何时?"

一直坐在毡毯上的楼缓慢慢抬起头,阳光恰好照在他身上,仿佛一尊冰雕此刻在日光下开始苏醒。他一脸轻松地悠悠开口,只说了一句,"围到他死为止!"

以上就是我在沙丘离宫的经历。

第五章　溯源

春台的黑漆大门平时总是紧闭，仿佛无声地拒绝所有访客，人员进出都是经一旁侧门。院内前中后三进，前院主建筑是个小小的正厅，供奉历代史官牌位，东侧是看门老仆居住的门房以及待客场所，西侧是太史日常工作的地方；中院内两侧是图籍室，存放着丰富的史料典籍，小六平时住在这里，负责打扫整理图书，饭时去后面帮忙，外出会随侍在董勇左右。两重院落的建筑均以回廊相连，风雨天行走其间完全不受影响；后院是董勇与夫人的住所，以及不为外人所知的春台核心圣地。

从沙丘离宫返回邯郸以后，太史只外出过一次，其余时间都待在春台前院埋头整理资料。大量随手记录的小尺寸木简排放在地榻之上，他时而对着那些记述发呆，时而将记述的顺序重新调整，时而在空白的木简上奋笔疾书。日影从一侧渐渐转移到另一侧，一天时间往往就这么过去了，午饭一般都是小六从后面拎着食盒送到前院。

秋分这天又开始下雨，寒凉之气直逼骨髓，董勇仿佛忽然生出赏雨雅兴，难得地放下手头事务，一上午在前院回廊下来回散步，从东厢房走到正厅，再从正厅走到西厢房，不时侧耳倾听高墙之外的动静。

临近正午,外面响起车马声,马匹在潮湿的空气里打着响鼻,木质车轮滚过湿滑的石板,停在大门口外高台下方。

董勇从西厢房回廊慢慢踱到正殿屋檐下,挺直腰杆,目不转睛盯着院门。老仆从门房出来,站在廊下看看董勇,然后去打开侧门。这是过去一段时间——准确说是董勇去沙丘之前经常出现的场景,隔上一阵,赵成府邸的家臣赵佖都会前来拜访,打听国史是否动笔。之前每次都会得到否定回答,某种意义上拜访成了例行公事。今天是董勇返回邯郸的第七天,算一下赵佖也该循例前来了。

撑着竹簦的赵佖跨过高高的门槛走进庭院。此人年纪与董勇相仿,但身材修长,步伐沉稳,说话不紧不慢,始终保持贵族府邸高级家臣的风度。

"奉公子之令,赵佖特来请问太史,国史修订是否还需什么帮助?"他冲着远处台阶上的董勇微微鞠躬,说出与之前一模一样的话,连声调都没变,说完直起身,打算在听到否定回答后马上转身离去。每逢重要节气,公子府邸会给家臣分发物品,今天北方代地送来新鲜野味,家中炖煮的野鸡大约已熟透,回去吃着野味喝一卮美酒,侵入骨头的湿寒之气瞬间就会被驱散。

然而——

这次高台之上并未传来预想中的否定回答,而是"劳烦回去禀告公子,国史马上开始撰写"。

赵佖手举竹簦,硬生生稳住即将转动的身体,抬头看着董勇,脸上露出诧异神色,"什么?"

"你转告公子,过些日子我会带着相关资料去他府上拜望,有些问题正要当面请教。"

"那可真是——太好了,我一定把您的话转达到。"

"对了,"董勇似乎想起什么,从台阶上慢慢走下,在通往连廊的平台停下脚步,"公子可知道楼缓的去向?"

"不知。哦,我的意思是,恕赵伾不知。"

董勇听出其中的玄机,楼缓离开邯郸赵成显然已知晓。他嘴角不易察觉地抽动一下,点点头,转身顺着回廊通道走到那扇通往中院的角门,头也不回地走进去。

赵伾站在原地发愣,直到老仆走过来,他才冲着春台正厅恭恭敬敬鞠躬,又客气地对老仆点头致意,出门回去复命。

董勇顺着回廊穿过中院,看见小六正在图籍室内有条不紊地打扫典籍,先擦拭木架,再将之前摆在榻上的竹简逐一仔细擦拭干净,最后重新将其放回原位。别看这孩子贪吃贪睡,可干起活儿来却毫不含糊。

穿过中院角门就进入后院。任何一个初来此地的人都会惊异于后院与前面两重院落的巨大反差,若说前面是书香门第,后面简直就是田舍农庄。本质上这就是个大菜园子,一片绿油油的菜地几乎占了多半个院子,东墙几株高大的梧桐树下有三间顶上铺着新茅草的木屋,为了防潮,房屋地板离地约半尺,以坚固的木头支撑,此刻木屋窗户全部撑开,越嬴正坐在其中一间的窗前做编织,看到丈夫回来本想起身,结果董勇冲她摆摆手,径自冒着细雨穿过庭院朝石屋走去,于是她继续低头忙手里的活计。

石板铺成的甬道横过庭院,穿过棠棣丛,延伸到石壁下方小门前,小门用半尺厚的木材制成,坚固结实,外面挂着一把同样夸张的大锁头。这块巨石是春台的最高点,高两丈,宽三丈,不知经历多少风雨,外表坑坑洼洼,顶部生出几枝槐树的细枝,始终长不大,却也不曾死去。石头内部有一部分被掏空,后人在此基础上不断开凿修缮，如今变成一间宽敞干燥的石屋。此地是整个春台内最核心的场所，甚至比中院那几间图籍室更重要，因为它才是董勇真正在意的地方。

董勇从衣服底下取出钥匙。门一开，从里面飘散出熟悉的气味，混合着竹片、木片、朱砂印泥以及檀香味。石室四壁都竖立着结实的木架，用于堆放竹简，靠西墙有个齐腰高的石匣，上面盖着厚厚的石盖。南墙上方开着小透气窗，房屋正中央地面铺了厚厚的毛毡，摆着长条石案，白天的光线恰好可以长时间照到上面，平时窗口用木板遮挡，防止小动物进入，只在工作时才打开。

这间石室是董勇个人的书室，里面存放着自三家分晋以来所有赵氏家族的史料，三百年来，一代又一代史官将血雨腥风的历史记录下来。不同于外间定稿流传的《赵史纪》，这里的资料统统是原始素材，很多年前董勇初读这些资料就被惊呆了，里面全都是鲜活的事件，活灵活现的人物，等到落笔成为《赵史纪》就失掉了原来的味道，更有甚者，某些关键史实记载有差异，这意味着就算三百年前的史官努力维护独立史官传统，坚持秉笔直书的原则，最终落笔在国史上的文字依然有隐匿与掩饰。

趁这些原始素材还在，重新撰写一部完整的史书如何？这念头好几年前就浮现在董勇脑海，起因除了舍不得这么多素材，还因为在宫廷的刁难和压力下，太史工作越来越乏味无聊，如果自己的余生只是在别人的监视和干预下记录主君的日常生活，岂不是在浪费生命吗？写一部崭新史书的念头如此强烈，他觉得唯有忠实呈现历史并从中找出王朝兴替的规律，才对得起自己太史的头衔。

沙丘之变更坚定了他的想法，之所以顶着各方压力非要找出所谓真相，并非他董勇跟当权者较劲——我又不是傻瓜，犯不着干那种毫无意义之事。掌握真相并将其写入自己的史书，这才是他执拗坚持的动机。至于官方的《赵史纪》如何记述，其实已经不算是什么原则性问题，因为原则一旦被破坏就很难修复。如今各方势力将注意力集中在《赵史纪》上，对他来说反倒是件好事，他甚至还在不动声色地刻意误导有关各方在正史撰写上进行博弈——唯有如此，自己这部史书才安全。

出于种种考虑，这部史书虽然酝酿成熟，却迟迟没有动笔，他在等一个合适时机。沙丘之行无疑是个重要契机，在榆湾驿所遇险，令他意识到动笔的紧迫性。之后为了撬开尚禹的嘴巴，他将自己著史的秘密告诉尚禹，不夸张地说，锐卒旅都尉卒长是继夫人越嬴、太医胡原之外第三个知道此计划的人。这举动看起来有些冒险，毕竟尚禹是沙丘之变的执行人，对主父和安阳君之死负有直接责任，但对错与是非的价值判断跟史官职责并无关系，他董勇没有资格高高在上赞美谁或指责谁——退一万步，就算在内心深处有个人好恶，太史也不怎么同情赵雍，只对赵章的横死抱有同情。史官的职责就是忠实记录，而尚禹恰巧知道真相。董勇颇为欣赏这个精干的军官，头脑清晰，做事果决，而且还救过自己一命，至于对方在沙丘之变里扮演的角色，军人除了服从命令还能做什么？想得太多就不是合格军人，反倒像个政客了。事实证明自己冒险的交心之举赢得了尚禹的充分信任，对方所叙述的沙丘之变的内容令他大为惊讶与兴奋，其中诸多细节令人难忘。有了这块分量最大的拼图，酝酿已久的史书终于可以动笔了。

在史官眼里，每年秋分是个重要时节，日光不远不近，秋凉彻底扫除夏暑，乃是真正的收获时节，董勇内心深处暗自将动笔时间定于今日，赵府家臣例行公事地到访，更像是发出了正式启动的信号。

尽管外面飘着小雨，室内却干燥而暖和，他走到木架前，仔细检选出一捆崭新的竹简，将其铺在光滑的石案上。春台用于记录文字的竹简，按照工艺复杂和成本高低分为三个等级，日常随手记录使用指头宽窄的木片，因其价廉易得，便于携带；正式著述使用竹简，长一尺，宽半寸，刮去表面青皮，用火烘干，复加刮磨，方可用于书写，完成的著作以麻绳串联；最高等级的竹简制作方法与前者相同，唯选材更加细致，用料更加讲究，尺寸更加阔大，比如《赵史纪》所用竹简长约二尺四寸，宽约一寸，书写完毕表面还要刷一层清漆保护，以皮筋串联竹简，以红泥封印。

虽然知道自己这部著述意义远超官方史书，但他必须考虑书简未来的安全。宫廷方面固然没有明令禁止私人著史，但那是因为此前几乎没有私著的先例，一旦赵氏家族意识到一部完全不受他们控制的史籍存在且流传，态度恐怕会有所不同。最简单的例子就在眼前，沙丘之变的真相，公子赵成和少司寇李兑都不会允许公开，尤其李兑自作主张激化矛盾，直接导致赵雍与赵章的死亡，若是真相流传出去，国内外都会引发难以预料的反应，就算忽略名存实亡的周天子，单以各国诸侯已经极其低下的道德标准来衡量，弑君的李兑也断无活路。一个手握重权的大臣为了保命能做出什么举动，既难预料——也不难预料。正因为如此，董勇早在心中打定主意，在《赵史纪》里妥协，写出官方想要的内容；而真实史实则偷偷记入自己这部史书内——不是为了当世，而是为了后世。

正是经过多番考量，董勇才决定选择不大引人瞩目的普通规格竹简进行记述。石屋窗外雨声淅淅沥沥，太史端坐在厚厚的毛毡上，伸手从案上一侧的文具匣里取出鼠须笔青石砚锥形墨，一边研磨黑烟墨一边默想脑海里不知咀嚼了多少遍的文字。细碎的雨滴声让他很快进入某种冥想状态，此时此刻，身居斗室，心游宇宙，那种久违的自由与快乐充满全身，他真心喜欢自己的身份与眼前的工作。

只见他左手拿起一片干净的竹简，右手拈起笔杆，饱蘸浓墨，小心地写下《赵世家纪年》几个漂亮的篆字，再用小一号字写下署名，赵国春台太史董勇。之后将竹简小心地放在右侧案上。接着再拿起另一片空白竹简，郑重地写下全书第一句话：赵氏之先，与秦共祖。略停顿一下，开始不假思索地快速写下去。大多数时候，那些久已成熟的文字仿佛迫不及待地从笔尖流淌出来。偶尔他会停笔整理思路，遇到由于急切书写而出现的错误，他会放下笔，习惯性地将右手拇指放到嘴里，快速用潮湿的手指肚将错字抹去，然后重新书写。

掌灯时分雨停了，董勇将完成的数十片竹简按顺序排好，小心地放入石匣，盖上坚实的石盖。穿过湿漉漉的庭院回到家里，晚饭已经备好，夫妻俩一声不响地默默吃完，越嬴端过清洗干净的野浆果，这才跽坐在丈夫对面，有些不好意思地说："花渐掌柜托人给我回信儿了，说她家女孩至今尚未来潮，恐是身体先天禀赋不足，若是等个一年半载再议，就怕耽误咱家的正事。要不我再另选一家看看？"

董勇瞪了她一眼："你还是省省吧，真有用不完的时间，不妨多准备些过冬蔬菜，天相上看，今冬可有大雪呢。"

"说起来花渐这家也有点奇怪，像是敷衍推托，之前分明她们更热心,一直催我早些下定。"越嬴不甘心地说。

"别怪我说你,可你确实是多事,放眼邯郸,哪有家中主妇帮家主到处去找妾妇的?也不怕人笑话。至于花渐改主意,我倒是多少知道些真实原因。"

越嬴瞪大眼睛,"你怎会知晓?上次我看你在她家连囫囵话都没说两句呀。"

董勇龇牙一笑,用手抓抓头皮,"我前些天不是出去一次嘛,就是去花渐。"

"什么?"越嬴坐直身体,脸色严肃起来,"原来你之前推三阻四都是假扮的,其实心底里还是喜欢那丫头?我就说男人都一个德行,你怎么可能跟别人不一样呢,看看,还是我了解你吧,幸好帮你四处寻觅佳偶,别人还说不出我的不是。可话说回来,你就是喜欢,也犯不着背着我悄悄跑去,跟我说一声不行吗?"

"你瞧你瞧,根本就不让人说话。等我解释一下你就明白了。"董勇说罢换个坐姿,伸展着有些酸困的双腿,长出口气,"我去花渐,根本与你提的那件事毫无关系。你说我喜欢那丫头,我就问你,那丫头长啥样?我连她模样都没见过,何谈喜欢啊。你也知道,花渐掌柜有一双儿女,我这次是为她儿子去的。在沙丘走访调查的时候,我打听到安阳君的一个近侍趁乱逃脱,是个十多岁的少年,当时他对救自己性命的牧羊胡人说叫郑裾,家住邯郸西市名叫花渐的乐坊。得到这消息,我一回来就去寻访,希望他能告诉我沙丘那晚发生的事。花渐掌柜还算比较信任我,说儿子确实回来过,可露个面就走了,大概觉得此地危险,躲在什么地方她不清楚。还说之前也有人打问儿子的下落,提到那人,她好像来了兴致,说那人之前偶然路过门口,听见她家郑袖的歌声,临时起意走进乐坊,看她说话的神情,我大致就猜到她为何会拒绝你了。"

听丈夫一口气说完,越嬴脸色稍缓,先纠正丈夫,"是拒绝咱们,不是拒绝我",然后才问那人是谁。

"你猜?"

"讨厌,这我哪儿能猜出来。"

"当朝红人,少司寇李兑大人。"

"这就难怪那女人改主意。"越嬴长叹一口气,"邯郸街头都说李兑是个心狠手辣的角色,忘恩负义,出卖主父,不然也爬不到如此高位。看来,你是争不过他了。"

董勇笑出声来:"妇人之见。几十年来,你何曾见我跟人家争过什么?更别提争女人。原本我就不赞成此事,全是你自作主张,我不好驳你颜面罢了。现在恰好冒出李大人,我巴不得甩利索呢。"

"话虽如此说,可史官无后,春台将来由谁继承?"

"此事你也不必多虑,我早想好了,世袭传承本来就落伍了,就算咱们有个儿子,以后能否顺利承袭太史,承袭以后能否继续像我这样著史都未可知。如今我的心思全在别处——你别瞎想啊,我指的就是上次对你提及的那部书,我的愿望就是不用看宫廷里任何人的眼色,秉笔直书,流传后世,今天已经正式动笔,此事若能顺利完成,我董勇此生无憾。"

话音刚落,只见小六匆匆穿过黑暗中的庭院,走到廊下说了句,"单福老爷来邯郸了,我安排在前院会客房等您。"

董勇大喜过望,忙嘱咐夫人再洗一些从沙丘路上带回的野浆果送到前面,自己忙趿着旧木屐去见客人。

晚间的庭院愈加安静,夏天时候茂密的花木,此刻已是枝条疏落,空气里浮动着雨后泥土散发的气息。前院会客房格子窗半开,室内燃起四枝柱形灯,这大约是整个春台最奢华的物品,圆盘底座,光滑细长的黄铜杆约一人高,顶着造型优雅的灯盏,明显比普通的豆形油灯亮。此乃宫廷使用之物,是赵雍初继位时赏赐给春台的,平时晚间极少有人来,点亮的机会不多。

单福穿着件旧袍子,随意盘坐在一盏灯下翻看手中竹简,冠帽丢在一旁,头发稀疏的大脑袋在灯光下闪闪发亮。

"欢迎欢迎,真是没想到你能来。"董勇尚未踏进室内就大声说。

"你真不像话,说好返回时在榆湾多住几日,结果倒好,连停留都省了。"单福说着细心地将手里的竹简卷好放到身边的地榻上,之后才打量董勇,"急着回来,莫非有喜事?"

董勇转头看了一眼小六,显然他把自己去花渐的事告诉单福了。"我这把年纪,哪还有啥喜事,别听小子们瞎说。"语气里倒并无埋怨之意。

"我还说没带贺礼呢。"单福冲小六眨眨眼。

"你也不是第一个胡乱猜疑的人。上次从沙丘返回路过榆湾,你恰好不在,伙计说你没走远,一个时辰回来,可我实在等不及,因为忙着赶回邯郸找人,就是你上次提到的那个穿胡服的少年,果然是安阳君赵章的近侍,因为负伤,在牧羊胡人家里休养了一个月。"

"哈,我还是眼光毒辣吧,"单福大声说,外面的庭院里都有回声,"那你还是没找到他?"

"除了我,别人也在找他,他不知祸福,肯定要先躲起来。我找到他母亲,承诺会想办法尽力保她儿子平安,让他务必来找我一趟。"

"此外还有谁在找他?"

"听说少司寇李兑也在打问他下落。"

"这样的话,是我也会躲起来。沙丘不就是他带人去的吗?这是要灭口啊。"

"一般人都会这么想。"

"什么意思?"

董勇正要回答,回廊内传来木屐踩踏地板的清脆声响,很快,越嬴端着一个装满野浆果的灰色瓦盆走进来。没等董勇介绍,单福出乎意料地直起身,端端正正地朝越嬴施礼,这举动令越嬴猝不及防,急忙放下瓦盆回礼。

"都是自己人,何必如此。"董勇笑着说。

单福恭敬地说:"你我虽是从小一起玩到大,大嫂可是初见,礼数是少不了的。"说罢,他从身边包袱里拿出一个小包,双手递放到越嬴面前的地榻上,"早就准备好的见面礼。"

越嬴有些局促地看看丈夫,打开小包,里面是一对羊脂玉镯。

"这怎么可以?"她说。

"《诗》曰,何以赠之,琼瑰玉佩。老伴精心挑选命我带来,过些日子她由小儿陪伴来邯郸,今后大家可以常走动啦。"

"走动自然是要常走动,可是这礼物真不该收。"

董勇在一旁插话道:"恭敬不如从命,收下吧。如此成色的美玉,莫不是你上次提到的慧娃……"

"正是她男人从西方收集来的,那里远在昆仑山外,不少好物都从那边传来。"单福说。

"慧娃是谁?"越嬴警惕地问。

董勇摆摆手:"家长里短的话回头再说,别管是谁,总之这是好东西,你收下吧,我有话跟单福说。"

越嬴瞪了丈夫一眼,冲单福微微笑道:"我后面还有活计,需要什么叫小六来取。"

"大嫂早些休息,我们怕要聊到半夜呢。"

"我让小六收拾中院客房,凑合住一宿吧。"越嬴说罢转身离去。

待木屐声远,单福才笑着对董勇说:"大嫂好脾气,比我家那个强太多了。"

"那是当着你的面如此,女人嘛,都差不多,好脾气都是做给外人看的。"

单福呱呱地笑出声,院内宿鸟被惊起,扑棱扑棱飞了一圈,他缩缩脖子,不好意思地摆手。董勇忙说没事,此地孤零零处在高台之上,前后左右并无人家,不会扰到旁人。两人正吃着野浆果,小六又送入两陶卮热豆浆。董勇让他给单福收拾好卧席就去歇息,此地不用伺候。庭院逐渐安静下来,直到此时,单福才问起沙丘之行的收获。

"收获颇丰,"董勇放下陶卮,目光转向窗外黑暗的庭院,"春天那晚发生的事大致都清楚了,只有几个小细节还待详考,实情是根本不存在什么安阳君谋逆,赵章和赵雍都是沙丘之变阴谋的受害者,悬而未决的是主谋不明,动机不清。我相信真相很快会水落石出,后面的难点倒是如何落笔。"

"我以为你会秉笔直书呢。"单福的语气里并没有玩笑或嘲讽的意味,听上去只是在陈述一个事实而已。

"我懂你的意思,从我正式接任史官之前就屡屡接受这样的教诲,不如说它就是春台的基本信条。可是胡服骑射以后,形势就变了，别的不说，单是赵雍弄的那个国史副本，就是闻所未闻的奇谈。即便如此，又能怎样？写字的笔哪里拼得过杀人的剑，只能按人家说的去做。说到史纪，已经很敷衍了，以前的秉笔直书，早就变成曲笔晦书。沙丘这事所涉甚大，若含糊其词，作为史官我良心上肯定过意不去。但如果将事实完全录入，就会面临两难处境：其一，这样的《赵史纪》能否通过宫廷认可而流传？其二，就算流传出去，刚刚平息的风波势必再起波澜，而且冲击绝对不亚于前次，搞不好又有一群人搭上性命，如此，则赵国危矣。我倒是好奇，若换作是你怎么做？"

单福伸手拿起一枚野浆果丢入口中，咂巴了半天，吸了口气才说："了不得，真是酸甜适口，好吃！"

董勇看着他，"从沙丘回来，半路一户人家在道边摆个小摊，卖自家后园树上采的果子，我牙不好，不敢多吃，小六尝过说好吃，我就买了不少，看来你的牙比我强多了。"

"也不行，老啦，"单福摆手，"若换作我，就以大局为重。道理很简单，皮之不存毛将焉附？若是连赵国都没了，要史纪何用，莫非还真是只给后代留个念想不成？况且个人安危就算置之度外，老嫂子的后半生你就不管了吗？"

董勇轻轻点头，然后才把自己正在另起炉灶著史的事简要叙述一遍，最后才说，现在的难点不是如何写，却变成如何藏了。

"按下葫芦浮起瓢。"单福笑出声来，接着想起另一件事，"对了，在榆湾驿所想刺杀你的人究竟来自何方，有眉目吗？"

董勇摇摇头："不清楚，现在看来肯定不是李兑的人，因为尚禹救了我；也不是赵成所为，因为在沙丘的时候，他还专门派人去通知信期保护我，为此还闹出误会，差点让尚禹送命。

信期怀疑尚禹跟肥义之死有关，却又没确凿证据。尚禹对我讲述的沙丘之事恰好又故意省略了肥义一节。所以你注意到没有，在整个沙丘之变里，赵成和李兑其实并非一条心，相互猜疑相互监视，目标也不一致，这就——"他说到这儿停下，脑海里闪过一个念头，快到几乎无法捕捉，但他还是迅速抓住了线索的尾巴，"对呀，这就给其他人留下可乘之机，若有人借机从中左右逢源，那这塘水当然就会始终浑浊不清。"

"树欲静而风不止。"单福适时地点评一句。

"没错，我之前怎么没想到呢？赵成和李兑外，还有第三个值得注意之人。况且我一回来就去找过他，他却离奇地失踪了。如今把这些线索串到一起，前面那些模糊的地方反倒清楚了。莫非刺客是楼缓派出的？"董勇小心地下了这个结论。

"楼缓又是谁？"

董勇正要给单福介绍那个行事诡异的纵横家，外面庭院传来声响，有什么东西坠落地面。

"什么声音？"董勇站起身走到窗边，朝黑暗中的庭院看去，什么都看不到，"这里不是榆湾，没有野猫，不过话说上回在驿所，其实也不是猫，是人。"

说话之间，董勇感觉单福轻轻拉了拉自己的衣袖，转头看去，对方一脸神秘地举起一根手指，指向头顶。

两人赤脚走到屋外廊下，董勇抬头说道："谁在上面？若是来找董勇，请下来相见。"

停了一下，屋顶传来轻轻行走的声音，一个瘦小的黑影出现在房檐一角。只见他轻快地一跳，抓住那株槐树的粗枝，顺着树干灵巧地滑到地面。

待他悄无声息地走到二人面前，单福忍不住脱口而出："原来是你。"

站在董勇面前的是个清秀的少年，只见他一双水汪汪的大眼睛在两个中年人身上来回移动，最后将视线停在董勇脸上。"太史大人恕罪，"他一口字正腔圆的邯郸口音，听起来相当悦耳，"小人郑裾特来拜见。"

"你就是郑裾？"董勇在灯下打量着少年俊秀的脸，然后转向单福，"我刚说的就是他。"

单福转动一下眼珠，恍然大悟。"明白啦，安阳君的癖好，我以前也略有耳闻。"看到郑裾脸红，他急忙改口问："你的伤完全好了？"

郑裾点点头。

董勇笑了，"显然是完全好了，不然怎能翻墙上树？没想到你身手如此灵巧。"

郑裾不好意思地笑了，低声说："原是自小演习歌舞，身段还算灵活，翻墙上树不是难事。不过今日以如此方式前来，也是无奈之举。春台之外，白天一直有人监视，夜晚若是敲门砸户，也容易引起注意。"

"你说有人监视我？"

"嗯，其实我下午就来到附近，结果远远看到邻居公孙午在那里徘徊，他是少司寇府候正所的头目，现身此地绝非偶然，小人想了想，不如夜间翻墙更可靠。"

这小孩子倒是机灵。董勇暗自赞叹，随手将装着野浆果的瓦盆推到对方面前，示意他慢慢说。郑裾礼节性地拈起一枚果子，并未放入口内，而是继续说道："不晓得大人找我何事，如果是沙丘之事，我所知有限，因为刚一开战便落荒而逃，恐怕没什么可说的。"

"事情我都大致弄清楚了，找你无非是想补充一些细节，此外，也想帮助你重新开始正常生活。"

郑裾脸上潮红退去，重新恢复苍白。"小人与太史素昧平生，不知何以帮我如此大忙？"

没等董勇说话，单福插话道："太史之前去过你家，差点跟你成一家人了，帮你也是理所应当的。"

"说着说着就乱说，"董勇脸上露出尴尬神色，然后对郑裾解释道，"沙丘事件乃国之大事，对于史官来说，每个叙述者都有不可取代的重要性，史官著史，讲究真凭实据，现在人证全来自平叛一方，所谓叛乱一方，主父和安阳君，加上他们的八十个亲随，还有原先离宫侍候的二十个人，前后整一百，无一幸免，你是唯一的幸存者。如此说来，你的重要性怎么强调都不过分。单凭这点你就必须好好活着，且不说还年轻，往后日子长呢。我这样说，你能理解吧？"

单福忍不住又插话："果真为他着想，不是应该忽略他的存在吗？史官挖掘出的人是要青史留名的，可一旦公开史纪，怕是他小命难保啊。"

董勇微微点一下头，"《赵史纪》上不会有沙丘之变的真相，真相是留给我自己那部书的。不过你说的有一定道理，就算不公开真相，也无法保证他个人安危，若不从根本上解决问题，只怕早晚有人找他麻烦。"

"可你刚才还说没人知道他存在……"

"我说的是几乎没人知道他存在，"董勇转向郑裾，"营救你的翟义夫妇，你母亲与妹妹，收留你的亲友，在座的我与单福，这些人都知道你还活着，更重要的是，那个跟沙丘关系重大之人也知道你活着。"

"我听母亲说了，少司寇李兑大人也打问我下落。我仔细考虑了一番，觉得还是先来找您更妥当。"郑褯说。

"为啥？"单福好奇地问，"我是说为啥你要相信他而非李大人？他俩不都是官府的人吗？"

"不一样，"郑褯摇头，"在我们小民看来，史官不是官府的人，史官授教传学，是代上天立言的人。"说罢他从怀里掏出折叠起的黄绢递给董勇。

灯下展开一看，是乐府歌谣。"你从哪里得来？"董勇问。

"安阳君府内此类抄本很多，可惜他无心于此，我经常翻看那些抄本，心里喜欢，随身总会带一卷，躲藏在外很无聊，这些歌谣可以让我忘掉眼前的烦恼。"

董勇又细细看了几行歌谣，点头赞赏道："很好，你若喜欢这些，我这春台之内可不少呢。"

"大人要是缺少书童，郑褯愿意随侍左右，每天都能够摸摸那些简册，想着都开心。"郑褯脸上不由得露出神往之色。

单福说："读书的事以后再说，眼前还得想法子让你脱险才是。"

董勇摸着下巴上短短的胡须，缓缓开口："我有个主意，不知合适不合适，就是略微冒点险，若顺利施行，倒可以彻底解决眼前的难题。"

听到这里，郑褯急忙膝行两步，俯身榻席上，额头碰得呼呼响，"求大人拯救小人，母亲独自拉扯我兄妹不易，小人还想尽些孝心。若得大人救拔，我愿做牛做马报答大恩。"

没等董勇起身，单福急忙就近拉起郑褯。"轻点，当心磕傻了，留着脑瓜还有别的用处。"

屋内三人不约而同笑起来。

公子赵成府邸外戒备森严，内部却一片祥和之气。穿戴体面的仆妇无声地来回走动，庭院里花木扶疏，珍稀禽鸟在丛中鸣啭，石龛上纤尘不染。赵成依旧在四个白衣少女簇拥下走入议事厅，其中一位少女体贴地将专用的熊皮坐垫摆正，放好楠木凭几，搀扶赵成落座，帮他整理衣服。雕花座屏后面转出一个贴身侍卫，手举一面铜镜，这是产自楚地的四叶纹镜，以金银错，镶玉，嵌琉璃，造型精巧。赵成仔细端详一下镜中自己的样貌，之后才微微点头。

侍卫走到大门口，对等候在那里的家臣赵佖低语两句，自己重新悄然返回座屏后面。赵佖冲庭院朗声说："公子请太史董勇入见。"

身材矮小的董勇，在同样瘦小的书童陪伴下，穿过院内石砌甬道走上台阶。他跟赵佖打过招呼，转头示意书童打开怀里包袱让对方查验。那是个一尺见方的布包，一眼就能看清里面都是密密麻麻的木简。

"不必了，请进。"赵佖看在眼里，客气地示意他们进去。

主仆二人一前一后走进大厅，在距主人十步的地方跪下，礼毕，赵成先开口："听说你前些日子去沙丘了，可顺利？"

"多谢挂念，路上有些小意外，不过没有大碍。公子特意派人叮嘱信期保护我，十分感谢。"

"什么意外？"

董勇简单说了一遍榆湾遇险，尚禹搭救的经过，但并未说出自己对刺客派遣者的怀疑。赵成瞪着眼睛听完，"居然有这种事？这么说来李兑还算有心。"

"若非他安排人保护，还真是凶多吉少。"

"听赵佖说,史纪开始写了,这是……"赵成目光转到书童面前榻席上的包袱。

"原始记录。最近半年走访当事人,除了公子、李大人,这里还有信期、尚禹,沙丘名叫翟义的牧羊人的叙述,都记录在案。通过走访,沙丘之变的轮廓大致清晰,鄙人发现跟公子最初所述出入甚大。"

赵成脸色略有改变,原本苍白的双颊泛出一层潮红,两只干涩的眼睛也似乎充满了水分。一位白衣少女起身从座屏之后变戏法般端出红漆木盘,上面是只造型奇特的陶盅,赵成端起啜了几口,边喝边眨眼。待放下陶盅开口说话时,声音变得有些底气。"你是说我在沙丘之事上说谎?"

"不敢,但多方校验,确实出入甚大,有些细节公子记错或者听错也是可能的,还有一种可能,就是公子其实也被蒙在鼓里。鄙人带来这些记录,公子阅后,也许就明白我的意思了。"

赵成叹口气,"我哪还有精力读这些,你也能看出,如今我已是朝不保夕之人,记忆衰退得厉害,早已不记得当时对你说过什么,不如这样,趁今天坐在一起,咱们梳理一下你觉得有出入的地方,如何?"

董勇挺直身体,两眼放出亮光,"鄙人正有此意。与公子一同梳理事件过程,相信定强于我的单方推测。"

"那么,从何说起?"

董勇伸手从包袱里抽出一支木简,但并未看上面的文字,仿佛只是一种思考时的习惯动作,沉吟片刻才开口:"先从牧羊胡人翟义说起。他傍晚时分在森林里偶遇李兑率领的大军,甚至还描述出李兑和楼缓的样貌,这就是说,参与平叛的队伍在叛乱发生前就赶到沙丘,这没错吧?当时公子身在何处?"

"队伍由李兑率领,我因为身体不好,无法跟上他们,所以等我到达沙丘时已经入夜,外面已经开战。"

"就是说公子其实是跟他们一同出发的?"

看到赵成点头,董勇问出那个关键问题:"究竟如何提前知晓安阳君有谋逆之举呢?"

这个看似简单的提问让赵成陷入长久沉默,过了许久,门外的赵佖清清嗓子,似乎想说什么。赵成抬头瞭了他一眼,对方低下头去。

"其实,安阳君谋逆,之前并不知情。"赵成说着将视线投向虚空中看不见的一点,"之所以从邯郸派兵去沙丘,本身也不是要镇压叛乱,锐卒旅另有使命。你还记得四年前的那件事吧?从代地来的军人把邯郸搞得一团糟,朝臣一致反对赵雍。为了恢复秩序,大家商定让赵雍退位,当时你也站在我这边,至今我还心怀感激,把你看作自己人。事后朝政稳定了一两年,直到赵雍灭掉中山国以后,又变得不安分了,不仅跑去秦国冒险,还打算将赵国一分为二,做这些事的目的,不是因为他头脑坏掉了,而是要借此向我施压,索取更多。别的不说,只说分离代地这事,稍有头脑的人都明白这意味着什么,没有了代地骑兵,别说抗击秦国,连魏、齐,不,甚至连燕、陈我们都打不赢,我怎么可能让他这么做?跟李兑、楼缓商议之后,我们决定故伎重施,在沙丘发动兵变,软禁赵雍,将赵章流放到中山故地,只要他俩从赵国政治舞台上消失,隐患自然也就没有了。只是在执行计划时,出现偏差,酿成流血之灾,事已至此也只能将错就错,默认这结果。对外自然不能明说这桩宫廷丑闻,只好说赵章叛乱。"

赵成一口气说完,稍微有点气喘。一位白衣少女抬手轻轻摩挲他后背，另一人起身转到座屏后面，再次端出一个托盘，这次上面放着两只晶莹剔透的玉盏，里面是琥珀色的液体。赵成端起一只，少女将托盘递到董勇面前，董勇急忙低头端在手中。待二人饮罢，玉盏撤下，董勇才轻声说："可事件到底为何会脱离您掌控呢？"

赵成微微摇头，轻声叹口气，"李兑和楼缓抵达沙丘后，按照计划悄悄包围春阳宫和夕照堂，此时主父忽然派人召见主君，肥义大约有些疑心，便提前出发为主君探路。结果在夕照堂被赵章的人杀害，提前埋伏的锐卒旅此时冲出，引发激战，赵章突围进入春阳宫，局势就此失控。我刚抵达玄武宫，李兑就派人找我，让我前去帮他们拿主意。这哪里是拿主意，分明是让老夫去背罪责。事已至此，骑虎难下，没人相信在这种情况下，赵章会甘心被流放到中山，而赵雍更不会善罢甘休，此后大家都只能提心吊胆过日子了。所以反复权衡利弊，我只能做出一个无比艰难的决定。"

"杀掉赵章，围困赵雍？"

赵成点头。

董勇接着问："难道您从未怀疑过李兑的说法？"

"哪一点？"

"关于肥义。大赵国三朝元老，居然在黑暗中莫名其妙被夕照堂巡逻士兵误杀，传出去岂不被诸侯笑话？"

"所以不能传出去呀。"

"布帛怎能包裹住火？重点是，它是李兑的谎言。如您所说，根本不存在所谓安阳君谋逆。在今春的沙丘，其实是有人假冒春阳宫使节，诱骗主君未果，于是杀害了前来探查真相的肥义，嫁祸于赵章，之后事态才全面失控，这才是真相。"

"你……"赵成不由自主提高声调,"身为史官,你刚才的指控足以毁掉一个干练官员的前途,如今正当用人之际,没有凭据的推测,私下说说也就罢了,离开这间屋子再莫提起。"

"可我有凭据呀。"

"……"

董勇话音未落,一直跪在他身边的书童忽然推开面前榻上的包袱,膝行靠近赵成。

说时迟那时快,从座屏后面冲出一个精悍的贴身侍卫,眨眼就蹲踞于赵成身后,一手按住剑鞘,一手按在剑柄上。

屋内众人反应不一。书童并未退缩,但也不再继续往前,只是低头匍匐于地;四个白衣少女脸上闪过紧张神色;唯有董勇和赵成不动声色看着眼前一切。

赵成摆一下头,侍卫悄然退后。

"大人,这就是我说的凭据。"董勇缓缓开口,"此人名叫郑裾,邯郸乐坊子弟,沙丘之行,他一直藏在安阳君赵章车内。入住沙丘当晚,他目睹了肥义遇害的经过。"

贴身侍卫悄然退回座屏后面,郑裾依旧伏在榻席上。

赵成盼咐郑裾抬头,"说说你看到了什么。"

郑裾回头扫一眼董勇,又磕了个头,这才像履行完全部仪式后正式开始讲述。

"小人郑裾,侍奉安阳君已经一年有余,他是个好人,对我——"

"说重点,"赵成低声打断他的话,"我累了,你只需说那晚肥义究竟怎么回事即可。"

郑裾白皙的面孔不觉通红,两手局促地在膝盖上绞在一起。

"是。小人素来有失眠的毛病,旁人睡四个时辰,小人只需两个时辰就够了。每晚服侍安阳君睡下，小人都会外出，以免在旁影响他休息。那天在夕照堂也是如此，他喝了不少酒，倒头便睡。小人之前没到过沙丘，打算外出散步。可安阳君禁止我离开夕照堂，我也不想被卫兵看到，便偷偷爬到夕照堂门楼上。

夕照堂门楼有些狭窄，上面没法站人，只插了四杆旗帜。我找到一个避风的地方，正好可以坐在那里远眺周围。不过那天有雾，什么都看不清，顶多只能看到玄武宫一角，还有大门对面的竹林。小时候我在乡下经常玩捉迷藏游戏，直觉总是特别准，不管小伙伴躲在哪里，都会被我找到。那天看着正门对面那片竹林，我忽然生出一种怪怪的感觉，觉得那里边藏着人！

正当我告诫自己不要胡思乱想时，您猜怎么了？那片黑魆魆的竹林里居然亮起火光，从里面走出两个人。他俩手举宫廷烛炬，顺大道朝玄武宫方向走去。他们是谁，为何在这样一个潮湿的夜晚躲在林中？我丝毫摸不着头脑。靠在门楼柱子上久了，露水很快打湿衣服，按说我该下去睡觉了，但却始终没有挪动脚步，连我自己都不知道在等什么。接着我听到很轻微的马蹄声，不是有人骑着马跑，而是一群人牵着马在黑暗中移动。声音从竹林里传出，慢慢转向夕照堂后门。我开始琢磨是否该下去叫醒安阳君，可转念一想，自己其实什么都没看见呀，万一有错，岂不让他责怪。过了一会儿，刚才的烛炬回来了，这次多出一把，走近能看清有四个人。他们走到竹林边停下，像在等人，除了最初看到的两个穿宫内衣服的人，新来者一人是矮胖子，另一人像是他的随从。接着从树林里又走出三个人。"

"夕照堂卫兵难道没看到这些人?"赵成插话问。

"夕照堂门楼狭小,上面没法站岗,按说岗哨应该布在大门外,可沙丘位于赵国腹地,这片草原不可能有外寇,加上安阳君与手下都是行伍出身,没人担心安全问题。安阳君体恤部下,不想让他们这么冷的时候在外面站岗,所以岗哨布在宫门内,通过宫门上的观察口能看清外面,不过我相信那些哨兵没人会遵照规定在深更半夜往外查看。可这一切逃不过我的眼睛,那几个人聚在一起交谈,根本听不到声音。但是接下来的事吓坏我了,我看到后出来的三人里,一个家臣模样的人在跟来人讲话,另外两个偷偷绕到矮胖子和他随从背后,没等我弄明白这个举动的含义,只见寒光闪过,一胖一瘦两人摔倒在地,连呻吟都来不及。我瞪大眼睛盯着眼前一幕,如在梦里。有人杀人了,有人被杀了,而这样一件令人难以置信的事,居然就发生在我眼前,沙丘离宫所在的位置。"

郑裾停下来,仿佛此时此刻他并非身处邯郸最安全的府邸,而是依然躲在冷风中的门柱后,身体不受控制地抖动。赵成嘴角抽搐几下,身边四个白衣少女脸色煞白,强作镇定,瞪大眼睛看着匍匐在榻席上的少年。

"你何以确信被杀的就是肥义?"赵成问。

郑裾摇头。"小人不知。"

一旁的董勇插话说:"他并不认识肥义,但从前后情形推断,这显是肥义和随从。信期告诉我,两个侍者拿着信符,宣主君赴春阳宫。当时肥义恰好在场,大约是有所怀疑,便跟着来人一起去春阳宫探听究竟。临走告诫信期,他回来前不让主君出宫。之后发生的事,恰好跟郑裾所述对应上了。"

赵成微微闭着眼睛思索一下,语气和缓地对郑裾说:"不用怕，给我说说接下来发生了什么。"

"当时我吓傻了，看到动手杀人的家伙擦了擦手，那个家臣打扮的人走近躺在地下的矮胖子身边，蹲下检查一下，起身挥了挥手。最早举着烛炬去传话的两人开始大喊大叫，这下夕照堂内炸了锅。我还来不及下去制止，几个卫兵就打开夕照堂大门，衣衫不整地拿着武器冲出去，他们还以为面对的是普通小毛贼。还没等他们跑到那几个人身边，竹林里射出一排箭，接着冲出大批骑兵，我的天哪，就算我先前有所怀疑，但也绝对想不到里面会藏那么多人。后面的事没什么可说，就是屠杀而已，他们没有放过任何人。"

屋内再次陷入寂静，没有一个人说话，赵成依旧闭着眼睛，一只手下意识地捻着颔下稀稀落落的白胡须。

过了许久，他才睁开眼睛看着董勇，"你可给我出了个大大的难题，接下来该怎么办呢？"

董勇双手伏地低下头，"事到如今，鄙人只有两个请求。"

"哦？说。"

"第一是保证郑裾的个人安全，不是作为沙丘之变唯一的幸存者，而是作为一个普通邯郸市民的子弟，让他开始新生活；第二是请您允许我继续调查，我觉得离真相不远了。"

"真相？还能有什么真相？"赵成疑惑地看着他。

"动机。现在事实都清楚了，可是动机究竟是什么？李兑绝不会无缘无故改变作战计划，楼缓更不会无缘无故消失，他们之间到底什么关系，究竟是谁主导这件事，为什么？这才是我想了解清楚的。"

"之后呢？"赵成饶有兴味地看着他。

"如今已是礼崩乐坏的年代，《诗》曰，高岸为谷，深谷为陵，三姓之后，于今为庶。周天子那一套，从赵雍登上王位那一刻就变相作废了。天下事往往如此，一旦开始变糟糕，往后只会越来越糟糕。我们董家人丁稀薄，我至今无后，这也意味着世代相传的史官一职，我是最后一位。此后谁当史官，决定权在宫廷。也许过不了几年，数典忘祖之讥会重新出现。既如此，继续执着于秉笔直书就太迂腐了。古时候秉笔直书是让乱臣贼子惧怕，如今这效果早已失去。相反，记录下的内容，如果给国家带来新的动荡，那就没有意义了。"

"数典忘祖，是指周景王讥讽史官籍谈那件事？"赵成饶有兴致地问。

"没错，公子博学，自然知道这典故。"

"你的意思是，你不一定要写出所有真相，但是必须了解一切？"

"董勇毕竟身为春台太史，违背职业操守的事做不来，就是说在史书上粉饰与作假绝对不行，但曲笔隐晦可行，之前也如此做过。了解真相，穷究动机或许不是史官该做的事，但它是史家该做的事。话说回来，就算单纯为了满足好奇心，我也想继续调查清楚。"

赵成听完半天没说话，之后语气变得严肃起来："以我对你的了解，这说法不符合你的个性，你如实说，莫非还有什么其他打算？"

"公子言重了，我真的就是出于好奇。"董勇换上一副轻松的神情，冲着赵成挤挤眼，"您难道就不想知道自己一手策划的沙丘之变，何以会演变成今天这个局面吗？我相信背后一定还隐藏着一个大秘密，单是把它找出来，就其乐无穷呢。我保证，若有收获，一定先告诉您。"

赵成耸了耸消瘦的肩膀,"虽然有些搞不明白,但眼下我还想不出不让你这么做的理由,我只要知道你打算如何撰写史纪就够了。我会给郑裾特赦文书,只要在赵国境地,绝对无人敢为难他。如今已是十月,很快就是冬月和腊月,我希望在明年正月看到完稿的史纪,不过分吧?"

"没问题。"董勇轻松地回应,如释重负地看了一眼郑裾。

公孙午悄无声息地从后门溜进李兑府时,西边最后一抹霞光转眼被吞没,天空变成青黛色。老家令冲他点头,示意李兑此刻在书房里。小院桂树正在落叶,一株黄栌叶子变得火红。小书房窗扇半启,黑洞洞的屋内没有一丝亮光。公孙午故意放重脚步,走到屋门口,愣住了。

门内榻席上端坐着个年近五十的中年人,两鬓斑白,饱经风霜的面容上,刻着几道深深的皱纹。那人抬头看看公孙午,礼貌地垂首致意。

"这么晚,有事吗?"屋子深处传来李兑的问话。

"刚从公子府邸传回来新消息,我觉得大人可能会感兴趣,所以……"公孙午站在门外小心翼翼地说,侧眼打量着陌生人。

"进来说。"

公孙午这才甩掉木屐走进屋内。眼睛很快便适应了昏暗的光线,李兑斜倚在凭几上,一手支头,似乎还在琢磨心事,"这是鲦泽,"他用下巴指指陌生中年人,"刚跟我从长平回来,以后在少司寇府当差;公孙午,我的得力助手,西市候正所负责人。今后你俩多走动。"说毕,看着公孙午,等他说话。

公孙午略一犹豫,说:"太史带着书童今天下午进入公子府邸,在里面停留了一个时辰,主要谈了沙丘之事,他已经知道是谁杀了肥义。"

"哦？"李兑坐直身体。

"他请求公子允许他继续调查，说沙丘之事背后动机不清，还说撰写史纪是史官的职责，了解真相是史家的职责，传话的人也搞不懂这是啥意思。"

李兑稍微想一下，说："我懂就行了，还有什么？"

"接下来才是最有意思的地方，太史当时带着一个书童，手拿在沙丘记录的木简，可后来发现那个书童竟是假冒之人，您肯定猜不到他是谁。"

鲦泽稍微移动一下身体，看得出在认真倾听。

"那孩子就是……"看李兑没反应，公孙午兴奋地想继续说下去，结果李兑却抬手制止他，起身走到窗边，朝外面的老家令说："去看看尚禹怎么还没来。"

说罢才返回原地坐下，转头对鲦泽说："沙丘平叛时杀掉了安阳君全部随从，可后来尚禹特意找我，说手下士兵发现死人对不上号，我当时没在意，以为是年轻人不习惯杀人，眼花了。结果前些日子邯郸巡逻的抓到个夜行犯禁之人，是西市一家名叫花渐乐坊里的子弟，据说在安阳君幕府内听差。这就是说，夜行犯禁者可能是沙丘的漏网者，自然，也就是公孙午刚说的假扮太史书童之人。"

鲦泽恭谨地答道："宫廷随行人员一般都要登记，如果此人没有在册，那就不是普通侍从了。据我所知，主父极不喜欢迷恋男色之人，安阳君想必心有忌惮，于是将那孩子偷偷藏于车内，别说外人不易发现，就是身边人都未必知晓。只是那孩子如何能侥幸活着回邯郸并且进入春台，中间过程倒有些蹊跷。"

"你怎么知道安阳君的癖好？"公孙午问。

"那是——邯郸宫廷上下尽人皆知的事。"鲧泽平静地说。

"可以肯定,他不是随太史从沙丘回来的。"公孙午说。

"怎能如此肯定?"鲧泽问。

"我就是能肯定。"

"好啦,"李兑插话,"说重点。"

公孙午低下头:"是。我跟手下分析过,郑裾应该是深夜潜入春台的,因为昨天下午怕手下人偷懒,我还特意去春台监督,他绝无可能白天进入不被发现。"

李兑轻轻叹口气,自言自语道:"可见她还是不相信我。"

公孙午愣了一下,"您是说郑裾?"

"不,我说毓姬。郑裾毕竟是个孩子,做主让他去春台找董勇,而非来少司寇府找我的人,肯定是毓姬,在她眼里,就算都是官方的人,其实还是有差别的。"

鲧泽小心翼翼地插了一句:"吴楚百姓能歌善舞,也更亲近文史巫卜占星官员,内心里觉得这些人跟他们是一伙的。至于司隶皂役军人,在他们眼里都有些令人生畏。大人所说的这家,想必就是此种情形。"

"正是。"李兑又叹口气,却看不出生气的意思。

恰在此时,尚禹快步走进屋内,看见这么多人坐在一起,不觉停下脚步。

老家令站在窗外廊下询问是否需要掌灯,李兑说好,同时嘱咐上些酒食。灯烛点亮,屋里顿时显得温暖。四人面前各摆放一张小条案,不一会儿家仆就将饭食抬到书房门前,老家令在室外走廊熟练地用匕首取出煮好的肉,放置于俎内,再进献室中陈列于席上,除了李兑,其他人面前均摆着一套黄铜酒具,里面是温好的米酒。

李兑招呼大家吃东西，自己先将几条已知信息摆上台面：董勇打算继续调查沙丘之变，但在撰写史纪方面留了活话，这无疑是好消息；郑裾作为唯一幸存者，已经在董勇协助下进入公子赵成府邸，这就不太妙，关键要看公子如何评判此事；楼缓因为私自监视大臣的事败露，出逃秦国，在长平被鲦泽拦住，自己及时赶到，出于多种考虑，最终放他出关。罗列完事实，李兑并未给出任何结论就终止了叙述。

"我一直没搞明白楼大人是如何知道事情败露的？"公孙午迷惑地问。

李兑看了他一眼，"我也很纳闷儿，在长平跟他关起门谈话时特意问了。原来他的眼线都是两人一组行动，那天你抓人的时候，另外一个姗姗来迟，恰好看到同伙被抓，于是跑回去报信，楼缓丝毫没有迟疑，马上就开始筹划出逃了。"

公孙午听罢懊恼地摇摇头。一旁的鲦泽说，自己初来乍到不了解情况，本不该说太多，但也因为置身事外，所以看问题的眼光略有不同，在他看来，董勇的调查还存在很大变数，因为你根本不知他还能挖出什么秘密来，无论史书怎么写，真相能含糊还是要含糊，所以应该采取积极措施应对。

李兑还没说话，公孙午先问："事已至此，还能有什么更大秘密？"

鲦泽笑了，"世上的事情都经不起深挖，只要用心，都能找到更多秘密。就算是真相已经大白于天下，动机也千差万别，太史现在所查，重点就在动机而非真相。"

公孙午张张嘴，却不知该说什么。

李兑说："有道理，什么是积极措施？"

"首先公孙大人需得告诉我们，郑裾在公子府到底说了多少。"

公孙午愣了一下，这才意识到之前自己只顾聚焦于郑裾假扮书童这个戏剧性事件，反倒忽略了实质内容，不觉红了脸，好在室内暗淡的光线掩盖了尴尬。

李兑朝他点头，示意他直说，顺便瞟了一眼沉默的尚禹。

公孙午大致转述了郑裾在赵成面前讲述的内容，重点是肥义遇害一节。听罢，李兑没说话，而是看着鲦泽等他发言。

鲦泽想了想，说："按照郑裾的说法，宣诏之人并非来自春阳宫，而是锐卒旅的人假冒，本意是想营造主君被袭击的假象，之后顺势出击，结果没想到肥义先到，所以干脆就杀了肥义。是这样吗？"

"郑裾只是说亲眼看到树林里出来的人杀了一个矮胖子，但并不能确定就是锐卒旅所为。"公孙午说。

"好啦，董勇又不是傻子。"李兑打断他，"那晚假冒使者的是樊吾和他手下，带人出去迎候肥义的是楼缓。"

所以指使手下杀死当朝重臣肥义的自然别无旁人了。屋内几个人当然都听懂了这意思，鲦泽不动声色地说："那么，当务之急是弱化大人在沙丘之变中的角色分量，幸好现在有楼缓来抢这风头。不妨对外营造这样一种假象：沙丘之变表面是公子和李大人主导，实际却被秦国间谍楼缓从中利用，他在沙丘煽动乱象，借机削弱赵国国力。"

"这样岂不显得大人……"尚禹终于开口说。

"面子不重要，眼下以弱示人才是最明智的行为，一个受骗上当的官员，有时候反而容易引起同情，而且也会终止别人对他的盘根究底。李大人现在要的不是让人夸奖羡慕，而是赢得惋惜和同情，哪怕伴随些许轻微的嘲笑也没关系。"

说到这里,大家不再说话,都将目光转向李兑。

李兑沉思片刻,点头表示认可。

临走之前,尚禹朝李兑施礼,之后半天没抬头,几个人纳闷地看着他,不知道他葫芦里卖的什么药。

"尚禹恳请大人治罪,"尚禹抬起头,满脸通红,"之前一直没机会跟大人坦白,沙丘那晚假扮使节去玄武宫之人,原本您安排了樊吾,结果樊吾吃坏了肚子,腹泻不止,我就临时顶替他去了,当时没入宫门,只站在外面等候。"

李兑愣了一下,"难怪信期说看你面熟,我还以为他认错人了。不过事已至此,那个已经无关紧要啦。"

待尚禹和公孙午离去,李兑才对鯀泽说了句:"公孙午老婆李桂姐是我表姐。"

鯀泽恍然大悟般拍拍脑袋,"早知道我就多给公孙大人留些面子,失礼了。"

"没关系,他虽办事得力,却也有些自以为是的毛病,挫挫傲气也好。倒是你,上次提到在长平关有个相好,出身不大体面,接下来打算怎么安排她?"

"属下还没认真考虑过此事。"

"出身这种事,有时候不重要,有时候也很重要,而且男女有别,情况也不尽相同。具体到你这里,若是想在邯郸官场混下去,恐怕不能找个娼家出身的女子为正室。"

"她已从良多年。"

李兑摇摇头,"那帮榆木脑袋的赵氏老爷才不管这个呢,我劝你还是趁早打发掉她,给她一笔钱,让她好好找个人家。对了,我这几天一直在回想另一件事,可始终记忆模糊,你帮我回忆一下。当年咱们从大陵邑来邯郸那些人,过了十多年,我完全想不起来了。"

鯀泽侧着脑袋想了想："我记得当时大人选了二十个人，说是将来留在邯郸，此外还向于零大人要了一百人，因为要护送……"说到这儿他停下，似乎一时找不到合适的称谓来称呼孟姚，若是说主母，当时显然还不是；若是说吴家的嬴娃，那更是不妥。

"我知道，"李兑恰到好处地接上话头，抬头看着黑暗的屋顶，沉入自己的内心世界，"咱们的小队离开大陵时正好是雨季，路上非常难行，结果出发的第二天她就提出令人为难的要求，要拐到另外一处去跟姨母告别，她说这一走恐怕就再也见不到面了。无奈之下队伍只好转往另一个方向，这会令行程延长两三天，所以我心中十分焦虑。没想到她姨母还住在山里，为了去看她，只好将队伍驻扎在镇上，我带着几个贴身随从跟她一同过河进山，本以为当天就能往返，没想到洪水冲垮了那座小桥，结果又耽搁了两天。当时除了你还有谁跟着我，实在想不起来了。"

"大人果然记错了。"鯀泽笑起来，"当时您说要跟随她去山里，又说只有三五里路，大队人马就住在镇上，您只带了三四个随从护送她，我并不在其中，当时我住在镇上。"

"是吗？"李兑瞪大眼睛，脸上飘过一丝迷茫的神色，"你没去？"

"确实没有，现在我还能记起那晚自己在镇上酒店喝醉的情景，我跟那个小名叫乌鸫的家伙换了两家酒馆，最后各自找了个娼妓，第二天醒来，发现包里的钱少了，跟她们还大吵了一架。哎呀，这种丢脸的事真不好意思告诉您。"鯀泽说得兴奋起来，嘴角都冒起白沫。

李兑盯着他看了一会儿，微微晃晃脑袋，"许是我记错了，不管啦，说正事，明天我要去会一下太史，你跟公孙午一起来。我想就约在花渐，看样子他也挺喜欢那里。"

鲧泽告辞出来，独自一人穿过黑暗中的庭院，树上的栖鸦飞起，盘旋两圈又重新落下，叫声在夜晚显得格外凄凉，鲧泽看起来形单影只。

次日上午，有差人拿着请柬送到春台，放下就走了。春台内，单福早早出门，说是去邯郸主管驿所的司空府走动走动，而郑裾跟小六已经相当熟悉，大部分时间都待在典籍室内读书。当董勇打开看门老仆送来的请柬，上面的地点以及落款人名字让他愣住了。

拿着请柬路过典籍室，他招呼郑裾收拾一下跟自己外出。来到后院，他将请柬给越嬴看，自己开始换衣服。请柬上说少司寇李兑邀请太史董勇中午时分在西市花渐听歌，此外再无闲话。直觉提醒他，这个意料之外的邀请，显是跟自己昨天的行程有关，大家都说少司寇手眼通天，连邯郸城内一只麻雀的去向都清清楚楚，何况自己领着郑裾直闯赵府呢。

半个时辰后，董勇和郑裾一同离开春台，按照平时惯例，太史骑在那匹黄褐色小驽马背上，担当书童角色的郑裾背着书袋跟在后面。他们穿过邯郸热闹的街市，径直来到西市坊上。有郑裾陪伴，董勇这次更是轻车熟路，花渐门前并未见到停靠车马，郑裾牵着驽马顺着侧墙夹道朝后院走去，两边石砌围墙稍稍高过头顶，墙头装饰着陶土烧制的瓦片以防雨水。后门外栽植两株榆树，上前敲敲门，院内很快传来走路与清喉咙的声音。上次那个与董勇年纪相仿的家仆郑义出来开门。见到郑裾，他咧嘴笑了,接过驽马缰绳,手指前院,示意让他们自己过去。

前院正厅门扇洞开,门前地板上放着一双男人的木屐,柔软的皮带和光洁的表面,彰显出主人的身份和地位。屋内走出春风满面的毓姬,随之一股馥郁的香气扑鼻而来,令人心旷神怡。

"太史真准时。"

"显然不算早。"董勇微微一笑。

"快请进,我们等候半天了。"

话音未落,毓姬身后转出身着便装的李兑,他今天的打扮看上去活脱脱一个邯郸市面常见的小商人。

"少司寇久等了。"董勇敷衍地打了个招呼,之后又转向毓姬,"我把你儿子带来了,昨天蒙公子开恩给了特赦,以后不会有人找他麻烦了。"

"那可真是——太谢谢您了。"毓姬脸上既开心又有些不自在,以至于似乎拿不准应该将感激之情表达到何种程度。

几个人走入屋内,毓姬招呼董勇和李兑入座,先让郑裾拜见李兑,然后冲他瞪起眼睛,"还不回你屋里反省去,待在这里碍眼碍事?"说罢她又转向客人,口气瞬间切换过来,"我这小小的乐坊,同时接待两位宫廷贵人,真是蓬荜生辉,只是民妇实在想不到你们竟然彼此熟识。"

李兑舒适地散坐在那里,一手搭于凭几之上,另一只手搭在拱起的膝盖上,手中下意识地摆弄着从不离身的双鱼玉佩。"我喜欢郑袖的嗓音,太史想必也喜欢吧?"

"惭愧,我还没听过郑袖姑娘唱歌。"董勇说。

"怎么?"李兑纳闷儿地挑挑眉毛,一旁的毓姬急忙解释,上次太史夫妻二人同来时,郑袖恰好外出走亲戚;前两天因为是了解郑裾的下落，自然也无心听曲，因此到现在也没见过郑袖的面。

"既如此，何不请郑袖出来唱一曲？"李兑说。

两个眉目清秀的婢女捧上新鲜的海棠果和沙棘果，之后陆续端上清淡小菜，还有滚烫的甜豆浆。待条案春盘美酒鲜果摆放齐整，厅堂深处传来丝竹之声，穿着素雅的郑袖自后堂走来，端端正正冲李兑和董勇叩首施礼，之后抬起头，一双乌溜溜的黑眼珠在两个男人身上转来转去。

咦？董勇端着酒樽愣住了。

李兑装作没看见太史的表情，举起筷子伸向一片雪白的鱼肉。毓姬向董勇介绍道："这就是郑裾的妹妹，让她给二位大人唱几首曲子助兴吧。"

看李兑没搭腔，董勇只好点点头，"我对曲子素来外行，请姑娘随意唱。"

女孩微微低头，侧耳听着简单的乐器之音，找到节奏后展开歌喉唱起来。

> 君子阳阳，左执簧，右招我由房，其乐只且！君子陶陶，左执翿，右招我由敖，其乐只且！

一曲唱罢，乐器伴奏也正好终止。董勇和李兑仿佛都被郑袖清脆悦耳的歌喉迷住，连手中的酒樽空了都没察觉。毓姬冲郑袖眨眨眼，郑袖乖巧地膝行几步，先来到李兑条案前，替他斟上酒，接着又来到董勇条案前。董勇急忙端起酒樽，眼睛却不由自主在女孩脸上打量。

女孩脸上飞起一片红晕。

"二位大人，请。"毓姬举起酒樽致意。

董勇笑了，转头对李兑说："年轻真好啊，如四月的海棠。"

"太史若是喜欢，我倒愿意做个媒。"李兑说，嘴角笑容有些僵硬。

"岂敢岂敢！"董勇忙不迭摆手，"老夫哪有这艳福，之前老妻确实背着我在张罗纳妾之事，可我根本没有这想法，上次来花渐，完全是个误会。我现在一门心思在……"话说到此他忽然打住。

"敢问太史专注于何事呢？"李兑嘴角松弛下来，笑了。

"无非是在竹简绢帛堆里打滚，与少司寇大人的事业相比，不值一提。"

李兑对董勇话里微微的嘲讽毫不介意，继续紧逼："莫不是在国史之外，还有私人著述？"

"这……"董勇愣了一下，没想到对方一句话就点到要害。

李兑盯着董勇，语气忽然变得诚恳起来，"不瞒您说，下官平日喜欢读书，国史也是熟读之书，可是对里面的内容并不满意，为何？且不说其他，单是记录之简就不合我胃口，我在意事情的详细经过，也关心结论，治乱兴替，究竟是怎么发生的，因何会发生，里面的经验教训是什么。如果没有这些，史书就没有意义。当然，这是下官的浅见，太史勿怪。"

董勇进门来第一次正眼打量着对面的男人，虽然不是什么长篇大论，可单是刚才那几句话就已经令人刮目相看，想了想他应道："大人说得有理，这正是董勇近年来一直思考的问题，其实也反映出史官和史家的差别，做个史官，只需要会记录就行了；可做史家，就需要完成大人刚才描述的那些事，究天人之际，穷治乱兴替。春台存有大量原始史料足可参考，说句实话,以前的事总还好寻迹。"

"那现在呢?"

"这个嘛……我暂时没打算写今人的事,因为当世人看当世总是含糊不清,弄不清楚的事不写也罢。"

"你指沙丘吗?"

董勇看李兑步步紧逼,皱着眉头思考一下,"沙丘当然也是一例,不瞒大人,我也走访调查了一些人,虽然反复琢磨,还是无法厘清其中的某些关节。"

"不妨说来听听,或许下官能帮上忙呢。"

"你不怕我将真相写入《赵史纪》?"

"不怕。"

"为何?"董勇挑了挑眉毛,语气里倒也没有太多惊诧。

"因为你不会那样做。"

"李大人何以如此笃定?"

"据我观察,太史是个识大体、顾大局的人,对祖制绝不抱残守缺,看看四年前赵雍退位时《赵史纪》上如何落笔,就很能说明问题。您别介意,我绝无嘲讽之意,而是说从中能够看出您的原则,坚守底线,却又灵活应对。所谓坚守底线就是不说谎,写的都是事实,赵雍确实退位了。至于背后的博弈过程,却一个字也没写。即便如此,谁能说您的史纪不实?沙丘之变我认为您也会如法炮制。用史官的眼光看,您必须承认事件的结果对国家有大好处,天无二日,任何国家也不能有两个甚至三个主君,沙丘之变稳定了赵国的政治局势,对黎民百姓难道不是好事?此种情况下,《赵史纪》该起一言九鼎的稳定作用,而不是去煽风点火,扰乱市井。因此我才说您根本不会写。"

董勇坐在那里面色阴晴不定,过了好一会儿才缓缓说:"所以李大人敢为所欲为,是吃定了我有顾全大局的善心咯。"

"不敢。"李兑急忙低下头,"本官只是站在旁观者立场分析一下形势。至于我在沙丘所做之事,知我罪我,其惟春秋乎?"

"正是,史官与史家有别,我更愿意做个史家留名后世。"

"正因为我真正懂得史官和史家的区别,才要斗胆跟太史做个交易。"

"交易?"

屋内暂时安静下来,屋角的香炉里余香袅袅,院外街上的叫卖声悠长而有韵味。李兑拈起一枚浆果放入口中,毓姬朝郑袖使个眼色,女孩悄无声息地退下,她也起身打算跟出去,李兑叫住她,"你不要走,正好给我和太史做个证人。"说罢,他一脸严肃地转向董勇。

"我知道太史始终在意史官和史家的区别,一身分饰二角确实有点难,尤其是最终结果只能体现在一部官史上,字斟句酌起来定会左右为难。写得巧妙,后世从《春秋》笔法里能看出褒贬;写得太直接,当世主君不会容忍,后世就根本不可能看到。《赵史纪》副本放在宫廷目的何在,太史想必很清楚。解决之道也简单,在官史之外另修一部史书即可。据我所知,如今魏韩齐楚的史官都在官史之外有私人著述,根子大约都是从鲁国左丘明那里学来的。《左氏春秋》虽然脱胎于《春秋》,可在我看来,将来它一定比后者更有影响力,因为里面有更多值得流传的细节。我推测太史您的私人著述已经在撰写了——先别急着否认,听我说完,下面就是我跟您提的交易。作为沙丘之变的当事人,容我斗胆干涉您在《赵史纪》上的记录,恳请您顾全大局,按照公子的说法进行记述,不再涉及其余,既是拯救我个人,也是给公子一个脸面,更是为了稳定赵国社稷。作为回报，我答应继续配合您对沙丘真相的调查，告诉您我所知道的一切，这些内容虽不能写入官史，但可以写入您的私著，不是给当代人看，而是给后世看。如何？"

董勇没想到对方会提出如此要求，愣了许久，心中反复盘算，觉得不像是个陷阱，况且就算是陷阱，自己恐怕也是躲不开，于是郑重地点头，"好，我同意。"

李兑满面笑容举起面前的酒樽，董勇和毓姬也分别举起手里的饮器。

喝了两口热豆浆，董勇脸色变得红润起来，也厘清了思路，于是不急不慢地说："李大人心里很清楚，沙丘之变根本不是你和公子口中描述的那样。起初是公子对我撒谎，接着发现是你对他撒谎，现在我想弄清楚的是，是否还有人对你撒了谎？"

李兑显然已经想好该如何应答，只见他整理一下衣襟，下意识摸了摸腰间的双鱼玉佩，这才缓缓开口。

"话已至此，我必须向太史大人坦承一件事，在沙丘之变中，李兑被人蒙蔽了。说起来有些丢人，您应该知道，公子与我曾有计划。结果从离开邯郸那一刻开始，楼缓就不断在我耳边吹风，催我重新评估形势。他说以赵章的个性和实力，即便流放到中山故地，也会兴风作浪，加上主父态度暧昧，今后变数颇多，暗示我该当机立断，杀了他以绝后患。起初我并未在意，只是暗自想，决策时你也在座，当时不说，此时对我说这些有何助益？可毕竟是纵横家出身，楼缓口才实在了得，听着听着，就觉得他的话有道理。是啊，公子考虑问题的出发点怎能跟我们一致呢？最重要的是，他跟主父、安阳君是一家人，人家都是赵氏，就算翻脸也能再翻回来。我们却不行，一步走错，就再也没机会了。越想越觉得不对头，等抵达沙丘时，我俩已开始讨论如何才能除掉赵章了。最后还是楼缓想出一计，让人假扮春阳宫侍者引主君出宫，再以安阳君名义攻击主君，事情就成了。方案大胆而冒险，却很巧妙。"

"可为何要杀肥义呢？"董勇忍不住问。

李兑诧异地看着他，"在那种形势下，肥义断无生还的道理呀，就算楼缓不在一旁鼓动，我也只能杀掉他，单凭我们假扮使者传诏主君这一件事，今后也会掀起轩然大波，更何况——"说到这儿他停下来，董勇明白他的潜台词所指，更何况这个三朝元老一死，后面来自官僚系统的一切阻碍都会消除。

"当时没想过如何处置主父？"董勇问。

"这个嘛，"李兑脸上闪过一丝奇特的表情，仿佛这名字之前从未出现于脑海，直到此刻才被唤醒，"我们通盘考虑都是围绕安阳君，并未想过主父，因为——处置赵章以后，他做什么都来不及了。"

"把他儿子流放还是杀头，这中间差别可大了，难道不怕他事后算账？"

"如何处置他是公子拿的主意。"

"势成骑虎，赵成恐怕也没法子，你把责任推到他头上，难道不怕他事后怪罪？"

李兑苦笑一下，"对他来说是个长痛与短痛的问题，他不解决谁解决？他不承担谁承担？"

"李大人不会是把我当作小孩子哄吧？"

李兑愣了。"何出此言？"

"你一直强调楼缓在沙丘的作用，然而沙丘之谋，他充其量不过是个配角，决策者是赵成，执行者是你李兑，大家都说你绝顶聪明，不管怎么说，我也无法相信一个谋士能左右你的判断与决策。"

"纵横家都是靠嘴皮子吃饭的人,他的口才,邯郸上下尽人皆知。"

"那么问题来了:一个靠嘴皮子吃饭的人,在如此诡异的形势下,出此奇谋,目的何在?"

李兑耸耸肩:"人为利死嘛。"

"可在这件事里他并未得利,而且还失去了原先稳定的生活。我前些天去找过他,他已经去向不明。"

李兑脸上掠过一丝得意的神色:"也许他有更深考虑呢?"

"一个谋士,出了个馊主意之后销声匿迹,自断退路,这算什么更深考虑?"

"如果他是秦国的间谍,所做的一切就都能说通了!"

李兑话一出口,屋内空气瞬间冻结住。

"纵横家往来诸侯各国,本属常理,说他是……"董勇第一次有些结巴,话未说完就停下。

"纵横家是干啥的?"毓姬问,与其说是好奇,不如说是为了打破厅堂中紧张的气氛。

李兑似乎很满意自己刚才话语营造出的效果,端起酒樽喝酒,耐心对毓姬解释道:"纵横家是特殊的谋士群体,由鬼谷子创立的学派,主要周旋于诸侯之间,朝秦暮楚,反复无常,侍无定主,大名鼎鼎的张仪就是其中之一,楼缓算是他师弟。"

"既然侍无定主,何来间谍一说?"毓姬机敏地追问。

"因为这是两回事,"董勇恢复平静,接过话题,"虽然允许朝秦暮楚,但事秦时为秦谋事,事楚时为楚谋事,这是规矩。简单说,楼缓一旦正式服务于赵国王室,作为客卿,在此期间必须忠于赵国社稷。若是拿着邯郸的俸禄,却私下服务咸阳,那就属于间谍而非纵横家了。李大人的意思,是说楼缓所作所为都是为秦国谋事?"

李兑点点头。

"就是说……"董勇倒像是自言自语,"除掉赵雍符合秦国利益?"

李兑提醒他,"当政掌权者喜欢可以被预测的人。主父比当今主君可是难测多了,能做出冒充使节私入咸阳的事,这岂是以常理可以忖度的人?"

"那件事说来蹊跷,我曾多方打问,却没有一个人能说清楚,甚至连他最后到底去没去都不清楚。"董勇说。

"那是因为你没找对当事人,实际情况是,他从代地直接入秦,不仅在咸阳街市上逛游了几天,而且还去秦王宫面见了嬴稷,当然,嬴稷不认识他,否则就麻烦大了。据说后来嬴稷察觉到此人有蹊跷,打算再次召见,结果主父匆匆出关。回来后他倒是想大肆宣扬一番,可楼缓和肥义都劝他慎言,毕竟也得给秦王留点面子嘛。"

"说起来这种鲁莽的作风倒还真符合赵雍的行事风格,一点不像一国之君,倒像个游侠之士。只是有一点下官不明白,此事的来龙去脉,你因何如此清楚?"

"你们史官讲究证据,我就有人证呀。我的一个旧属下,曾亲历过咸阳之事,这些都是他亲口告诉我的。"

"哦?"董勇眼睛一亮,不由自主提高声音,"他是谁,在哪里?"

"他叫鲧泽,我前些天从长平把他带到邯郸,现在在我手下当差。"

"我能跟他谈谈吗?实在是想了解一下这段往事,而且我对秦国一直也很在意,总觉得这个国家早晚会是个大麻烦,若是有亲自去过之人讲解一下就太好了。"

"可以,我让他晚上去春台找你。"李兑痛快地答应,话音刚落,仆人抬进大盘,将提前分割好的羊肉分别放入三人面前的小盘里,婢女端上新酒——是比较温和的吴越米酒——李兑也不再推辞,主动端起酒樽。厅堂深处的乐声再次响起,这回是单人吹竹笛伴奏,郑袖换了身衣服,也换了另一首歌,曲调悠然,恰值敞开的门外有清冷的风吹入,屋内诸人都不说话了。

过了许久,李兑忽然问毓姬:"你可知我跟太史有何共通之处?"

毓姬不明所以,想了一下说:"二位大人都是国之重臣。"

李兑笑着摇头,"我俩都是无后的男人。"

毓姬愣了一下,不知该如何接话,董勇说道:"我之前有过一个儿子,可惜早夭,此后便再无孩子。"

"这可是国家的损失呢,"李兑半开玩笑地说,"东方诸国史官均是世袭,太史当年就是从父亲手里接过这个职位,若是没个后人,赵国将来就没有史官了。"

"真的吗?"毓姬瞪大眼睛看着董勇。

"听他说笑,"董勇不以为意地撇撇嘴,"无后是真,赵国将来没史官是假,大不了史官不姓董罢了。倒是李大人位高权重,怕是早晚要找个人照顾生活,不能一味忙于国事。"

"李大人这些年都没有中意之人?"毓姬问。

李兑不置可否摇摇头。毓姬并不想结束这话题,追着说:"太史说得对,生活总得要女人照顾才好。"

董勇兴致勃勃地看着他们二人,"李大人不缺女人,倒是缺个正堂夫人。"

"那好呀,"毓姬露出洁白齐整的牙齿笑了,"我说的便是明媒正娶的夫人,家中少了主母,仆从都没个人约束。民妇倒是很好奇,不晓得李大人喜欢怎样的女子,难道要求太高,常人够不上?"

"哈,也不用问了,李大人不好意思说,我大胆说句闲话,似你家郑袖这样的,应该能对上他的眼。"

"怎么说?"毓姬问。

"相貌。李大人就喜欢这种面貌的女子,我说得对吗,少司寇大人?"

毓姬兴奋地站起又坐下,眯起那双依旧漂亮的丹凤眼:"啊呀,这话不管真假我都喜欢听。只是不晓得我家郑袖几世才能修来福分伺候李大人。来来来,不管怎么说,民妇先敬二位大人一樽酒,今天必要痛饮才好。"

放下酒樽,李兑饶有兴味地看着董勇说:"实在想不到太史竟如此……我以前可真是失敬了。"

董勇微微一笑,"都是男人嘛,有些事猜也猜得到。像李大人这般俊杰迟迟未婚,大概率是有过喜欢的女人,思之不得,至今难忘。只是不晓得女人因素在沙丘之变里起多大作用?"

李兑假装没听见,目光久久盯着郑袖,以至于大家最后都真的以为他没有听到董勇的话。

午后,太阳变得偏斜无力,吹在身上的风也骤然变冷。公孙午站在街面上朝花渐门口眺望了一会儿,重新回到小酒馆内,重重坐到鲦泽对面。

"看来聊得甚是投机,不然这么久还不出来?"

鲦泽面前早已是杯盘狼藉,酒足饭饱后,连面皮都泛出油光。他边剔牙边口齿含糊地回应:"急什么,且得一阵子呢。"

"你怎么知道要多久?"

"我会卜算嘛。"

"净吹牛,你们这些兵油子只会说大话,不知李大人看上你啥了。"说罢,公孙午瞥了眼案上杂乱的杯盘,忍不住挖苦道,"我猜肯定不是因为你胃口好。"

"当然,也不是因为我老婆跟他沾着八竿子打不到的亲戚关系。"

"你……"公孙午顿时满面通红。

鲧泽将盘坐的双腿稍微舒展一下,放下手里的牙签,若无其事地说:"我说公孙大人,以后咱俩要在一起共事,来日方长,放下偏见对彼此都好。现在我正式收回那句不礼貌的话,据我观察,无论有没有尊夫人那层关系,你的能力都无可挑剔。别的不说,只说眼下选的这地方就很合适,既不太近,也不太远,花渐周围一里地略有风吹草动,咱们第一时间就能看见。看得出你跟店家很熟,提前做足了关系,咱们无论坐多久都不会受到打扰,更不用说他家酒菜还很合我胃口。"

"我其实……"

公孙午脸色逐渐恢复正常,打算说点什么,鲧泽抬手制止,自顾自说下去:"没关系,我接受你的道歉。说白了,你的表现不过是每个人的正常反应罢了,面对一副根本不了解的陌生面孔,排斥是本能。但你想想,你跟李大人谁更高明?答案不言而喻吧,既如此,还应充分信任他的判断,他之所以将我从偏僻的边关带到邯郸,一定有他的理由——"

说到这儿,他忽然停下,似乎想到了什么之前未想到的问题,可很快就又继续往下说,"没错,我其实早在十五年前就跟他相识，当时我们都在大陵邑，后来跟他来到邯郸。可从那以后，我们之间就没关系了。他背叛了提拔他的主父投向赵成一派，我则作为主父的随从，跟着赵雍到处奔波。后来李大人一路高升，我却倒运被发配在长平戍边。原以为人生就这样了，没想到前些日子，李大人从天而降般出现在我面前，当时我做出一个重大决定，决定赌一把，结果赌赢了。所以你瞧，三落三起，我这是第三次交好运了。"

公孙午说："没想到里面还有这么多波折，长见识了。你说的命运，我是相信的。"说罢他伸手拿起酒壶，将剩余的酒倾入鲦泽的陶卮，招手示意店家再上酒。

"不必了，"鲦泽制止他，"已经喝太多，李大人等下出来肯定会给我分派新任务，再喝就误事啦。"说完他端起陶卮，将里面一半酒倒入公孙午空卮内，"鲦泽在邯郸人生地不熟，今后还需公孙大人多多关照。"

二人将酒一饮而尽。公孙午抹抹下巴问："不知老兄家眷现在何处，若要安置到邯郸，尽管交给我来办。"

"这个嘛……"鲦泽脸上露出迟疑的神色。

"不会没有成家吧？"

"军旅生涯，居无定所，现下并无……"

"那就交给我，邯郸素来是繁盛之地，美女如云，以老兄眼下的身份，享不尽的艳福等着你，我这种拖家带口之人唯有羡慕的份儿。"

"不不，"鲦泽摆手，"公孙兄误会，单是我这岁数，岂敢做他想，更何况我……"

话没说完，他们同时注意到花渐的家仆牵着太史的小驽马从夹道内走到街面上，接着董勇和李兑并肩从门内走出来，身后跟着郑裾，两人客套一下，董勇接过缰绳，骑上小驽马，郑裾依然背着书袋跟随，二人顺着来时路远去。

"这小子怎么不待在家里，还跟去春台？"公孙午纳闷地说。

"因为那样更安全。"

"连李大人都信不过？"

"这世上除了自己，最好连爹妈都别信。"鯀泽嘟囔着站起身。

待到董勇转过街角，李兑才将头转向这边。鯀泽和公孙午一前一后走到他面前，马车也从后面不知什么地方冒出来，恰好停在花渐门前。

李兑看着鯀泽说："你晚上去趟春台，他要向你打听与主父入咸阳的事。"

"他要问起大人在长平追上楼缓……"

李兑打断他："我说没追上，让他跑了，反正查无对证。"

公孙午插嘴问了句："郑裾怎么又跟着走了？"

李兑笑了笑，"太史打算收个学徒，据说那孩子喜欢读书，也是难得。"说罢上车走了。

鯀泽对着公孙午挤挤眼，公孙午则一脸钦佩地朝他深深作了个揖。

"你就是鯀泽？"

董勇借着刚点亮的灯烛光亮，上下打量着面前这个满脸村气的中年男人，虽是怀疑口吻，但并无丝毫轻视之意。

"正是在下，有幸踏入春台，真是荣幸至极，鯀泽年幼时，家父也曾寄予厚望，教我熟读《诗》《书》，可惜后来一入军门，变得俗不可耐。若太史恩准，今后鯀泽想时时前来请教。"说话间，鲧泽谦恭地低下头。

"你也喜欢读书？"

"读书可以少走弯路，商替夏，周代商，今日之事，不过都是一再重复而已。"

董勇不由自主挑了挑眉毛，示意对方尝尝小六刚端上来的两厄热饮。鲧泽端正地捧起木厄，闻了一下乳白色的液体，用疑惑的目光看着董勇。

"看能尝出什么味道。"

鲧泽喝了一口，闭上眼慢慢体会它留在舌头上的余味，然后睁开眼，"这不是酒。"说罢又喝了一口，"用稻米酿制而成，想必来自吴越，莫非是酿酒时浅发的饮品？"

董勇笑了，"果然不简单。这是春醪，越地酿米酒时发明的饮品，喝了可以暖身助眠，却无丝毫不适。"

"太史很懂养生。"

"哪里，我完全不在意饮食起居，只因夫人乃吴越人氏，喜欢弄这些古怪玩意，我也只好听她摆布。"

"巧了，"鲧泽放下木厄，"我家里那女人也是从吴越来到北地，酿得一手好桂花米酒，自从跟李大人来邯郸，这段时间最想念的居然是那口酒。"

"她没跟你一起来？"

鲧泽摇摇头。"她是我在长平偶然结识的女子，说起来也是苦命人，自己的命运都难掌控，却还在女间内给客人卜算，也是颇为讽刺。我给她赎身，跟她住在一起，但是并未有婚约。此前我从未想过家里有个女人，生活会发生如此大变化，似乎一切有根了，每天值班后急急忙忙回家，吃着热气腾腾的食物，喝着温过的米酒，再用热水泡个脚，顿觉活得有滋有味。按说来邯郸是我久已渴望之事，大概也是我人生中最后一次飞腾的机会，为此我甚至悄悄下了决心，打算再也不回长平了。李大人昨天也对我提及此事，暗示出身不良的女人必会影响我的仕途，按说我更应该下决心跟她一剑两断，可昨晚辗转反侧，偏偏就下不了这决心，您说奇怪不奇怪？"

董勇听他讲完，歪着头想了想，"男女之事最是难说，从你的叙述，我可不可以认定你是真心爱上那女人了？"

"难就难在我不晓得什么叫作爱。"鲧泽尴尬地笑着，"不过她怀上我的孩子了，这点我能认定。"

"哎呀，这岂不是天大的好事？"董勇大声叫嚷，神态一改往常，"你今年多大岁数？不会比我年轻吧，这个年纪有孩子，无论男孩女孩都可喜可贺，你要明白，人生在世，子嗣后代很重要，尤其随着年岁日长，这感觉会越加强烈。"

"为什么？为什么随着年龄越长越强烈？"

"因为，"董勇想了想，"我们年龄越大，距离死亡就越近，如果这个时候眼前有个延续自己血脉的孩子，你会觉得自己似乎能获得某种意义的永生。更不用说，若是有什么未了心愿，也能让他帮忙完成。"

"太史大人有什么未了心愿？"

"你应该知道，赵国史官是子承父业，如今到我这一代，春台后继无人哪。就算不提世袭史官之职，我个人的小小著述万一写不完，也不知该托付给何人呢。"

"我胸无大志，倒没想那么多。太史没想过纳妾？"

董勇摇摇手，压低声音："不提啦。夫人倒是替我张罗过，但我这把年纪有心也无力了，更何况著书是个相当费力的事。"

两个中年男人在昏暗的房间里有滋有味地喝着春醪，待到放下木卮,董勇才转入正题。

"我对三年前赵雍假冒使节进入咸阳一事很感兴趣。当时的说法是,他退位后去北方训练骑兵,打算从云中五原一带直抵秦关中之地,为此计划亲身入秦查看地形,后来却再无下文,好像这事从未发生过一样。去年他来邯郸时召见我,声明此事属实,希望将其录入《赵史纪》,可既没有说细节,也没有给出合理动机,甚至都没有证据令我相信他真的去过咸阳,加上赵成反对,入史之事就搁置下来。今天听李兑说你是亲历者,所以找你来说给我听。"

高脚灯的灯花跳了两下,屋内影子也跟着忽闪,仿佛水面的倒影。鲦泽目光越过董勇,盯着他身后架上那一排排竹简,停了一会儿说:"那段经历算得上是我此生最值得夸耀之事。函谷关西边那个国家真是一言难尽,说它强大吧,它确实在攻城略地方面令东方诸国胆战心惊;说它富强吧,它的百姓却比东方各国贫困多了。我很担心,早晚有一天,它会像黑色瘟疫一样占领整个东方。"

"有那么严重?"董勇疑惑地问。

鲦泽没有正面回答,而是开始细细讲述起当年的咸阳之行,如何跟随赵雍一路入关,如何在咸阳街头闲逛,如何登上秦王宫,如何匆匆离开客栈,大致与之前给廉颇所述相同,直说得灯油将尽,才意犹未尽收住话头。

董勇听得津津有味,始终不曾打断对方,直到看见鲦泽重新端起木卮才说:"外界有传言,说咸阳之行是赵雍给自己增加政治资本,试图重新夺回权力,不管怎么说,他确实是个很有魄力的人。对了,我印象中楚王熊槐出逃也恰好发生在那个时间段,你对此事可有所闻?"

鲦泽脸上闪过一丝奇特的表情，他将脸稍微侧转隐入暗处："没。我没听说过那件事。"

恰在此时，小六打着哈欠进来收拾东西，董勇便吩咐他给鲦泽收拾一间客房。

"太晚了，住一宿吧，感觉还有话没说完呢。"

"说实话我也有同感，没想到过了半辈子，居然能在春台跟太史谈得如此投机。不晓得我的名字将来是否会出现在您的著作里？"鲦泽半开玩笑地问。

"还别说，你虽不是赵雍那样的大人物，可在大事件里却处于关键的旁观者位置，历史上留名的人，要么是创造历史的人物，要么是被历史创造出的人物，或许你就是后者呢。"说到这儿，董勇仿佛又想起一件事，"对啦，李兑跟我说，他追楼缓到长平，结果没追上？"

鲦泽没说话。董勇顿觉这沉默中大有深意，于是稍微倾身向前，"我其实不信他的话，你知道为什么吗？"

"请大人明示。"

董勇看着鲦泽微微一笑："很简单，以李兑的资源和脚力，从邯郸到长平，三天就能赶到，但时间恐怕还稍差一点。重点来了，他在长平只待一晚上，就决定带你回邯郸。李兑不是个念旧之人，看看他如何对待赵雍就明白了，所以也绝不会因为是故人就带你走。更大的可能是：你在长平为他立了功，或者你对他还有其他用处。以你之前的处境——别误会，我没有轻视的意思——除了帮他在长平截住楼缓，我实在想不出还能是别的什么。真正令我感兴趣的是：楼缓到底给他说了什么，以至于李兑居然愿意放他出关？"

鲦泽坐在那里盘算半天才说："太史果然厉害。此事李大人特意嘱咐不要对您说,不过既然有幸与太史彻夜长谈,岂可不交心?我确实在长平扣住楼缓,之后不久李大人就赶到。他俩单独密谈半个时辰,之后就放楼缓出关。不瞒您说,我后来一直琢磨这件事,想来想去,无非两种可能:一是李大人被楼缓如簧巧舌所欺,稀里糊涂放了他;二是李大人跟楼缓达成了一笔交易,双方各取所需。依您看,哪种可能性更大?"

董勇耸耸肩,做个不置可否的手势。鲧泽理解他的意思,便继续说下去,"当然是第二种可能,他们二人澄清过去的某些误会,并且就未来达成某种妥协。一个是秦国的重臣,一个是赵国的重臣,以国家利益为筹码,这笔交易就很大了。"

董勇皱着眉头说:"所以,他们之间的对话李兑不可能告诉我?"

"正是。"

"可惜。"董勇深深叹口气,"我相信沙丘之变的真相就藏在那里,却只能眼睁睁看它溜走,实在让人不舒服。"

"恕我多嘴,您不是不打算把沙丘之变的真相写入《赵史纪》吗?"

董勇一脸疑惑地盯着他。

鲧泽有点尴尬地挠挠头笑道:"您在公子府里说的话,当天晚上李大人就知晓了。"

"我知道他手眼通天,没想到触角能伸那么远。你有所不知,关于《赵史纪》,我今天已经与他做了笔交易,算是完结了。"董勇改变姿势,让自己坐得舒服一些,然后字斟句酌地说,"之所以想穷究沙丘之变真相,是出于史家的天性。实不相瞒,我在写一部新史书,它跟国史毫无关系,不代表官方立场,纯粹是一家之言,既如此,沙丘的真相就很重要了。"

"新史书？听上去倒是件极有趣的事情。"

"你真这么想？"

"当然，"鲦泽微微一笑，"人这一辈子能做的有意义的事情不多，比方说赵雍，如今盖棺论定，胡服骑射、灭国中山、深入咸阳，都算得上是青史留名之事。您要是真能写一部完全不同于官方论述的史书，意义自是不可估量，窃以为后世最终记得董勇这名字，怕也是因这部尚未完成的史书而非赵国史官之职。只是——宫廷方面不鼓励民间著书，您写出的内容肯定不会让那些赵氏老爷高兴，您刚才说跟李大人做了交易，难道不怕他反悔吗？"

"你说到点子上了。"董勇拍了下大腿，"我指的是后世留名那句话，后世若还记得董勇这名字，恐怕要靠我的《赵世家纪年》而非《赵史纪》。李兑我倒不担心，之前未曾深交，对他有些成见，接触了两次，我觉得此人不可小觑。他大约猜到我会私下著书，因此才拿此事做交易。你以为他真的在乎给我真相，或者说出所有实情？他是个聪明人，明白后世的身后名不是我们当世之人能左右的。他只是希望我在《赵史纪》里写下让他们满意的文字，当世太平就足矣。但假如我不答应他的要求，别说私人著书，就是官方史纪恐怕也没法完成，这就是他的筹码。说实话，除了答应，我还能有其他选项吗？况且话说回来，这恰好就是我梦寐以求的结果嘛。

著书的秘密，并无太多人知晓，知晓的那几个也都是可以放心之人。你大概会问，我鲦泽又没与你共过事，何来的信任？我对相术略知一二，谁值得信任谁不值得信任，从未看走眼。告诉你一个小窍门，想知道一个男人是否可靠，甚至都无须看面相，只需看他对待女人的态度就足够了。在战争年代，人的境遇无法选择，但不管怎样的境遇都不影响良善的本性，女人尤其如此，这一点你其实早就想明白了，我敢跟你打赌，用不了多久，你就会把你的女人接到邯郸来。"

"您这样说，实在让我感佩不已。鲦泽半生漂泊，自觉始终是个不起眼的小角色，但诚如太史大人刚才所说，我也有可能成为大事件里创造出的小人物，若是有幸青史留名，何其幸哉。"

董勇觉得对方话里有话，不觉变得专注起来。

屋里陷入短暂的安静。灯花爆了一下，四壁灯影晃动，忽然鲦泽两手一拍，仿佛在心中做了一个重大决定："真相源于调查，我愿意尽力协助您调查。既然之前已经做了那么多事，何妨就按照这个方法查清李大人和楼缓之间的关系呢？"

"你指何种方法？"

"走访当事人，获取第一手资料。"

"不是说李兑——"话说一半董勇自己先愣住了，当意识到鲦泽的潜台词所指时，他先是被这个离谱的主意惊住，继而又醒悟过来，原来看似不可能的事情，只需往前多走一步就会发现新的可能，于是他试探着问对面这个脸色疲惫、两鬓斑白的老卒："你莫不是指走访楼缓？"

鲦泽点头。

"那——"董勇脑海里飞快盘算一下，"你愿意陪我入咸阳见楼缓吗？"

灯影里的鲦泽笑了，似乎他一直在等着太史提这问题。"整个邯郸恐怕也找不到比我更合适的人啦，但是您需要说服李大人同意才行，只要他放我走，鲦泽愿意陪您入秦。"

春台墙外，随风送来深夜打更的声音：二更天了。

第六章　曲终

经过多日筹备，董勇带着郑裾在立冬这天跟鲧泽一起离开邯郸。

为了此番能顺利成行，董勇与鲧泽特意制订了周密的游说计划。他自己前往公子赵成府邸，提出前往大陵以及代北之地走访采风，顺便去中山国旧址一游。待拿到赵成的信符，他才去少司寇府拜见李兑，说此次受公子委托北行，人生地不熟，需要一个可靠之人当向导，想借李兑的手下鲧泽一用。鲧泽也恰到好处地向李兑请假，说回长平打发掉那个娼妇出身的女子，以便回来全心全意辅助李兑。于是离开邯郸就毫无阻碍了。

一行三人翻越井陉隘口后进入太行山，走的正是不久前李兑夜追楼缓的那条路，看着巍峨的群山以及险要的道路，董勇在心里暗自模拟楼缓出逃的情景。走了五天时间，他们终于抵达长平关外，鲧泽特意让车马在关口前那片树林边停下，自己带着董勇穿过树林来到水潭边，此时正是黄昏，空中盘旋着乌鸦，叫得人心中不安，水面已结了层薄冰，山风刺骨。

"就是这里，"他指着水边一片枯草地，"他们在这儿露营，以便第二天一早能直接通关，结果那天晚上我因为得知巫锦怀孕的消息，心神不宁无法安睡，散步至此，恰好看见他们的车马。"语气里掩饰不住得意。

董勇低头看看脚下的草地,又抬头远眺水面以及远处的山峦。"你猜我在想什么?作为一个东方人,按说不会偷偷服务于关西那个蛮荒之地上兴起的国家,可楼缓偏偏成了秦国间谍,并且在赵国兴风作浪,最终闹出如此大乱子。路上我一直在琢磨,他究竟是何时投向秦国的?"

鲧泽想了想:"我对楼缓不太了解,三年前跟随主父入秦,初次在咸阳见到他,当时他作为赵国常驻咸阳的使节,安排我们觐见秦王。我至今还记得他在咸阳邸馆第一眼看见主父时的表情,那可真精彩,既惊讶得下巴都要掉下来,又能迅速恢复常态,不让周围人察觉出异常,当时我就觉得此人天生是个表演者。至于转向秦国的时机,我猜应该是在常驻咸阳期间吧,整天跟秦国的高官上卿来往,被策反也不奇怪。"

董勇微微摇头:"不,时间不对,以楼缓的身份,岂是某个公卿能够说动的?整个秦国,恐怕唯有秦王才能说动他。赵国使节在宫廷面见秦王的机会虽多,但都是公开场合,策反这种事,但凡有一星半点苗头都会传得沸沸扬扬,更何况以秦王的身份,也不大可能亲自做这事。我觉得时间要大大往前提,提到哪里呢?提到嬴稷继位之前。我知道嬴稷曾是燕国的人质,秦武王嬴荡死的时候,有资格继位的公子不止他一人,而且嬴稷距离咸阳最远。赵雍抢先派人去燕国接他,又昼夜兼程送去咸阳,不能不说赵雍确实眼光独到,做事果决。中间操办此事的人正好是楼缓。在敌国当人质的公子都很不得志,不仅日常生活鄙陋,还时时面临生命危险,只要两国开战,首当其冲的就是这些人质。担惊受怕的年轻人,忽然遇到从天而降的好机会,岂不是有种乘龙上天的感觉?由此对陪伴左右的人也会另眼相看，更何况那个人还一直陪他走到王座跟前呢，这种患难之交和拥立之功，岂是其他关系可比？我猜那个时候二人就有约定了。"

"果然是太史，见识不凡，我是佩服得五体投地。"鲦泽伸出大拇指连连点头。

董勇瞟了一眼鲦泽，觉得他表现得略微有些夸张，"看不出你还擅长溜须之术。"

"看情况，看情况，酌情而定。"鲦泽哈哈笑起来。

巫锦见到鲦泽，虽然脸上淡淡的看不出什么，可眼睛里闪动的喜悦之光却无论如何掩盖不住。她的腰身已经略微有些显形，依旧忙不迭地张罗饭食，董勇推托不掉，只好让郑裾带着车马先去驿所歇息，自己留下吃饭。待到鲦泽心心念念的桂花米酒端上，董勇一尝，果然与家里的春醪味道相近，所不同之处在于加入了桂花。巫锦落落大方的态度给董勇留下良好印象，席间谈及巫卜之事，巫锦说自己的卜算术乃是家乡巫婆所授，说来也是有缘，她从小落下个失魂的病根，每遇刺激就会短暂失忆，巫婆是个六十多岁的会稽山民，请来看病，却说女孩的病根即是慧根，遂主动传授了卜算之术。说着，巫锦特意拿出荷包里的几块小小的兽骨给董勇看。鲦泽暗示董勇卜算一卦，董勇笑着拒绝了。君子行道顺势而为，何须窥测天命，巫锦赞赏地收起荷包。

董勇与鲦泽商定在长平多住几日，一方面想趁机探看长平周围地形，还打算见见廉颇，虽然他与这位年轻将军不熟，可廉颇出生于代北之地，两家祖上有些来往；另一方面也是给鲦泽和巫锦多留些时间。鲦泽对李兑宣称要打发掉巫锦，实则却对董勇说要娶巫锦为妻。一路上董勇一直在琢磨，不知鲦泽最后如何给李兑交代，莫不是想偷偷把巫锦接入邯郸安排在别处？他向对方提了一句，可一贯爽快的鲦泽此时表现得犹豫含糊，似乎还在为今后如何安家置业大费脑筋，于是董勇不再追问——后来才明白此中的真实原因。

廉颇对待邯郸来的太史极为热情，连续几天陪着董勇在长平关左近驰骋，此处的险要地形给访客留下深刻印象。长平在，上党无忧；上党在，邯郸太平。廉颇不止一次重复这话。两人的话题免不了谈及宫廷形势，他们一致同意，沙丘之变本身无疑是个悲剧，但从政治角度看却未必是坏事，赵国上层政治的隐患被连根拔除，此后反倒稳定下来，上层稳定势必带来民间繁荣，对黎民百姓也是大好事。廉颇不喜欢赵成，觉得那个人城府极深，完全无从琢磨；对李兑却很有好感，究其原因，更大程度是两人均出身于下层。

两个平民出身的人，单纯凭借自身能力就升到如此高位，本质上都是拜赵雍改革所赐，可讽刺的是，无论廉颇还是李兑，没有一个人领赵雍的情，意识到这点，董勇心中不觉唏嘘不已。

根据董勇给赵成的说法，他和鲦泽接下来应该由此折返去上党，再经上党北行前往大陵，但董勇从一开始就对廉颇说是去河西之地考察。廉颇毫不在意太史的去向，一来有公子赵成的信符；二来有李兑的红人鲦泽陪伴；加之与董勇的世交，更没有理由阻挠太史出关。反倒是鲦泽这几天神神秘秘，临出发前他出乎意料地对董勇说，咸阳之行存在一定风险，身份自然要保密，三个男人结伴出行很容易引人怀疑，带上家属则容易掩人耳目，加之巫锦这次见他回来，决意再不放他一人离开，无论去何处都必须跟随，所以他决定带巫锦一同入秦。董勇虽然觉得有些突兀,但商贾携带家眷旅行确是较好的伪装法,况且他素来以为女人想法行事本就不能以常理揣度,巫锦有此提议倒也说得通,于是便说如果巫锦身体没问题,自己当然不反对。

离开长平的那天是个大晴天,董勇跟郑裾在驿所里吃罢早饭,就听得外面车马声响起,出门一看,鲦泽带着巫锦来了,他们又雇了一辆马车,上面塞满大小包袱以及一些奇奇怪怪的物品。

"既是装样子,就得装得像一些,哪个女人出门不大包小包带足东西?"鲦泽解释道。巫锦只是笑眯眯地坐在车厢里不说话,一脸满足的神情。

董勇点点头没说话,指引郑裾将随身物品搬上车,大家一同出发。穿过镇子抵达城西门,廉颇特意等在那里给他们送行,彼此免不了一番客套,等到两辆马车依次驶出长平关,顺着平缓的道路朝西方行进时,太阳已经升起很高了。

从长平到咸阳一千余里,道路从高原逐渐下降到平原,路面平坦,大多时候鲦泽都跟巫锦坐在马车里,两人似有说不完的话,偶尔他也会跑到董勇车上,指点着说些沿途的风土人情。进入河津地带,景物出现变化,大片潮湿肥沃的褐色冲击土地取代了干燥的黄土,黄河水流势较缓,据说上游河套地区已然上冻。过黄河就是秦地,看到天气越来越差,一行人决定在风陵渡口驿所歇息一晚再渡河。

安顿好住所,董勇与鲦泽便走到驿所后院去看河景。渡口驿所属魏国管理,原本河对岸的大片土地也属魏国,但秦孝公十二年"东地渡洛",洛水不再成为秦魏分界,黄河成为新的分界，此地便成为魏国最前线的驿所。驿所坐落于河岸边一块高台上，下方便是渡口。台上建了一个观景亭，因是冬季，加之驿所里除了他们再无其他客人，所以亭内空无一人。董勇与鲦泽站在刺骨的寒风中放眼望去，晦暗的冬景毫无遮蔽地映入眼帘。枯水季水位下降很多，岸边崖壁上挂满粗壮的冰凌，对面渡口只能看到大致轮廓，停着大大小小几只渡船。西方天空浓云密布，一场风雪眼看就要来袭。二人没有久坐便返回房间，奇怪的是面对即将到来的坏天气，鲦泽反倒显得轻松起来，他邀请董勇晚饭后来自己房内一叙。

到时候了。董勇心里一动，一路上鲦泽的心事埋在心里却写在眼角眉梢，这个谜该解开了。

晚饭后董勇来到鲦泽的小屋。低矮的土屋，只在炕头点着一盏昏暗的豆形灯，一点火光仅能照亮一尺见方之地。巫锦穿着厚厚的衣服盘坐在热炕上，就着微弱的光亮给鲦泽缝补衣服。同行了十来天的两个男人也不客套，随意盘坐在另一侧炕头，土墙凹入处还有另一盏豆形灯，但鲦泽并无点灯的意思。

"请您过来是有话想说。"鲦泽先开口，"前面过黄河就是秦地，顺着渭水再走五天差不多就到咸阳，我陪先生找到楼缓，完成任务后，就要跟您分开了。"

"哦，"董勇挑了挑眉毛，倒也不是太诧异的样子，"你接下来有何打算？"

"先生好像并不太意外。"

"听到你带巫锦入秦，我就明白你之后不打算返回赵地了，只是不知其中有何隐情。"

"说来话长，"鲦泽抬头看一眼炕上的巫锦，"我一年前认识她的时候，她给我卜算过一卦，说我命里还有一个起落，最终会好起来。不过卦象指示的落脚方位很奇怪。按说我的人生若再次腾达，定是要落在东南方的邯郸，可卜算指向却是完全不同的西南方。当时我不明所以，但后来跟随李大人进入邯郸后才顿悟：卜算结果没错！"

"我不懂，请明示。"董勇说。

"我发现自己根本不喜欢邯郸这座城市。没错，它是东方最繁华的城市，要啥有啥，百姓也富足，可我就是不喜欢那种浮华的气氛，有种醉生梦死的不真实感。从前我向往功名富贵，即便蜗居长平也还以为自己在乎这些，可当真进入少司寇府，站上邯郸官场的顶层，才发现其中除了同僚间的尔虞我诈以及枯燥乏味的案牍劳形再无其他，我问自己：这是我鲦泽想过的生活吗？答案是否定的。李大人提醒我为了仕途抛弃巫锦，不如说更坚定了我的去意。那晚在春台夜谈，您一语点破，其实我心中早就打定主意，此后余生我都离不开这女人。

"想清楚这些就好办了。我开始规划下一步，给我俩找个安稳的落脚点。邯郸不行，长平自然也不行，如果我辜负了李大人的信任，整个赵国境内事实上不可能有我的立足之地。其他国家，魏、燕、韩都跟赵国关系密切，吴越乃巫锦伤心之地，也不能回去，楚国我也不想去，所以放眼四海，唯有西方的秦国与西南的蜀国。秦国当然不能居住，等您进入咸阳就明白我的意思了。所以最终我们选定了蜀地。待到跟先生分别以后，我们打算翻越太白进入蜀郡，听说那里四面环山，风景绝美，既应了卦象，我也能安心养老了。"

董勇默默地听着，盘算一番后说："这些日子相处你大约也了解我的脾性，只看问题表面总不会让我满意，我关心的不如说是动机，你所说的理由虽然看似充分，但我觉得还有隐情。

至于卦象一说，只是托词罢了。"

"嘿嘿。"鲧泽挠挠头，转头看看炕头的巫锦，像是下定了决心，"果然是啥都逃不过先生的鹰眼。既然不提卦象，那容我给您讲一个秘密吧。大家多多少少都会有秘密，有的无伤大雅，有些可是会害死人的。我之所以想要远避蜀地，其实是担心那个秘密会给我引来麻烦。如今离开赵地，我已无法回头，不妨告诉您，或许对您的史书撰写有一定裨益，而且也能解释我选择不去楚地的原因。"

"……"

看到董勇没说话，鲧泽在暗影里诡秘地一笑，"不是我大言，但我敢说这件事先生一定极有兴趣，因为无论从哪个方面衡量，它都有资格记入史书。这么好的故事被埋没掉太可惜，仅仅出于这方面考虑，我也忍不住要把它讲述出来。"

"依我看你不是喜欢大言之人，既然如此，定是个好故事，赶紧说来听听吧。"董勇的兴趣被调动起来。

"先生可记得那天在春台初见，您曾经提及楚王熊槐的名字，我当时含糊其词没有接话？其实我不仅知道那件事，而且再没有其他人比我更清楚内里的详情，因为——我就是当事人啊！"

董勇瞪大眼睛，"当事人，是什么意思？"

"就是平常字面上的意思。"鲧泽抬头看了一眼油灯下的巫锦，对方也不由自主放下手里的活计侧耳等着下文，于是他得意地挺直脊背继续说下去，这果然是个略显漫长却又曲折的故事。

"外人所知，楚王熊槐偷跑出咸阳，在赵国边境被拦住，之后被秦国追兵抓回去。可里面的细节远不止这么简单，熊槐如何能在严密看守下出逃？谁帮了他的忙？他放弃前往武关，固然有躲避追兵的考虑，但为何不选择更近的魏国，而选择较远的赵国投奔？其实里面有多重考虑。我敢担保在主父入咸阳之前，熊槐本人绝对不会想到如此大胆的计划。这件事的总策划就是主父赵雍，最终执行这计划的人是我！

"在我陪伴主父来咸阳的路上，他守口如瓶，一副胸有成竹的样子，谁也想不到他居然在盘算这样一件惊天大事。我们在咸阳客栈住下，等待秦王接见的这段时间，他时常带着我在咸阳街头游逛。起初我以为他对异国风土人情感兴趣，后来发现不是。因为他常去的地方不是热闹的街衢，而是一片冷清的居民区，他说这是秦王的私人产业，此处所建房屋都属于嬴姓贵族。某天，他带我走进附近一间小饭馆，有个满口楚音的胖子正等在那里，他俩说了不少奇奇怪怪的话，不知是为了瞒我还是担心周围可能有窃听者，总之听上去像是暗语一般费解。

"过后回到馆舍他才对我和盘托出计划。他说楚王熊槐被诱捕的事在诸侯间引起极大反响，大家都对秦国这种不义之举深感愤慨。赵国是东方各国的领袖——在他心目中一直如此认定，应该做出榜样，可惜当今赵王年幼，事事听命于公子赵成，无法联合多国给秦施压。于是他决定以一己之力营救熊槐脱险。我们这几天观察的住宅，就是囚禁熊槐的地方，那个胖子是熊槐身边的家臣，以前是楚国派驻咸阳的外交使节，两国交恶后，他就留下来照顾熊槐饮食起居。国不可无主，熊槐被抓后楚国新君上位，秦人对熊槐的看管明显放松。平时家臣可以上街采购，因此能跟主父私下见面。主父的计划是：在离开咸阳的时候，让熊槐混入赵国使团，将其带出函谷关，再送他返回楚国。出于安全考虑，这计划甚至都没有透露给楼缓。

"我的心情您应该能猜到。原本隐瞒身份入秦就是充满危险的旅程，现在倒好，还要救人，而且救的居然是前楚王。我不知道赵雍是从什么时候生出这念头的，也不知道他通过什么途径跟熊槐的家臣搭上关系，反正事情一旦挑明，我们在咸阳的处境顿时显得危机四伏。

"楼缓打乱了计划，那天他说秦王见过主父以后，心生怀疑，非要再次召见赵国使者。主父必须马上离开咸阳。形势突变，主父只好离开，临走前嘱咐我留在咸阳见机行事，并且约定未来一个月，他会在函谷关和长平之间往来接应我们。

"然而秦国忽然加强了对熊槐的监管，胖家臣此后很久没有出现。见不到接头人，我又不敢擅自离开，只好等待下去。巧合的是，每当我准备放弃任务离开咸阳，总会有微茫的希望出现，促使我继续留下来。如此反复几次，早过了一个月期限，但我相信，主父即便自己不在，也一定会指派人留在那里接应。后来我才知道错看了他，因为要大举进攻中山国，主父直接赶往前线，熊槐的事就被他抛到脑后了。

"机会在意料不到的时候出现。次年春月，看管熊槐的人换了，胖家臣能够再次外出，他几乎不抱希望地来到馆舍，发现我还在这里，简直喜出望外。因为年迈的熊槐已经无法继续忍受囚禁生活，我们商定继续按原计划出逃，没有太多时间来推敲步骤，我们只能在监管收紧前尽快逃离。

"终于那天到来了。天还没亮，胖家臣就领着一个其貌不扬的矮个老男人走进驿馆，这就是大名鼎鼎的楚王熊槐，我甚至都没给他好好行个礼，就催促着赶紧出发。路上的事不必细说，渡河之后进入河津之地，我们有两条路可选，一条是往南进入魏国境内，另一条是上山直奔长平。我决定走后面那条路，事后我为这个选择后悔不已，因为在距离长平三十里的马驿，我们遇到从邯郸返回咸阳的楼缓。看到我带着熊槐,他惊呆了,我不明白他为何发那么大脾气,先是痛斥我胆大妄为,接着又劝我将熊槐交给他带回咸阳。我当然不能答应。看无法说服我,楼缓转身离开,不是去往咸阳,而是顺着原路返回长平。

"当我们抵达长平关口,才明白楼缓的用心险恶。那些守关士兵说得到命令,不许任何人进出。时间拖得越久,秦军追来的可能性就越大,但我又不敢原路返回平原地区绕道前往他国,因为那样做的风险一样大。

"我们的车马在长平关下等了一天半,秦军赶到。直到此时,守关的赵揭将军才发布命令,说滞留关外的赵国人可以进入,非赵国人则交由秦军处置。就这样,千辛万苦逃离咸阳的熊槐又被抓回去了,而我则滞留在长平,听候进一步处置。事后我才得知,楼缓说服赵揭不许我们入关,赵揭是赵成的亲信,素无决断之力,知道楼缓深得赵成信任,于是一切以他的意见为准。他们派人紧急前往邯郸向赵成汇报,不过没等邯郸回信,秦军就抵达了。等秦军带走了熊槐,赵成的回复才传到长平,好在也是支持楼缓的意见,否则那个时候楼缓就该倒霉了。

"从这个角度说,导致熊槐再次落入秦国之手的人就是楼缓。接下来,赵揭被调往他处,年轻的廉颇接任,据说这是主父跟赵成交涉的结果,至于我,则被要求暂时就地安置,非经许可不得离开此地,我一度寄希望于主父早晚能够想起我,把我调回他身边,结果沙丘之变彻底打消了我的美梦,我知道自己再也无望返回邯郸了。虽然后来有李大人的插曲,不过我自认为我的人生大局已定。我真是太幸运了!并不只是逃过了沙丘之劫,而是遇到了可以陪伴终身的女人,甚至还会有一个儿子,这才是我此生能够达到的最好境地。谁又能说人生不公平呢?"

屋内安静下来，只听到油灯灯花迸开的声响，然后巫锦先开口了："为什么就认定是儿子，万一是女儿，莫非你还不认我们母女不成？"

鲧泽咂咂嘴，无奈地说："只是一个比方而已，没必要咬文嚼字嘛。"

董勇害怕话题被带偏，加上时间已经很晚，忙插话道："儿子女儿都好，都是你们的骨肉，女儿将来招个入赘之婿，未必不如儿子。就是——我不明白楼缓催促主父从咸阳离开，到底是秦王怀疑使节身份，还是楼缓察觉到主父有营救熊槐的打算？"

鲧泽歪着头想了想，"这还真不好说，反正他们一走，关押熊槐的人就加强了戒备。"

"这果然是件极有趣的事，若不讲出来就真的埋没了。但它为何成为你离开李兑的理由？"

"这……"鲧泽迟疑一下，"李大人在长平放走楼缓前，二人密谈许久，我有理由怀疑这件往事也会被扒出来，如您所说，李大人不是个念旧的人，犯不着把我弄去邯郸。假如他让我去邯郸的目的就是为了把我带在身边，以便将来重新调查熊槐之事，替楼缓顶罪，那我的麻烦还在后面。况且李大人是赵成亲信，赵成跟主父又是死对头，我这个主父身边的人所知甚多。退一万步，就算暂时无事，所谓君子不立危墙之下，我也犯不着整天提心吊胆过后半生。"

董勇微微点头，听上去是个有说服力的解答，虽然——
"哎呀。"炕上的巫锦忽然低声叫了一声。
"怎么？"鲧泽站起来。
"没事，肚里忽然被踢了两脚。"她不好意思地笑了。
董勇急忙起身告辞。

待到太史的脚步声消失在院内，巫锦才瞪着鲦泽说："你为何没跟他说那件事，反倒胡扯什么东北西南的巫卜鬼话？"

鲦泽用手抓抓脑后的白发，低声答道："我反复考虑过，那件事无论如何不能透露分毫，否则即便远在巴山蜀水，你我的安全也无法保证，太史知道的已经够多，这最后一桩就让它埋在你我心中烂掉吧。"

"那，"巫锦重新拿起手里之前放下的活计，"既如此，你再重新给我解释一下为何非要生个男孩才遂你心愿吧。"

鲦泽站在屋内地下嘿嘿傻笑，一时竟不知该如何回应。

秦都咸阳地势甚好，背靠丘陵和陇原，前临渭水冲积平原，天气晴好时可以看见巍峨太白顶上的雪线，自秦国大将军司马错入蜀以后，秦王下令将此山命名为秦岭，于是这座秦国与蜀郡之间的天然国界变成国内一座山岭，外界普遍认为秦国得陇望蜀的野心由此坐实了。

城内道路宽敞，但商贾数量明显不如那些东方大城市。此地没有邯郸或大梁的轻浮之气，充满严谨而自律的气氛。街上行人几乎清一色黑衣，有人裹着头巾，有人戴毡帽，更多人只是顶着乱蓬蓬的头发，相互间很少交谈，面色凝重，少见笑容，每个人似乎都被某样无形的东西束缚，却又习以为常。

与略显冷清的商业街区相比，围绕秦宫外城的地区反倒热闹，达官显贵大多居住于此，平日门前车马不断，有时东家门前客人多，有时西家门前客人多，这要看主人在朝堂上地位的升降变化。这片街区边缘还有一些中等规模的宅邸相对安静，纵横家楼缓就暂时居住于此。

从赵国来秦国已经快两个月，如今他的身份不再是赵国派驻秦国的全权使节,也不是邯郸宫廷的客卿,现在他顶着纵横家的头衔,成为秦王的客卿,每日作息颇为规律,上午去宫中议事,之后与熟识的朝臣多待一会儿,交换各处的消息。午饭一般在秦宫旁边的餐馆吃,这是一家赵国人开的酒楼,与关中单调粗糙的饮食相比,燕赵风味的精致饮食更合楼缓口味。楼缓很久之前就与主人熟识,大多数时间,他会在酒楼里消磨一下午时光,往往连晚饭也一并解决,之后才返回有些空旷的宅邸。为数不多的家眷留在邯郸大宅,有李兑担保,他丝毫不担心她们的安危——之所以迟迟未将她们接来,一是此地府中有秦王赏的几个宫人服侍自己,其中有个女子自己颇为喜欢;二是他不安于现状,并不打算久居咸阳,内心深处还想继续做一番大事。

今日是小雪节气,从一早起天空中就阴沉沉要下雪。朝会结束,楼缓按惯例来到这间小酒楼。主人殷勤招呼,将他引入二楼靠窗的预留位置,此处远离其他客座,正对着楼下隔壁一户人家的旧花园,座位用木制屏风遮挡,屏风上雕着精细的目羽花纹。坐榻上铺着燕地产的羊毛毡垫,主人又特意送来一条代地围毯,供他搭在腿上取暖。刚落座,冒着热气的暖炉就摆上台案,随即端上野彘肉砂锅以及暖酒和小菜。

楼缓满意地搓搓手,正要端起酒樽,忽听木楼梯传来脚步声,不是一个人,而是两个人在上楼。他不易察觉地皱皱眉,楼下座位空空荡荡,为何非要上来凑热闹?没等他反应过来,两个穿着厚厚冬装的中年男人从屏风后面转过来。

楼缓愣住了。

这两张面孔他都认识,但做梦都想不到会在此时此地遇见。

"打扰楼大人雅兴啦。"一脸土气、胡子拉碴的男人先开口寒暄，不等招呼，就一屁股坐到对面座位上。另外那个身材瘦小的人则略显拘谨地拱手致意。楼缓如梦方醒，忙招呼对方入座："失礼失礼，实在没想到赵国太史会驾临此地，快请坐。"说罢叫店家送上两套餐具。

待董勇跟鲧泽端起酒樽，喝完第一道热酒，楼缓依然用难以置信的眼神来回打量他俩："这简直……该从何说起，二位莫不是从天上掉下来的？"

"倒不是从天而降，我跟鲧泽从长平出发一路西行，前后也走了快二十天呢。"

楼缓用窄柄舌形铜勺给二人面前高脚铸客豆内舀满热腾腾的浓汤。"先喝两口麂肉汤，关中苦寒之地，羊肉不如燕赵草原的美味，但森林繁茂，野麂肉上佳。不知太史跟鲧泽何以远道来此，有何公干？"说到这儿，他似乎想到什么，"莫不是要赴楚国吊唁熊槐，顺道路过咸阳？"

"吊唁？"董勇愣了一下。

"对呀，熊槐死后，棺椁一直在咸阳，前不久刚从武关送归楚国。这次他不用绕道赵国了。今天宫廷还商量谁代表秦王去楚国，我主动请缨，秦王尚未批准。"楼缓看着鲧泽笑了笑。

"大人真是有胆有识，居然还敢去楚国。"鲧泽说。

"我怕什么，又不是我抓的熊槐。"

"可在长平关外若非你阻拦，熊槐早就回国了。"

"楚人哪里会晓得那件事，胖家臣前几天跟我在此地吃过饭，就坐在你那个位子上。他可算熬出头了，我答应帮他在秦宫找个合适的差事，而且还答应若是去楚国，把他家眷带来咸阳。所以对长平之事，他定会守口如瓶。除非你鲧泽到处宣扬，你会吗？我看不会，若是宣扬，也不用等到今天了。而且依我看，若是宣扬出去反倒是好事。"

"毕竟是纵横家，思路果然清奇，请大人详示。"

董勇插话道："这很好理解，当今楚王熊横肯定不希望他老子归国，若熊槐果真回去，他岂不是得让位吗？如此说来，楼大人在长平其实还算帮了熊横的大忙。"

"可毕竟算是杀父之仇，就算顾及颜面也不能放过楼大人吧？"鲧泽说。

"错。"楼缓微微一笑，"熊横哪里是个讲颜面的人，政治人物变脸之快超过天上云朵形状的变化，现在他爹尸骨未寒，他就开始跟嬴稷眉来眼去啦。"

看鲧泽一脸不解，董勇继续解释道："现在齐楚正在打仗。熊槐刚被秦国抓住的时候，正在齐国当人质的公子熊横就主动找到齐王，答应割地五百里，条件是齐国马上送他回楚继位。齐王很满意这条件，便乐滋滋地送这位公子回国。没想到熊横当上楚王第二天就翻脸不认账，惹得齐王怒火攻心大病一场，眼下正发兵攻打楚国。按照楼大人的说法，莫非楚王向自己的杀父仇敌秦国求救了不成？"

"正是。"楼缓拍着手兴奋地说，"我们纵横家最喜欢这种局面，但凡有嫌隙才有回旋余地，一片空白或一块铁板是最无趣的。秦王若是批准我代表秦国入楚，名义上是吊唁怀王，实则一定是带兵救楚，那时熊横感激我还来不及，哪里还会提起过往的旧事。倒是你们二位千里来秦，到底意欲何为？"

"我跟太史千辛万苦入秦，主要是来找你。"

"找我？"楼缓愣了一下，转动眼珠想了想，随即默然不语。

董勇不慌不忙吃光手里的麂肉，拍拍手说："没错，鄙人本次入秦，就是为了向楼大人请教几件事。"

"太史找我，必定是与史纪有关之事，不过楼缓只是个游走于权贵门第的策士，追名逐利。青史的事没兴趣，怕是有心无力，帮不上什么忙。"

董勇说："楼大人是绝顶聪明之人，跟你说话就不绕圈子了。史官的职责是将年初发生于沙丘的事记入史册。为了还原事件，我专程跑去离宫，走访下来，情况大致清楚。现在，如果将沙丘之变看作一块拼图，楼大人你绝不是可有可无的一块，毋宁说你是最关键的一块。我来咸阳，就是为了这事。"

"这么说，你打算把事实全写下来？"楼缓饶有兴味地问。

"史官职责所在，既要弄清真相，还需秉笔直书。"董勇说完，看了一眼身边的鳏泽。鳏泽一言不发，低头啃着块大骨，仿佛是个置身事外的人。

楼缓转头看着窗外。天空中飘飘洒洒下起雪，花园干枯的树木枝条上已积起一层薄雪，院内小径曲折，似乎许久不曾有人出入。这是一座废弃的花园。过了一阵儿他才转过头。"太史说得相当恳切，在下也听得十分明白。我素来尊重史官的秉笔直书精神，既然已经跋山涉水而来，在下断无不合作的道理，对我来说，凡过往之事，都是可说之事，若是通过我的述说，彻底还原沙丘之变的原貌，对于后世之人一定很有价值，而且我楼缓的名字也能流传下去。"

"想不到大人开始在意身后名了。"鳏泽语带嘲讽。

"那当然，"楼缓微微一笑，"咱们日常忙碌的许多事都没有意义，比方说我跟你们在这酒楼上喝酒，或者前几天跟胖家臣喝酒，都谈不上有意义。可如果我说出自己在沙丘之变中所起的作用，我的人生就会变得有意义了，因为我知道那件事会留在史纪里，而与之有关的人也会被后人记住。活在竹简里，也是一种永生。"

董勇忍不住拍了拍手:"大人说得真好,最后这句尤其好!"

"不知太史具体想知道什么?"楼缓问。

董勇跟鲧泽对视一眼,说:"公子赵成对我说,原先你们几个商量好,流放赵章,软禁赵雍,结果李兑中途变卦,决定杀了赵章,自然,赵章一死,赵雍的命运也就决定了。对此李兑给我的解释是受了你的蛊惑,一时糊涂才犯错。而他认定你是秦国间谍,如此做的目的就是打乱赵国政局。你如何看待他的说法?"

楼缓笑了,端起酒樽:"他说得没错,我确实是为秦国谋划。先澄清一下我对间谍的看法。作为纵横家,原本也谈不上为国谋事,就像行船,须顺势而为。合纵连横,只有成功与失败,没有正确与错误。我问你,张仪算不算当下最有名的纵横家?他在楚国依然为秦国谋划,也没人说他是间谍呀。事实上,在公子府邸制订计划时,我就提出过杀掉赵雍父子。利用赵国内部矛盾除掉赵雍,是我追求的目标,因为此人行事完全不按常理,难以揣度,秦国不愿意跟这样的主君打交道。结果赵成否决了我的提议,我猜他不愿背负杀害家人的恶名,李兑却并未明确反对。于是在动身前往沙丘时,我反复盘算如何才能达到目标。形势对我不利,因为我手里没有一兵一卒可用,所以只能等待时机。

"没想到机会从天而降,就好比你俩刚才忽然出现在我面前一样。当军队行至半路,一直沉默的李兑忽然开口,他问我有什么办法可以让赵章看上去像是打算谋反?起初我有些纳闷,接着就立刻意识到机会来了,他是想让我设计一个圈套,让赵章钻进来,只要能给他安上谋逆的罪名就够了。这种事当然难不住我，不如说它就是我的长项。于是我精心策划，让人假扮赵雍随从前去传唤主君，之后再假扮赵章随从在半路袭击。如此，谋反之名就坐实了。没想到肥义意外出现，我正懊悔计谋毁在这个胖胖的胡人身上时，让我惊讶的事情发生了：李兑居然让我带人走出竹林杀掉肥义……后来的事你们都知道了。

"应该说这个结果对我而言很理想，肥义死了，赵章死了，连赵雍也死了，现在赵国掌握在一群老贵族手里，一切都还是遵循老规矩，而秦国最喜欢跟这些遵循老规矩的国家打交道。我讲得够清楚吧？"

酒楼上陷入一片沉寂，或许是下雪的原因，抑或是店家刻意关照，自董勇、鲦泽上楼后，再无客人上来。过了半天，董勇问："你的意思是，沙丘之变虽然是你在背后推动，但其实李兑才是真正决定事态走向的人。说白了，李兑原本就想杀掉赵章？"

楼缓咧嘴一笑："也许他最终想杀的人是赵雍呢？"

"据我所知，赵章进入春阳宫是个意外。"

"他进不进春阳宫，赵雍都不可能活着离开沙丘。"

"李兑没有理由谋害主父啊。"

"理由一定有，只是我们不知道而已。对了，鲦泽十五年前在大陵就跟李兑相熟，李兑跟赵雍之间的事，想必也知道一些？"

鲦泽急忙摆手："大人取笑，我当年不过是个小当差的，哪里能到大人们身边。"

董勇插话道："其实我更想知道楼大人与李兑在长平关起门来说了什么。"

楼缓脸上闪过一丝狡黠的笑容："这倒没什么可隐瞒的，我向他承认自己是为秦王办事，也给他分析了眼前的形势，公子病入膏肓，去日无多，他一死，李大人定会成为邯郸宫廷的重臣——前提是此间不能再有任何意外发生，譬如说揭发我楼缓是秦国间谍，就是个大大的意外事件，不仅煞风景，也会殃及很多人，首当其冲的就是他李兑，因为沙丘之谋，无论背后谁在推动，承担主要责任的还是他。一旦我被抓回邯郸，只好说出一切，到那时，公子势必要重新考虑接班人。所以你看，李兑失势，既不符合赵国的利益，也不符合秦国的利益。最后我告诉他，秦王喜欢跟按规则行事的人打交道，只要他放我出关，今后我在秦国，他在赵国，至少可以保证两国之间未来二十年的和平。我觉得恐怕是最后这句话完全说服了他。"

董勇默然良久。"看来李兑长平之行收获颇丰哪。"

"而且有意外收获呢，"楼缓看着鯈泽，"他还给自己找到一个不错的谋士，两年前在长平关外，我就轻看了你，能把熊槐从咸阳带走之人，当然不是平凡之辈。"

"话说到此，我还有个私人问题请教大人。"鯈泽嬉皮笑脸地给楼缓敬酒，"不知秦国对蜀郡是何态度？我在咸阳街市上听说，秦军大将张若已经再次入蜀，不知真假？"

"你为什么关心这事？"楼缓问。

"因为小人并不打算在邯郸继续当差，此行除了陪太史面见楼大人，还有一个目的就是由咸阳入蜀郡，实话实说，我打算跟老婆寻个偏僻之地终老此生。"

"这样啊，"楼缓沉吟片刻，"据我所知，此前司马错拿下蜀郡回军不久，当地豪绅就发动叛乱，张若就是为了平定叛乱进军蜀郡，目前战局已经明朗，大军已进入龟城。当今是不折不扣的乱世，乱世当中想找个世外之地太难了。若是听我劝，你不如留在咸阳，男子汉大丈夫谈什么归隐林泉，跟我一起干一番事业如何？"

鲧泽拱拱手："大人饶了我吧，鲧泽大半生都在凶险中滚爬过来，每次以为要一步登天时都会摔得头破血流，若非在长平被楼大人阻拦，而是容我将熊槐送回楚国，我大概会继续伴随在主父身边，那沙丘之变就是我人头落地的时候。从这个角度说，我还要感谢您的救命之恩。如今我是看淡了前程，只想找个偏僻之地过几天安稳日子。"

"鲧泽要老来得子当父亲啦，"董勇出来替他打圆场，"楼大人就不要为难他了。"

"恭喜恭喜。"楼缓伸手从腰间摸出一枚玉佩，"这是我随身所配之物，虽谈不上值钱，权且算作个人贺礼吧。还有这个——"说着又拿出一块铜制符节，"此符节你随身携带，进出秦境方便，到了蜀地有秦军的地方就管用，万一有人为难你，拿着它直接去找张若将军都没问题。"

这个举动让鲧泽大为意外，他急忙坐直身体，双手接过玉佩和符节。"鲧泽感谢楼大人照拂！"

"不过，"楼缓补充一句，"我再多嘴一句，蜀地亦非久居之地，抵达龟城后休整一下，继续一路向南，翻越岭南进入南越，未来数十年那里倒可能是个避世之地。"

"楼大人作为秦国重臣，对国家的治理不大有信心啊。"董勇开玩笑道。

"当着真人不说假话，"楼缓正色低声说道，"不用几十年，秦国必将灭掉东方诸国，到时就会有个堪比商周的庞大帝国出现。但是国家强大与百姓富足并无直接关联，您在咸阳街市上应该也看到了，远没有邯郸和大梁繁华。"

"正是，我还一直在琢磨其中的道理。若是民间凋敝，何来如此强大的战斗力呢？"

"当年卫鞅给秦王出主意，禁止民间私斗，鼓励战场上杀敌，只要得到敌方一个甲士的首级，就赏爵一级，给田一顷，益宅九亩。此令一出，秦人莫不踊跃。对于东方诸国的百姓来说，上战场打仗是苦不堪言的差事；可对于秦人来说，只有上战场才有可能实现暴富。我亲眼见过秦军入蜀时咸阳街头热闹的情景，父送子，妻送夫，丝毫没有常见的悲切之情，反倒是欢欣鼓舞，叮嘱上战场人的话，不是让他平安归来，而是督促他全力杀人，得不到敌人首级就别回来。"

"好可怕！"鲧泽忍不住说。

楼缓摇摇头，无奈地叹口气："卫鞅是个聪明人，也是个大大的坏人，他深谙人性之恶，而且还用国家之力把这种恶放大到极致，后世效仿他的人一定不会少，此后这片土地再无宁日了。我不能像鲧泽一样避世，就只能顺势而为，站在强者一方总不会错。"

窗外天色渐暗，三人一边吃酒一边赏雪，待杯盘撤下，店家又送来滚烫的羊奶，三人趁热喝完，楼缓问："太史打算在咸阳住多久？"

董勇回答："三五天便走，本就为寻你而来，没承想这么顺利，久留无益，回去赶紧写书，正月要呈送进宫，也不能再拖了。不知楼大人接下来作何打算？"

"若是能带兵入楚，我在诸侯间的威信就会水涨船高，或许明年秋天，我会再去邯郸，故地重游，到时再聚。"

董勇和鲧泽辞别楼缓走出酒楼，天色已经擦黑，原先松散的雪片变得紧实坚硬，打在脸上竟有些痛。馆舍隔了几条街，他们步行返回。走了几步，董勇像是自言自语地说了句，"明年秋天?"

鲦泽没听清他的话,问:"什么?"

董勇摇摇头,加快步伐,拐过街角,北风骤然减弱,他才喘口气,"他为什么明年秋天去邯郸?"

"许是随口一说。"

"他是随口乱说话的人吗?"

"我看他还是很健谈,否则刚才竹筒倒豆子能说那么多?"

"你呀,聪明人也有糊涂的时候。莫非你以为他敞开说那么多,是真把你我当知己不成?他的目的只有一个,就是想让我把这些事写入《赵史纪》。"

鲦泽想了一下,恍然大悟:"哦,他还是本色不改,想继续把赵国的水搅浑。"

"对呀,若是按照他的话实录进入,邯郸可不得又一番血雨腥风?"董勇锐利的目光盯着鲦泽,"不过有件事倒是他提醒,十五年前,李兑跟赵雍之间究竟发生过什么事?你一定知道些什么,你想方设法远离邯郸,莫非与此有关?"

鲦泽揣起两手,缩着脖子,停了一会儿才说:"请先生原谅,有些事打死我也不能说半个字。翻山越岭离乡背井,我就是为了躲开它。李大人前些日子在邯郸对我提起大陵往事,好像忘记了一些细节。当时我马上就意识到自己深陷险境,他哪里是健忘之人呀,带我入邯郸根本不是念旧,也不是欣赏我的办事能力,他只是想把我带在身边才放心呐,因为我知道他的一个大秘密。您想想,对于一个想要守住秘密的人来说,最好的法子不是圈住知情人,而是杀掉他。鲦泽幸蒙先生提携借机离开赵国,否则只能坐以待毙。既然事情如此敏感,我自当让它烂到肚子里才好。相信先生一定能理解我的苦衷。"

董勇无奈地摇摇头，没说话，转身走入风雪。

董勇与鲦泽分手时，恰好赶上第二场雪。在董勇劝说下，鲦泽与巫锦继续住在馆舍内等待晴天，因为秦岭山高路滑，风雪天气绝对不适合通行。但他自己却不能耽搁，马上进入腊月，《赵史纪》必须在正月呈送宫廷，留给他的时间并不太多。返回时他选了另一条路，顺着渭水直抵黄河，通过函谷关进入魏国境内，之后转往邯郸。

董勇觉得咸阳之行收获重大，与楼缓的一番对谈，弄清了沙丘之变的来龙去脉；鲦泽告知的楚怀王出逃之事，更是意外收获。除此之外，郑裾的表现也令他满意。之前在春台短短相处的一个多月，这孩子求知若渴的样子他看在眼里，判定那绝非为了保命故意表演，而是真心喜欢书简，或者更准确说喜欢阅读。小六平时也很喜欢那些简册，但只是出于单纯的职业性喜欢，整理、擦拭、排放等工作一丝不苟，可小六不喜欢阅读，董勇曾努力教他识字，也仅止于认得那些书名而已。郑裾不同，《诗》里绝大部分篇章都能背诵，《春秋》也能大致读下来，虽然某些内容不甚了了，对他这年纪的孩子来说已经很不错了。更难得的是他好学，除了阅读，不懂的地方也常请教董勇，上次董勇带他进入赵成府，在那样的生死关头，他还记得董勇说过"数典忘祖"的典故，这次在回程路上特意提出来请教。

董勇告诉他，西周以来史官之职都是世袭，世袭这一职务的家族通常有个与书简或记录保管有关的姓氏，常见的是简、籍、史、董，周史里就记载了一则周景王讽刺晋国史官籍谈的故事。当时周景王的王后去世，诸侯派人前去参加葬礼，葬礼结束，周景王在宴席上问晋国使节荀跞，诸侯每年都给王室进贡，为何唯独没收到过晋国的贡品？一旁跟随荀跞前来的晋国史官籍谈站起身侃侃而谈，说诸侯早年分封时都接受了王室的宝器，晋国却从未得到，所以就不能与其他诸侯一样要求。周景王听后反驳道，晋国的始祖唐叔是周成王的同胞兄弟，怎么可能分不到王室的宝器呢？唐叔曾接受了文王的鼓和车，武王的皮甲，还有斧钺、香酒、红色的弓，以及许多的勇士，这些难道不是周王室对晋国的赏赐吗？说罢意犹未尽，又翻出籍谈的祖上家世，指出其祖上"司晋之典籍，以为大政，故曰籍氏。及辛有之二子董之晋，于是乎有董史。女（汝）司典之后也，何故忘之？"籍谈不能对。宾出，周景王对身边人说，"籍父其无后乎，数典而忘祖。"这段对谈，既说出了籍氏在晋国当史官的来历，也说出了董氏家族的来历，顺带讽刺籍谈只懂得整理典籍而忘记自己祖上的来历，一定程度上表现了周景王的博学与机智。

郑裾听罢并不只是点头称是，他歪着头想了半天，提出一个问题：周王在丧礼场合直接质问诸侯的使节，提出贡品要求，这举动符合天子身份吗？董勇说，当时诸侯已经开始对周王室失礼，周天子只能借助这种场合提醒他们，事实上这提醒还颇有效果，否则此事也不会被记入典册。哪里像现在，王室衰微有目共睹，别说贡品，周边诸侯动辄侵占王室土地呢。郑裾又问，有周天子号令诸侯好，还是诸侯各自独立好？董勇沉吟许久，才说圣人希望恢复周礼，但诸侯鼎立互为制衡，国家会更有活力。不过无论统一还是分据，归根结底要以民为本，老百姓幸福还是最终追求的目标。

回到春台，董勇吩咐老仆谢绝一切来客，开始进入紧张的工作状态。每天吃罢早饭,径自来到前院撰写《赵史纪》。郑裾提前将当天需要的竹简排列好,都是二尺四寸长,经过精心处理的精美竹简。笔墨砚台也都备好。董勇往竹简上写字时,他就坐在左手边观看,董勇写罢一支递给他,他仔细排列整齐。一般到中午时分,董勇才会结束手头工作去后院吃饭,饭后钻进石室继续写自己那部《赵世家纪年》。而前院剩余的工作由郑裾和小六完成。两个年轻人会细心检查写好的竹简,如果没有错误,就用陶线锤和皮条将写好的竹简按顺序串联起来;若有错误,他们会记下位置,第二天告诉太史,董勇会用笔刀将错字刮掉,重新书写。每卷完成后再给表面刷一层清漆保护,待漆干透,将竹简卷起,用泥封封住简口,在泥封上加盖史官印鉴,如此才算正式完成。

今年有郑裾从旁协助,加之当年最重大的事件沙丘之变,董勇已经心中有数,知道该怎么写,因此工作进展顺利,腊月二十就完工了。董勇给郑裾和小六放假,让他们各自回家,老仆无处可去,跟往年一样与董勇夫妇一起过年。本以为今年也是冷清度过,未承想腊月三十,单福带着妻子儿子来到春台,董勇大喜过望,于是两家人合在一处过年,越嬴高兴地说,春台已经有好多年没有如此热闹了。

初一日,董勇领着大家打开正厅大门,给里面供奉的历代史官牌位上祭。简单的仪式过后,越嬴陪着单福夫人和八岁的孩子去外面的街市游览,董勇正打算领着单福参观春台内部,不想太医胡原来访,三人寒暄一番,便一同从前院依次慢慢走到后院。胡原对春台很熟悉,也知晓董勇的私人著述,大多时候都不说话,任由董勇跟单福交谈。天气寒冷,后院菜园一片荒芜,通往石室的小道两侧树上的叶子也大半凋落,只有几丛竹子还支棱着略微泛黄的叶子。走进石室，单福不由得大声感叹，室内空间超乎他想象，整齐摆放的几案书架石匮也让外表不起眼的石屋别有洞天，燃起炭盆，屋内温暖如春。身材矮短的驿吏在室内来回走了几圈，最后一屁股坐在厚厚的毡毯上，"好地方呀好地方，你怎么能找到如此有趣的地方。"

董勇告诉他石室来历，不是他董勇发现建设，而是历经一百多年才变成如此模样，这是自己的私人天地，大部分时候都会待在这里，新的史书就在此地完成。

"新史书？"单福瞪大眼睛。

董勇走到墙边的石匮旁，推开盖子，从里面取出两卷已经完成的著作递给单福和胡原。两人坐在那里认真看完，礼貌地将其卷好还给太史。

"刚刚完成一小部分，后面内容还很多，我打算先写完《赵史纪》，呈送上去之后就可以全力以赴写这书了。"

"预计多少时间能写完？"胡原问。

董勇挠挠头顶的灰白头发，咂咂嘴："恐怕要三年。"

"这么久？"单福嚷道。

"已经很快了，若非在心中酝酿多年，资料也都放在手头，完成这样规模的书，五年十年都未必够。"董勇回答。

胡原看着面前石案上两卷竹简陷入沉思，片刻之后才问："写罢以后，怎么办？"

董勇叹口气："以当前的局面，大概要在这石匮里一直放下去，何时能见天日还不好说。"

"宫廷方面不让流布？"单福问。

"虽然没有明言，但如果里面的内容跟《赵史纪》有悖，肯定会遭到禁毁。"

胡原依旧盯着竹简，低声说："我觉得问题根本不在以后流布，而在于你能否顺利写完。若是赵成、李兑知道你在官史以外私自著史，一定会要求调看，或者干脆就派人查抄走，你觉得他们做不出这种事吗？"

董勇皱起眉头："李兑或许不会干涉，因为我跟他之间有个约定。此人就算有诸般不是，言必信是能做到的。至于赵成就难说了，他看问题从来都不是基于个人立场，而是代表身后那个庞大的赵氏家族群体，此书只怕在他那里有违碍。只是如此一部大书，要想不为人知地隐藏起来还真不容易。"

"我看你也是老糊涂了，"单福忽然拍拍面前的石案，"不为人知和隐藏起来根本就是两回事，混到一起岂不是给自己出难题？不为人知是别让人家知道你在写这书，没人知晓，自然就不会有人上门找你麻烦，隐藏是人家都已经知晓你著书，你得想法子把书藏起来。我问你，现在到底是哪种情况？"

"说得好！"胡原赞赏地点点头，转向董勇，"不为人知，现在应该是可以做到的，我猜除了屋里几个人，大约再无其他人知晓此书。你不妨先悄悄写完它，之后再谈怎么办。"

"不。"董勇摇摇头，"实际上有几个外人已经知晓此事，是我主动告诉他们的，为了做交换，让他们说出沙丘之变的真相，这几个人并不敢说完全做到守口如瓶。如今万全之策，是一边写一边藏。"

不等胡原说话，单福站起来说："简单，放在我那里。"接着，他开始介绍榆湾驿所的情况。原来他上次来邯郸找过主管驿所的司空府，对方明确告诉他，本次调动绝非临时安排，换句话说，今后他单福就要扎根在榆湾了。心里有底以后，他开始在榆湾寻找住所以便安置家眷。由于沙丘离宫被焚毁，宫廷未来不可能再去那里，因此他将上次董勇遇险的那座院子盘租下来，不用整修就能居住。"那是个偏僻又安全的所在，你写好书存在我那里，包你的大作能够安然无恙传之后世。"他最后说。

董勇不觉大喜过望，邯郸距离榆湾不算远，且单福是绝对可以信任的人，由他看护保管，自己还有什么不放心呢？于是他们开始商量运送与收藏的细节。首先是运送人，郑裾目标有点大，决定让小六每月往返榆湾一趟，名义上是两家之间互相交换日常用品和食物，实则将当月完成的竹简悄悄送到榆湾。单福过些天回去后，会立刻动手在当年发现郑裾的侧房内拆开土炕，在下面建造一处可以藏书的空间，以后竹简就统一存放其中。

这件大事商量完毕，董勇心情大好，恰好越嬴三人也从外面回来，于是大家开始动手整治酒饭，新年第一天就这样过去了。

初二，访客来了好几拨。先是公子赵成府家臣赵似带人送来不少美味，说是北地送来的野味，公子请太史品尝。董勇告诉他《赵史纪》已经完成，过两天会亲自送入宫内。不久，尚禹穿着一身新衣服前来，说长久驻扎在邯郸的锐卒旅被分成两支，他和樊吾各领一支，自己这支归入邯郸城防部队，直属李兑调派，樊吾那支则被派驻代地，下月初一开拔。

傍晚时分来了两个意外访客，郑裾领着牧羊胡人翟义结伴而至，这让董勇大喜过望。翟义送来一只打理干净的肥羊，董勇则要领着两个年轻人去石室。越嬴纳闷地阻拦，问这么晚为何还要去那里。董勇只说有事，没多做解释。

进入石室，燃起烛炬，他让两个年轻人坐在石案旁，自己从石匣里取出一卷竹简，聪明的郑袖马上明白那是什么，满面含笑地看着翟义。翟义不明所以，搞不懂太史葫芦里卖的什么药。

董勇展开竹简，开始读上面的文字。原来这是关于中山国勇士吾丘鸠的一段记述。中山国民风奢靡放纵，列国都认为其军队也是不堪一击，结果在赵国进攻中山时，遭遇了强有力的抵抗，其中最令赵军胆寒的就是名叫吾丘鸠的大力士，此人身着铁甲，手执铁杖，冲在队伍最前列，"所击无不碎，所冲无不陷，以车投车，以人投人"，几乎要冲到当时领军的赵国安阳侯赵章马前，才被乱箭射死。主父进入中山国都后听闻此事，对吾丘鸠的勇武赞叹不已，要求厚葬并勒石纪念。遗憾的是在沙丘之变发生后，为了同化中山国民并消除胡人的民族记忆，邯郸宫廷在中山故地进行了大量的清理工作，吾丘鸠的坟墓与柱石都消失不见了。

篇幅虽不长，但翟义听完已是泪流满面。这些记载有一部分就是他在沙丘讲给董勇听的，还有一部分是太史自己调查补充上去的，过了好半天他才哽咽着说："谁说平掉坟墓砸掉柱石就能彻底消除掉发生过的事？这竹简会流传百年，不，千年，后世会知道有个中山国，中山国也有自己保家卫国的勇士。"

董勇拍拍他肩膀，意味深长地说："放心，我会让它流传下去的。"

初四上午，公孙午前来转达李兑的邀请。原来李兑决定正月十五迎娶郑袖，选择初七送聘礼，借机在花渐摆酒，恳请太史夫妇赏光驾临。之后，公孙午还狡黠地冲着董勇眨眨眼说，李大人可能要升官了。

初五一早，董勇带着郑裾入宫，将两卷写完的《赵史纪》呈送给主君赵何，同时郑重介绍自己的新助手，向年轻的主君提出请求：将郑裾纳入春台正式编制。几乎就在他入宫的同时，单福一家三口乘坐一辆马车离开邯郸返回榆湾，包裹里放着几卷最初完稿的《赵世家纪年》。

初七一早，董勇洗漱完毕，特意换了身浆洗过的衣袍，戴上一顶盖住耳朵的暖帽，雇一辆马车，跟夫人出门前往花渐。

冬日正月的早晨，街道上行人稀少，店铺大都十五以后才开业。腊月那场雪给邯郸城留下不少印记，背阴处依然满是残雪，屋檐上垂挂着长长的冰锥。花渐门前停了两辆装载货物的马车，一辆车上装着蔬菜粟米和饮品，另一辆车上是几只漂亮的樟木箱，上面扎着红色绸缎。郑裾跟家仆郑义站在门前帮着用人往院内运货，远远看到董勇的马车，郑裾急忙迎上前来。

"师傅来得好早，请进去歇息，李大人很快就到。"说话时，清秀的脸上挂着欢快的神情。

董勇微微颔首，问："今天还有谁？"

"您也知道我家是外来人，此地并无什么亲戚，李大人说他只带三两个属下前来，主要为了将聘礼送到，正式酒宴正月十五在他府里操办，所以今天除了您就是胡太医，再无别人。"

李兑这是单独跟我有话说。董勇心里嘀咕，嘴上又问："今天算订婚咯？"

"小人也不懂这些礼仪，李大人反复交代今天都是自己人，不要对外张扬。对了，明天初八，我是不是可以继续去春台了？"

"急什么，歇息到十五不好？"

郑裾不好意思地抓抓头，"家里也没什么我能帮上忙的事，枯坐无聊，倒不如去读书。"

一旁的越嬴插话道:"那明天就来吧,我给你做好吃的。"

几个人说说笑笑进入厅堂。正厅屋角悬挂彩结,室内垂着崭新的帷幕,几个炭盆分散摆开,原本空旷的厅堂变得紧凑而暖和,条案上黄澄澄的柑橘颇为抢眼。毓姬淡妆出迎,待董勇夫妇二人落座,郑袖盛装从后堂走出,给他们叩头施礼。董勇夫妇坐在原地受礼,越嬴拿出预先准备好的一对玉璧,作为贺礼送给女孩。郑袖正要起身,毓姬忽拉着郑裾一起跪在席前,这下慌得董勇夫妇赶忙起身。毓姬止住道:"太史大人务必要接受我们这一拜,若非大人,小儿恐怕到今天也无法行走在光天化日之下,更不用说能够进入春台跟您学习,总算是走上正道了。"

"哎呀,夫人过誉,主要是翟义夫妇仁义,那真是救命之恩,我其实没做什么,许是上天眷顾,让李大人意外走进花渐,就算没我这层关系,郑裾其实也可保无虞。可见吉人自有天相。这孩子聪明好学,帮了我不少忙,他能够入春台,也是我的运气。"

礼罢,毓姬让儿女各自散去,自己斜坐在董勇夫妇侧面,感慨道:"说起来真像做梦,到现在我都不敢相信有这好事。李大人之前虽说来过几次,但只是听歌,从未曾流露过娶郑袖之意。直到郑裾的事出来,加上太史那日说了几句话,他不知怎的就下了决心。"

董勇点头,像是自言自语地说:"其实李兑娶你家郑袖我一点不意外,第一次见到郑袖我就知道了。"

一旁的越嬴插话道:"你怎么知道?"

"因为郑袖的相貌恰好就是李兑喜欢的呀。"

"这话大人上次也说过,民妇不明白的是您何以了解李大人的喜好?"

董勇笑而不答，一旁的越嬴说："跟你在一起几十年，看不出你还懂姻缘面相？"

董勇笑着摇摇头："妇人眼中便只有面相。"

说话间，李兑带着公孙午、尚禹进门，没过多久，太医胡原夫妇也到了。

仆佣送上正式聘礼给在场人过目，东西一拿出来，全屋的人都惊呆了。这是一套四璜四珩联珠玉佩，包括四件玉璜，四件玉珩，四件玉圭，四件束腰形玉片，两件玉贝和玉珠，二十二件玉管，一百九十三件玛瑙珠和管，一件绿松石管，一百四十九件料珠和管，全套饰物大大小小共计三百八十三件。除了董勇，其他人异口同声赞扬起来，这件饰物即便邯郸宫廷怕都没见过。

虽说人不多，但酒席按照传统礼法置办，开始时遵照《诗》上记载，分别进行尝、献、酢、酬，饮宴三献，精美的菜肴依次呈上，左殽右胾，食居人之左，羹居人之右。脍炙处外，醯酱处内。葱渫处末，酒浆处右。席间热闹自是不必细说，酒酣耳热之际，公孙午起身宣布，宫廷今早颁布诏令，少司寇李兑升任司寇之职，这意味着李兑从主管邯郸一地的司法长官，正式成为主管整个赵国司法系统的长官。众人都表示恭贺。为了助兴，毓姬的几位男女学生轮番出来给大家唱新曲，丝竹悠悠，歌喉婉转，当唱到那首美人荧荧兮颜若苕之荣，满面春风的李兑下意识去摸腰间的双鱼玉佩，结果却摸了个空，脸上不觉闪过一丝怅惘的阴影，不过转瞬即逝。

待一曲唱罢，李兑起身说要去后面更衣，问毓姬可否借郑袖闺房一用，得到肯定答复，他对董勇说："请太史移步后堂，有些话想私下聊一下。"

郑袖领着二人转入后堂，走进她自己的闺房，之后便掩门退出。

房间不大，榻席洁净，香炉内香烟袅袅。两人盘坐在靠窗的地榻上，窗前条案上摆着琴，旁边竹篮内放着尚未完工的女红。窗外是小小的内院，草木萎黄，大鱼缸里结了层薄冰，几只鸟雀在树下跳来跳去拣食落果。

"太史知道我想说什么吧？"

"许是想让老夫当面恭贺大人高升？"

李兑"扑哧"一声笑了："想不到史官也如此取笑人。既如此，就从司寇这个头衔说起吧。今早主君宣诏，我是德不配位，诚惶诚恐。要说感恩，除了主君和公子，就得属太史了。若非史纪完成，众人满意，我李兑早成替罪羊了。"

董勇嘴角露出一丝嘲讽的笑容："替罪羊这个说法有趣。"

"可不嘛，沙丘之变，死了两个赵氏王族，无论是非曲直，都应该有人抵罪，我也曾命悬一线哪。"

"今天是大人的好日子，过去的事不提也罢。离开宴席单独找我，怕不只是为了说这几句话吧？"

"咸阳之行还顺利吗？那个酒楼上的野彘肉可是一绝呢。"

董勇顿觉豁然开朗，之前偶尔盘踞脑海的疑团瞬间消解，于是答道："顺利，至于跟楼缓说了什么，李大人手眼通天，想必早知道了。"

"谈不上手眼通天，不过在咸阳布置几个耳目是常理。我实在没想到鲦泽这家伙会跟我耍心眼，枉我从长平调他来邯郸的苦心了。他，可有告诉你离去的原因？"

董勇摇头："他是很知道轻重之人，只说想去偏远之地老此余生。"

李兑盯着董勇看了好一会儿才说:"确实,老卒心中还是极有分寸,可惜不能为我所用,说起来现在正是用人之际,我身边急需得力之人。"

"说到得力之人,今天怎么没见到锐卒旅另外一个都尉卒长?"

"樊吾?我派他去代地,那里是主父长久经营之地,盘根错节,需要好好经营一番。"

"以樊吾资历,恐怕远不够吧?"

"当然,他只是辅助,我正说服公子调廉颇去全面管理代地,届时樊吾可以辅佐他。"说罢李兑话锋一转,"沙丘一事我没想到楼缓会对你和盘托出。"

"他很狡猾,我猜我的《赵史纪》如果会让谁失望,恐怕非他莫属,他原本以为我会把他说的都如实披露出来呢。"

"可见他也有判断错误的时候。不过——不瞒你说,我也错判你了,我虽然知道你想深挖真相,可没想到你会挖到这么深一层。"

"你指楼缓?"

"当然不是,我指的是大陵往事,那天你盯着郑袖看个没完,我就知道你大约想到什么了。"

"没错,那之前我从未见过郑袖的模样,乍一见面,我几乎以为是主母孟姚重生,眉眼神态简直太像了,我猜孟姚在这个年纪的时候,大概就是这副容颜。"

"可不是吗!"李兑有些激动起来,"不是大概是这副容颜,而是活脱脱的再生呀。我实在没有想到,时隔多年,在这小小的乐坊内能够重新找回年轻时的记忆。过去十五年,孟姚的影子无时无刻不在我眼前闪动,哪怕她已经死了,我也还是忘不了当年的她。"

董勇看着他,叹了口气说:"我一直说服自己要深入探究事件背后的政治动机,可在沙丘之变的调查过程中,我越来越怀疑这个方向的正确性。若说其中没有政治动机当然不可能,但在关键时刻关键人物的关键决策中,我看到的竟然更多是私人恩怨:一个被夺走了心爱女人的男人,出于压抑多年的嫉妒与愤恨,临时起意,借机杀人。这个结论是如此荒谬,以至于我都无法说服自己相信它,然而事实就是如此。"

李兑挺直身体盘坐在窗下,刚才一瞬间激起的浪花已经迅速恢复平静,他陷入思考,似乎在琢磨着该从何说起,过了许久才说:"有些话在我心中埋藏得太久,那些往事像黑暗中的仓鼠,时不时出来啃咬,时间久了,心里被啃出个洞,再这样下去,我担心自己会变成空心人。迎娶郑袖,毋宁说是我尝试着把那个洞修补好。所以我特意选择今天这个日子,把这些话拿到太阳底下,说出来,风吹散,算是跟过去做个了断,一切重新开始。这些话——不是我自吹,整个赵国上下,恐怕也唯有太史才有资格听。"

董勇安静地坐在那里不语,用目光示意对方继续往下说。

"十五年前我认识她的时候,她跟现在的郑袖年龄相仿,而且如你所见,她俩长得很像,不是外表像,而是由内到外都像。当年在大陵邑,我三天两头去吴家,看她弹琴,听她唱歌,春天一起在花园里赏花,夏天在凉亭上避雨,内心深处,我已把她看作可以陪伴自己一生之人。后来的事你也知道,赵雍忽然出现,他一眼就看上了孟姚,至于说什么做梦的事,纯属胡言。事情很简单,他就是因为喜欢孟姚,所以才处心积虑编了梦到她的谎言,后来我发现这种大言唬人恰是他所擅长的。当时我面临窘境，一方面仕途要靠赵雍，另一方面又舍不得孟姚，最后我做了个非常没有男子气概的选择，就是什么都不做，把难题甩给孟姚，她选谁，就是谁。现在想想，其实等于把她推出去了，一个十四五岁的女孩，你指望她怎么选？没过几天，赵雍就从驿馆搬到吴家去住。

"过了十多天，北方边境有楼烦人骚扰，斥候说是楼烦王带队，赵雍又热血沸腾决定亲自前往，临走吩咐我护送孟姚去邯郸，让我之后留在邯郸等他。我选了一小队随从，其中包括鲧泽，护送孟姚和她乳母出发。我们在离大陵不远的山中意外耽搁了两天，因为半路孟姚决定去跟姨母告辞，从驿所到她姨母家不足三里地，我将随行卫兵留在镇上休息，带了鲧泽和另外两个随从陪她和乳母前往，本来一个时辰就能返回，结果遇到暴雨，河上那座小桥被冲断，所以我们在她姨母家住了一晚上——嗯，中间发生了一些事情。"

说到这儿，李兑停下陷入沉思，似乎在回想那晚发生的事。董勇像个木雕般坐在那里，屋里屋外安静得落根针都能听到，过了许久才轻声问："此事鲧泽一个字都没对我提起。你刚说除了鲧泽还有另外两个人知道？"

听到问话，李兑如梦方醒，不以为意地摇摇头："那个不重要，你以为我会让他俩活到今天？总之这就是鲧泽不敢告诉你的事，因为他恰好看到我从孟姚屋内出来。上次我在长平一见他，往事瞬间涌上心头，我决定先带他回邯郸，之后找机会杀了他。没承想那小子太精明，识破我的心思。如今既然他已经千辛万苦逃离此地，加上他嘴巴严实，这事就翻过不提。单说我护送孟姚抵达邯郸以后，我俩十年间再没见面，直到她去世前几天召我入宫，我们才见了最后一面。"

"如此说来，我的揣测似乎是有道理的。不过以我对大人的了解，还是不太相信你仅仅为了一段陈年旧情就动了杀机，冒如此大的风险。"

"你莫非觉得我对孟姚的感情还没强烈到去报复赵雍？"

"别误会，我并非质疑你跟孟姚之间的感情。我所怀疑的是，经过十五年之久，无论嫉妒还是愤怒，似乎都不足以让你做出超越理智之外的决定，以李大人的阅历和经验，冒着抛弃似锦前程，甚至丢掉性命的风险，只为一段初恋，实在是不可理喻。要我说，合理的解释依旧是，楼缓的巧舌如簧令你暂时失去理智，当你意识到上当的时候，已经晚了。这很正常，因为谁都有短暂丧失理智的时候。"

李兑笑了笑，不置可否地站起身，舒展着肩背。董勇见状也站起身，手扶窗栏，朝庭院看去。忽然，不知从哪里飞来一只锦鸡，落在小院那株玉兰树枝上，五彩羽毛在阳光下闪闪发光，炫人眼目。屋内二人不约而同发出惊叹。

"大家都说太史聪明过人，看问题也相当透彻。可世上的事往往合情却不合理，合理却又不合情。仅以理来揣度，还不够。为了证明我的观点，接下来我打算告诉你另一件事。"李兑开口说话时，目光始终盯着窗外，好像不是对董勇而是在对那只锦鸡说话，"我最后一次见孟姚时，只有年幼的赵何陪在她身边。我几乎认不出面前的女人了，多年不见，她既不年轻也不漂亮，瘦得完全变了样，原先的一头乌发也稀稀落落如枯草一般。说来惭愧，当时我第一反应居然觉得自己曾经喜欢的根本不该是这个女人。我们之间没说太多话，她说自己命不久矣，唯一不放心的是儿子，担心赵章继位后不会放过赵何，因此恳求赵雍把赵何分封到大陵邑，指定我去辅助他，待在母亲的家乡，由可信赖的故人保护，或许能让他平安长大。我安慰她说自己会尽力帮助赵何，可具体怎么帮，心里也没数，面对一个将死之人提的要求，你怎么能拒绝呢？大约看出我言不由衷，她让身边所有人退下，包括赵何，然后拉着我的手问了个问题，当我理解这问题背后的含义时，顿时惊呆了。你猜猜是何问题？"

说到这里，他才转头看着董勇，脸上挂着一抹奇怪的笑容。

董勇微微张开嘴，轻轻吸了口气，就像以前某次牙疼时那样，过了许久才缓缓开口："她大概问，你看赵何长得像谁？"

李兑面无表情地看着他，一言不发。

两个男人都不再说话，盯着院内的锦鸡发呆。那只锦鸡则安闲地侧头整理羽毛。董勇感觉全身冰凉，过了许久，他才长叹一声说："现在一切问题都能说得通了。四年前逼迫赵雍退位，你那么卖力，简直是压上全部身家性命尽力一搏，当时我还暗自纳闷，这太不像那个心机极深、小心谨慎的李兑了。现在看来，沙丘之变显然是四年前那件事的延续，一击不中再来一击，只有杀死赵雍和赵章，赵国才永远不会有人威胁赵何的王位。"

李兑盯着他用开玩笑的语气说："这个，按说是有资格记入史书的。"

"记入史书？"董勇哑然失笑，"别说史书，出了这个房门我就会把它忘得一干二净。如果说以前我是拼着性命揭露真相，从今以后就要拼着性命掩盖真相了。这个惊人的真相。"

"真是可惜，这么传奇的故事，后人都无法知晓了。"

"……"

那倒未必。这点你也清楚。董勇心中嘀咕着，一声也没出。

院内传来扑棱扑棱的声音，一回头，那只锦鸡迎着阳光飞走了。

宫城位于邯郸中心，二百年前此地还只是个仅百十户人家的小寨，由赵氏支系邯郸午管理。赵氏先人赵简子作为晋国大夫率军伐卫，将卫国进贡的五百户人家置于此地，此后为了将这五百户人家迁往晋阳之事，赵简子与邯郸午出现矛盾，于是他私自囚杀邯郸午，导致邯郸午儿子赵稷兴兵为父报仇，联合中行氏与范氏围攻赵简子，赵简子狼狈逃往晋阳。此事的孰是孰非在《春秋》上有明确记载，"赵鞅以晋阳畔"，其中批评之意甚为明显。后来经过晋国多位权臣士大夫的调和，赵氏最终拥有邯郸、柏人两个地方，并确立邯郸的重要地位。三家分晋后，邯郸正式成为赵国都邑。

城市坐落于平原地带，西靠山脉，南方滏阳河蜿蜒进入城区，北边和东边是草原与森林交错地貌，气候湿润，冬天不冷，夏天不热，道路四通八达。经过数代经营，邯郸宫殿已成为诸侯国中最壮观的王家建筑群。

初八一早，太史董勇独自一人从侧门进入王宫，被内侍直接领到偏殿文馆。这是一排坐西朝东的木瓦建筑，地板高于地面，用结实的柱子支撑，通风良好，屋内存放着各种简牍。此地为王室图籍室，从不对外开放，只有获得特许的史官、医官、天相官才能入内查询资料。董勇之前曾多次来此，里面最令他心仪的是一套据传孔子手订的《春秋》全本，乃鲁国国君赠送的礼物。

待他跪坐于开阔的厅房内，内侍悄然退出。在等候主君驾临的空隙，他打量着外面宽敞的院落，几个宫廷内侍跑来跑去，不知在忙活什么。前些天，《赵史纪》副本呈送入宫，已经从公子赵成处传来满意的口风,今日召见,实际只是主君代表宫廷举行的例行程序。

过了约一刻时间,院落内传来刻意压低的欢笑声,董勇再次倾身从门内朝外观看,原来几个内侍正尝试放木鸢。这个季节放木鸢多少有些奇怪,而且赵地素来无此习俗,绝大多数人都没见过木鸢为何物。此刻在这种地方如此张罗,除了出于主君的意愿,再无其他可能。之前调查沙丘之变时,董勇觉得各色人等中最没有存在感的就是当今主君赵何,这个生长在深宫的孩子,被教育得温文尔雅,虽然年纪才十三岁,坐在朝堂上处理政务也算井井有条。当然这要归功于公子赵成以及之前肥义的教导,赵国无论朝野,普遍观点都觉得他将成为一个明君。

可是——

董勇想起昨天李兑那番话,虽是用平平常常的口气说出,可听在耳里却如五雷轰顶。此前他从未注意过赵何的相貌,事实上在觐见时也无人敢盯着主君看,所有大臣都会垂下眼帘低声回应。即便如此,主君的样貌大臣们还是清楚的。昨天听李兑说完,董勇首先想到的是赵何的体型而非相貌,坦白讲,赵何消瘦的体型与赵雍高大魁伟的体型完全不同,反倒是死去的赵章与赵雍更接近。

门外有轻微传呼声,悬空走廊地板上传来杂沓的脚步声,董勇跪起身,毕恭毕敬目视门口。院内鸦雀无声,但内侍们并未停下手里的事,因为一只造型奇特的大木鸢,经过一番折腾,已经飞到大殿一角了。

赵何在赵成陪同下走入屋内。一老一少形成鲜明对照,赵何是个清瘦的少年,脸上缺少血色,一双大眼睛炯炯有神,似乎对周围的一切都充满好奇。赵成虽然白发苍苍,却一扫之前的疲态，红光满面，显得精神矍铄。身后跟着一个内侍，手捧木匣，董勇认得那是自己之前送入宫内的《赵史纪》。

"太史安好。"待董勇礼罢，赵何用清脆的声音问候他。

之后赵成清清嗓子，说："主君看过新撰的史纪，下令将它存于文馆，内容可以对外公开了。沙丘之变已经快一年，急需消弭谣言，上下一统，相信史纪能够发挥这个作用。"

董勇不语，低头朝赵何又施了一礼。屋内外都很安静，反倒是空地上传来的鸟雀鸣叫声异常清脆。赵何的目光悄悄瞟了眼外面放木鸢的内侍，又迅速收回。

赵成没注意，自顾自接着说："关于主父的谥号，大家提了多条备选，主君最后决定武灵二字，威强敌德为武，乱而不损为灵，与史纪中的记述也能对应。太史觉得如何？"

"明白了。"董勇垂首说。

赵何看着董勇，说了进屋后的第二句话："太史辛苦。"

"岂敢，臣下只是略尽职责本分而已。"

赵何的目光不由自主又飘到外面。这次赵成看在眼里："主君最近留心典籍，在这文馆内找出一卷墨翟的旧作，里面写着他斫木为鹞，三年而成，飞一日而败。主君好奇这究竟是个什么物件，于是仔细研究，认定所谓能飞的木鹞，大约就是这种刚从齐鲁传来的木鸢，所以你看，他带着内侍亲自做出样本，打算试着让它飞上一天时间。"说罢他对赵何说，"史纪之事就这样吧，主君若是愿意，不妨去督促他们试飞。"

"好！"赵何口气里掩饰不住欢喜，但起身离开时依旧仪态端庄，衣裾几乎都不曾摆动。

很快，院内传来喧哗，赵何在内侍帮助下扎起衣角，接过木鸢的索线，开始在宫廷内院碎石子铺就的地面上奔跑跳跃，此时的赵国主君恢复成一个不折不扣的孩子。

屋内只剩下赵成和董勇,只见赵成缓慢地活动一下,由刚才的跽坐变为箕坐散盘,同时示意董勇也可以坐得舒服点。"正月一过,春天又要来了,白驹过隙,时光飞逝啊。"

董勇回答:"可喜的是公子身体也如季节变换一般,重新焕发生机了。"

"这个嘛,"赵成搔搔头顶白发,"不怕你笑话,多少也是一种谋略。对外示弱,能够让大家重视我说的话,也能听听大家怎么说,面对将死之人,很多人态度会不同于以往。"

"这大家自然也包括鄙人在内咯?"

"当然,否则史纪还不知道何时能完呢。但主要还是为了瞒过其他人。我听说李兑要成婚了?"

"正月十五日,我看李大人不像是介意虚式之人,没想到还要大摆筵席。"

"那当然,"赵成爽朗地笑了,"就算他不讲究,新人焉有不讲究之理。人家还是十多岁的黄花闺女,平生第一次上轿,定会有所要求。年纪大的男人往往拗不过小妻子,以后他们过日子更是如此,不信我敢跟你打赌。"

"真是什么都瞒不过公子。"

"治大国如烹小鲜,心细如毫也保不定会出纰漏,岂敢懈怠。"

"说到纰漏,您何时识破楼缓的身份,在他出逃后?"

赵成捻着胡须一字一句说:"哪有那么晚,早在他煽动赵雍将赵国一分为二时起,我就怀疑他了。后来他在咸阳招待赵雍之事,我都了解。那个老卒带着楚怀王逃出咸阳,楼缓一定是慌了,他连夜派人从长平来见我,让我出面阻止楚怀王入关。

我同意了。不是上他的当,而是让楚怀王入境,一来会令赵国处于战争边缘;二来会给赵雍手里多一副筹码。此后沙丘之谋,我察觉到楼缓想借机生事,而李兑也因为个人私心,摇摆不定。我只需无为而治,让他们推动事情朝定好的方向发展即可。"

"什么?"董勇诧异地看着他,"您的意思是,沙丘发生的流血事件并非意外?"

"意外?我怎么可能允许出现这种意外?楼缓将李兑看作一枚棋子加以利用,实则李兑也在装糊涂配合。他俩就像天上的两个木鸢,飞再高,绳子却始终牵在老夫手里。"

"可是,"董勇有些激动,"万一出现意外,局势失控怎么办?"

"哪种意外?"

"比方说,无论楼缓如何劝说,李兑偏不买账,非按原计划执行软禁,那就没有所谓平叛战役了;再比如,若那晚肥义不在,主君上当去了春阳宫,半路被伏兵伤害怎么办?"

赵成平静地看着董勇,脸上露出某种不解的表情,似乎在纳闷对方何以问出如此平庸的问题。"沙丘之事,锐卒旅离开军营的那一刻,就如箭在弦上,根本没有回头余地,当晚无论主君是否出宫,肥义是否被杀,赵章和赵雍都只有一个结局,哪怕李兑不下令,也会有人执行此计划。主君当然绝不会受到任何伤害,这一点我敢作保。话说,你真以为锐卒旅就是李兑的私人武装吗?"

樊吾魁梧的身影在董勇脑海里闪过。他将目光停留在赵成脚边的木匣上,"刚才您提到李兑有私心,具体指什么?"

"你没听说过十五年前大陵邑的事?"

董勇愣了一下,用力摇头。"一无所知。"

赵成得意地笑了："说起来竟是些儿女情长的陈年旧事，十五年前李兑在大陵时，倾心于当今主君的生母孟姚，后来不知怎么被赵雍夺爱。失去这个女人对李兑有多大影响，谁也不清楚，不过十五年来他一直未婚，多少就能说明问题。虽然听来有些牵强，但我觉得他在沙丘的所作所为，是沉积已久的仇恨忽然爆发。恰好遇上楼缓在旁煽风点火，事情就成了。"

"就这？"

"我说了，多少有点牵强。"赵成挑起白眉毛笑了，目光看向外面的院落，此刻那只木鸢已经高高飞起，微弱的北风恰好托着它，在巍峨的宫殿顶上越飞越高。

"不，一点也不牵强，十分合情合理！"董勇挺直身体，长长舒了口气，可是瞬间又感觉全身血液凉了下来。因为他看到赵成的目光并未盯着空中的木鸢，而是死死盯住娴熟掌控索线的赵何。

以董勇此时此刻的眼光看，仿佛看到年轻的李兑正在碎石子地上跳跃奔跑。

糟糕！

但他又心怀侥幸地闭上眼睛，悄悄告诫自己，刚才那一幕分明是自己带着主观偏见得到的结果，在老眼昏花的赵成眼里，肯定不可能看到跟自己一样的景象。

然后他睁开眼，却发现赵成那双锐利的眼睛如鹰隼般仍旧死死盯着远处的赵何。

屋内愈发安静，甚至连膝盖下坐垫摩擦地板的细微声响都被放大了。

过了一会儿，赵成沙哑的声音打破宁静："你看，都成一国之君了，却还是像个孩子。"

董勇急忙说:"主君虽然年幼,却有心钻研古籍,而且学以致用,实在是难得。"为了转移赵成注意力,他又稍微提高音量,"其实沙丘之变里还有一桩秘密无人知晓。"

"哦?"赵成果然回过头来。

"沙丘春阳宫院内有株大树,树上的雀巢被掏空,大约是主父饥饿难耐时所为。鸟巢下方有块树皮被剥掉,上面刻了'李兑弑其君'五个字。这些字除了我再无人看到。如今那株树大约也被焚毁了。"

赵成愣了一下,似乎没明白董勇说这话的意义何在,因此没有接话,又转头去看了一会儿院外的赵何,忽然冒出一句:"一点不像赵雍年轻时。"

董勇急忙回应道:"鄙人倒觉得偃武修文是好事,如今大赵国需要一个文雅的主君。"

赵成眯起眼睛,轻声说:"依我看,大赵国一时半刻还离不开我这衰朽之躯呢。"

"所以您才给李兑升了官?"

"他年轻,未来还要靠他,只要他掌权,沙丘之变就永远不会被翻案。"说罢,赵成比平时更费力地起身,朝门外走了几步,想起什么,转头问董勇,"我听说你在写另一部史书?不要忙着否认,你真以为我老糊涂了?别担心,我倒是很好奇涂脂抹粉的官样文字之外,我赵成究竟是个什么样的人。嗯,还真想知道呢。"

说罢不等董勇回答,出门走了。

刚才那个内侍轻轻走进来,小心地捧起榻上木匣,无声地走进里间。

董勇穿过长廊,从来时的侧门出宫。站在王宫高台上,半个邯郸城尽收眼底，他在那里眺望了很久，很久，内心有个强烈的声音在呐喊，他也知道了！他也知道了！

就在董勇入宫觐见主君的第三天，正月十一，亥时，忽然传来公子赵成在府邸暴病身亡的消息。据说刚就寝不久，赵成就觉得头晕目眩，以至于在榻席上躺不稳。太医胡原被紧急招入府邸，却也回天乏力。此后两日，当权的贵族和大臣们齐聚宫中，反复商议后推举赵范和李兑共同辅政。赵范是主父赵雍的族弟，公子赵成的另一个侄子，在贵族中颇有威望。李兑不用说，算得上众望所归，沙丘平叛的功劳尽人皆知，又刚刚官至司寇，是当之无愧的国柱。只不过因为赵成猝然离世，李兑与郑袖的婚宴取消了，此后岁月里郑袖没少为此埋怨丈夫，李兑除了好言安慰妻子，唯有苦笑而已。

文官阶层稳定后，军队开始一轮新的整肃，锐卒旅的军官大多获得提升，纷纷进入赵国正规部队担任要职。镇守长平的廉颇被提拔至代地，全盘统领那里强大却桀骜不驯的骑兵。樊吾却被调到长平，虽然属于平调，其实有点被贬谪之意。信期成为整个邯郸卫戍部队总管，负责都邑地区防卫。而尚禹则接过宫廷卫队长职位，时刻守护于主君赵何身边。原先的候正所头目公孙午则摇身一变，接替李兑原先的职位成为少司寇，负责全城治安。

秋天的时候，从遥远的岭南传来鲦泽与巫锦的消息。原来夫妇二人听从楼缓建议，没有在龟城安家，而是继续翻山越岭进入潮热之地。到达岭南不久，巫锦生了个儿子，于是他们定居下来，开垦果园栽种一种名叫离枝的果树，每年六月满树丹红。美味无比，可惜无法递送到邯郸。鲦泽的口信最后这样说道。

楼缓没能如愿领兵入楚，也没有在次年返回邯郸。在当了几年秦国上卿后被免，史书上最后一次出现楼缓的名字是在赵何执政的第十八年，垂老的他作为秦国使节入邯郸，提出用十五座城市换取一块名叫和氏璧的美玉。此后他的名字彻底消失在历史长河里，不知所终。

值得一提的是，最初不被人看好的赵何，却在王座上坐了足足三十三年，成为战国时代有名的贤君。而作为赵国第一重臣，李兑被封为奉阳君。史书记载，沙丘之变七年后（公元前288年），魏王为了讨好李兑，将河阳、姑密两个富庶之地送给奉阳君的幼子——也就是说，郑袖也给他生了个儿子。

太史董勇依然住在春台，生个儿子世袭史官的希望已完全破灭，可他看上去依旧淡然而平静，逐渐将春台日常事务转给已经列入正式编制的郑裾。一有时间，他就钻进春台后院那间石室内著书，他对夫人说，那部真正的、足以媲美《左氏春秋》的史书很快就会写完。每月月底，一辆不起眼的马车会载着封好的竹简前往榆湾。

尾　声

　　七十年前考古学家董勇记述的两千多年前赵国史官董勇的故事就此完结。看着眼前的旧笔记本，不觉令人感慨良多，摆在我面前的实际上是两段历史，两个故事，它们以奇特的方式交融在一起，最令人好奇的是：笔记本里记述的沙丘之变真实度究竟有多高？

　　为了更好理解董勇笔记里讲述的内容，我恶补了春秋战国史。身处图书馆，只需走到上层地面阅览室就能找到各种参考资料。《史记》《战国策》《吕氏春秋》《资治通鉴》都有关于沙丘之变的记载，内容相近。司马迁的《史记》这样写道：

　　　　主父及王游沙丘，异宫，公子章即以其徒田不礼作乱，诈以主父令召王。肥义先入，杀之。高信即与王战。公子成与李兑自国至，乃起四邑之兵入距难，杀公子章及田不礼，灭其党贼而定王室。公子成为相，号安平君，李兑为司寇。公子章之败，往走主父，主主开之，成、兑因围主父官。公子章死，公子成、李兑谋曰："以章故围主父，即解兵，吾属夷矣。"乃遂围主父。令官中人"后出者夷"，官中人悉出。主父欲出不得，又不得食，探爵鷇而食之，三月馀而饿死沙丘宫。主父定死，乃发丧赴诸侯。

首先引起我注意的不是这段位于《史记·赵世家》中间部分的记述，而是"赵世家"开篇第一句，赵氏之先，与秦共祖。这句话在笔记本里出现过，它是春台史官董勇私人著述的第一句。莫非司马迁在撰写《史记》时参考了董勇的遗著？

这并非凭空臆测。现代史学家研究《史记》时发现一个有趣现象，秦统一中国后，大量焚毁各国国史，按说留给司马迁参考的资料有限，因此《史记》里战国诸侯历史记载大多比较简洁，但偏偏"赵世家"的篇幅和内容远超其他，于是得出一个结论：司马迁在撰写这部分内容时或许曾看到过赵国史官记述的原始史料。换句话说，赵国史官董勇的史书——无论是官史还是私著，都有可能幸运地逃脱兵火保留到西汉。

《史记》中出现的人名与事迹，都能在董勇笔记里找到对应。赵武灵王与叔父赵成在"胡服骑射"改革时的冲突有详细记载，赵章和李兑的名字屡屡出现，《战国策》中更有"苏秦游说李兑"的专章。至于高信，其实就是信期，事迹也有流传。唯一奇怪的是田不礼，除了在沙丘作为鼓动赵章反叛的谋士出现，其他所有史料里都遍寻不见，笔记的故事里干脆根本未曾出现这名字。

赵武灵王本人的事迹，除了人所共知的"胡服骑射"，迎娶北地女子孟姚、中年退位、灭中山国、假扮使节入秦等事迹都有明确记载，在他晚年的时间线上，一系列事件接连发生，简直就是一幕幕情节紧凑的宫廷剧。公元前299年退位，传位给幼子赵何（后来的赵惠文王）；公元前298年偷偷入秦；公元前297年被囚的楚怀王熊槐逃到赵国边境被阻，之后被追兵抓回，并于公元前296年病死于咸阳；而在楚怀王病死于西方的这年，东方的赵武灵王正忙着带兵灭掉中山国。历史的发条在这里拧得太紧，终于在次年断掉：公元前295年爆发沙丘之变，赵武灵王饿死在沙丘离宫，终结了他传奇的一生。

时间线排列出来，站在旁观者立场，沙丘之变无论过程与动机如何，结果都是确定的，笔记里记述的内容并没有颠覆基本史实，只是在历史的大骨架上添加了丰满的肌肉而已，应该说有相当可信度，剩下的问题就集中在：笔记里资料的来源及其去向。

要弄清楚这些，就得弄清考古学家董勇的个人经历。好在如此有名的学者，不难找到他的信息。图书馆即将退休的老馆员刘淑华津津乐道地告诉我笔记本和藏书的来历。二十世纪三十年代中期，国内考古界对安阳殷墟进行了多次大规模发掘，中研院史语所一个考古小组临时借住在附近村落小学校舍内。七七事变爆发，考察中断，人员在匆忙撤离时，优先带走大量甲骨，部分私人物品暂时托管于校内，其中就包括董勇的笔记本和几本个人藏书。本以为一两年就能物归原主，结果八年抗战又紧接着四年内战，身处时代中的每个人都如一片暴风雨里的叶子，不知最后会飘向何方，这些物品的主人再也没能回来。

小学校舍幸免于兵火，这些旧物件存放在两间快要垮塌的库房里慢慢被人遗忘。1949年以后，学校停办，校园变成镇政府办公处，之后改为镇革委会，因为是当地的革命中心，打砸抢风潮竟没刮到此地。改革开放后，乡镇富裕了，决定重新建造一座能配得上改革开放成就的办公楼。清理库房时，这些私人物品才重见天日，正打算当废品丢弃，一个上过高中的公务员觉得笔记本上署名有些眼熟，留个心眼回家向长辈打听，才知道这个名叫董勇的人不仅是当年殷墟考古组成员，而且还算半个本地人——离开时带走了本村徐乡绅家的三闺女，此后夫妻二人辗转南京、昆明、李庄、重庆，一路生了一群孩子，抗战胜利后远赴美国，后来成为海外汉学界鼎鼎大名的人物。

得知此信，当地官员急忙上报市领导。后来发生的事夹杂着大量刘馆员个人的推测，她说当时的市领导得到消息大喜过望，心里打起小算盘，觉得如能借此机会与董勇夫妇建立联系，对提升本地的形象和知名度无疑大有帮助，运气好的话还能拉来海外投资，这将是地方发展浓墨重彩的一笔。于是书籍与笔记本被征调到市里，郑重其事纳入馆藏，为此还公开举办过展览，刘馆员作为刚毕业进入图书馆的工作人员全程参与布展，她回忆说，这些书籍和笔记本当时都摆在显眼位置，罩在玻璃罩下，根本没人知道或在意里面究竟写了什么。后来随着主政领导下台，董勇也迟迟没有回应，这些物品遭到冷落，存入地库再也无人提及。本馆除了我这个将要退休的人，再无一人知晓此事的来龙去脉，连馆长都不知道呢。她最后得意又落寞地补充一句。

为什么董勇夫妇坚决不回来？我有点想不通。刘馆员迟疑片刻，有点尴尬地说，当年一波接一波的政治运动，榆湾的乡绅地主被斗得挺惨，有些人被革命群众直接打死，有些人忍受不了自杀身亡，家产和土地都被贫下中农瓜分，董勇岳父徐家是当地大户，还有当年在广东参加北伐军的背景，想来日子更难过，你想谁家遭遇这事能不记仇？

我觉得这说法能成立。遗憾的是此外她就没有更多信息提供给我。那些日子里，我反复阅读笔记里的故事，偶尔免不了放飞思绪遐想一番。假定两千年前那部《赵世家纪年》被史官偷偷运出邯郸藏到榆湾，那么被掩埋在地下直到二十世纪才被发现就很正常。那个身材矮胖，头发有些少，耳朵有点背，嗓门却很洪亮的驿吏，在微弱的油灯下展读那些竹简，并深深沉浸于惊心动魄的故事里。当他得知远方故友离世的消息，知道此书只能依靠自己才能流传下去时，会不会感到肩头担子太重？然而终有一天他也走到生命尽头，我甚至想象驿吏在临终前怎样叮咛儿子——那个八岁时跟随父母到访过邯郸春台，并在正月初一行走于东方最繁华都市街头的少年，让他将那些竹简深埋进自己的墓穴。没过几十年，赵国灭亡。这片土地上不断改朝换代，直到竹简在二十世纪上半期重见天日时，打仗这种荒唐事依旧还在人间不断重演。好在年轻的考古学家董勇意识到竹简的价值，及时把上面的内容记录下来，这无疑是明智之举。因为随着抗日战争全面爆发，他仓促离开榆湾以后，那些竹简的下落再也无人知晓。

为了进一步弄清真相，我特意上网搜索，还联系远在美国的那个女孩帮忙打听，了解到董勇二十年前就去世了，去世前的身份是美国南部某大学东方史研究室主任，夫人子女情况不详。

我只好带着疑问去请求导师的帮助。

我的导师当然知道董勇，在改革开放初期地方政府呼吁董勇回国时，他也受命在联名信上签字。过了几年，他单独给董勇写过一封信，请教殷墟考古相关问题。董勇很礼貌地给予回复。导师翻出那封信，上面的字迹与笔记本上完全一致。双方在信里都没言及任何个人私事，只探讨了甲骨文相关问题。导师看过我拿去的相关材料，认真思考一番，对我说出了他的推测。导师认为二十世纪三十年代安阳殷墟考古是可以归入世界级考古发现行列的大事，当时参与发掘的人数超过五百人，范围涉及方圆二三百里，董勇笔记里提及的李济和梁思永都是当时鼎鼎大名的学者，由于出土的甲骨数量极大，以至于后来形成了一门独立的学科。鉴于这片土地是中华文明的源头，地下分布着至少四千年的文物，董勇在参与考古时有意外发现不足为奇。但是考古讲究证据，若是那些竹简能有存留，哪怕不完整也没关系，至少证明笔记里内容所言有据。可是董勇提及的竹简后来根本没有踪影，既没听说被带去海外，也没听说流落于何处，因此笔记里的故事再有合理性，恐怕也不能当作历史事实来看。更重要的是遍查史籍，战国史官里并没有董勇这个名字。你不觉得这个名字本身就是某种线索或答案吗？最后他意味深长地问了我一句。

真可谓一语惊醒梦中人。导师的话仿佛一盆冷水令我冷静下来，一个显而易见之前却被忽视的可能性浮现出来：笔记本里这些内容会不会只是考古学家董勇的杜撰？这问题一旦提出，就顽固地占据我的头脑。那个年轻的考古工作者，整天在华北平原的烈日下奔波，面对的不是大学者就是乡村里的农民，自己不上不下夹在中间。收入有限，生活充满不确定性，外面的时局动荡不安，此时若是遭遇连续阴雨天，关在屋里无法出门，再有个年轻漂亮且知书达理的女孩上门，不擦出点火花才是怪事。事实上他离开时确实带走了那姑娘。当时青年男女在一起会聊些什么，我不太有概念，但大体还是会聊点自己懂行或者擅长的内容。董勇大概会对三丫谈起田野考古，谈起历史上发生的大事，尤其会谈到跟当地有关的史实，或许沙丘之变就是从某个话头引发出的。看到女孩对这故事感兴趣，年轻的考古学家就开动脑筋去填补历史空白，结果讲着讲着，一个崭新的故事就这样成型了。

听上去荒唐，可事实或许就是如此——至少在那些神秘的竹简重见天日之前就是如此。

秋天的一个早晨，我骑着自己那辆破旧的小摩托来到沙丘遗址。此地如今的景物与其在中国历史上占有的地位完全不符。在赵国沙丘之变后不到百年，秦灭六国。当时全国各地修建离宫，以备喜欢巡游的始皇帝嬴政暂住。邯郸当地官员突发奇想，在那个草原深处的遗址上大兴土木，建造了一座模样古怪的宫殿。当时谁也不相信始皇帝会入住，甚至根本不信他会路过此地。然而历史就是如此吊诡。公元前210年夏天，始皇帝在又一次东巡途中病重，离庞大车马队伍最近的恰是这座位于沙丘的宫殿。在入住离宫五天后，始皇帝驾崩。从此，沙丘被认定为"困龙之地"，后世历代帝王在途经这里时都会刻意绕开。

二千多年间，中国北方的地理与气候发生巨大变化，沧海桑田，原先的草原早已不复存在，平原上处处都是农耕文明的痕迹。如今站在沙丘遗址极目四望，周围全是平坦的庄稼地，秋风刮过，萧瑟无比，不时有农用车"突突突"地从狭窄的土路上驶过。所谓沙丘遗址，位于今天河北省邢台市广宗县大平台村南侧，仅仅是个长一百五十米、宽七十米的土丘而已。

据传说，这就是当年春阳宫所在的位置。

【全书完】

2022.3.13 初稿

2023.1.19 二稿

2023.7.1 三稿

2023.12.21 定稿